新大明王朝

❶ 回到明末

前言

回到明朝做皇帝，可能嗎？

問：「即使科技繼續快速進步，但人們從事時空旅行，回到過去，見證歷史，仍然完全不可能，因爲，沒有任何速度可以超過光速。既然這樣，《回到明朝做皇帝》就根本只是幻想？」

答：「非也。《回到明朝做皇帝》這樣的情節，在理論上，有可能是另一時空世界中的真實歷史。這理論，就是所謂『網狀分叉時空理論』或『平行宇宙理論』。」

試看——

「現在已經有許多時空學者相信，如果時空理論研究的天才學者魯一樸能活長一些，也許時空之謎早就解開了。」

「魯一樸在世的時候，曾經提出過一種大膽的時空假設，當時，時空旅行尚在萌芽階段，第一支探險隊也還沒成行。但是，他就曾預言過時空旅行無法生還的可能性極大。」

「他的理論是什麼？」葛雷新問。

「他的理論假設來自於哲學心理學上的一些現象，也因此，很多主流的學者對他的論點嗤之以鼻，」大師說道：

「魯一樸相信，夢境、預知現象（Dejavu），或莊周夢蝶式的感應，很可能就是時空旅行的形式之一。在某種未知的狀況下，人藉由上述行為穿透時空，但是，有時候，那個時空和你所熟悉的時空可能完全脫節。」

「就像現在一樣。」葛雷新深吸一口氣。

「也因此，他假設過一個理論，稱之為『網狀分叉時空理論』，」大師說道，並且在葛雷新的眼前投影出圖解。「他的重點在於，我們的世界可能並不是一個單一的世界，在同一個空間中，可能共存著許多不同的世界，他稱之為『或然率平行世界』。」

「這許許多多的世界彼此平行，幾乎永不相交，但卻彼此息息相關。

比方說，今天你葛雷新走到一條三叉路前，命運的安排中，走右邊你會被車撞死，走中邊沒事發生，而走左邊的話，則遇見一個與你廝守一生的女人。也許你最後選了中間那條路，沒有事發生，然而，另外兩個或然率世界已經在你抉擇的那一刹那分歧出去。

在那兩個世界中，一個從此沒有葛雷新的後代，另一個則出現不同的未來。」

葛雷新眼前出現第二個分叉圖。

「基本上，時空的真正分佈是比這張圖更多分叉的無數平行世界，而我們卻永遠只記得一個線性歷史，因為我們的生命就只是無數分叉中的一條線。

按照魯一樸的理論，時光旅行會衝破這個線性規律，將人丟到空間因素相同，其它一切卻截然不同的或然率世界中，也因為這樣，時光之旅才沒有人回來過，因為轉移到哪一個世界是隨機亂數式的，要在無數平行世界中回到自己的世界，那機率幾乎等於零。」

「事實證明，這個魯一樸真是個天才，他的推論完全正確。我分析了我們現在的處境，再回想那些時光旅行者的命運，只有這個理論才能解釋。」

——摘自科幻名家蘇逸平著，本社出版之《穿梭時空三千年》（頁二〇九至二一一）

三大帝王

人物介紹

漢帝 張偉：最得意的帝王

來自未來，憑遠超幾百年的經驗改變歷史創立大漢王朝。為人行事果斷、狠辣、穩重，平生從不做沒把握的事，政治作風強硬，一掃數千年儒家治世的傳統，大力改革，使國富民強，復興漢唐盛世在世界各國心中的上國地位。

明帝 崇禎：最愚蠢的帝王

滿懷中興大明的熱情，卻使明朝更陷深淵，直至亡國。其人生性多疑，好大喜功，喜怒無常。其蠢至空留幾千萬金銀給亡其國的異族，卻不願分出一兩銀子振軍救民，以至民反軍散，獨留孤家寡人於煤山上吊而死！

清帝 皇太極：最鬱悶的帝王

雄才偉略，勇悍無比，天下本屬於他，歷史本也是由他帶領八旗建立大清王朝。但卻因漢帝張偉的橫空出世，改變了歷史，而使本屬於他的一切化為烏有，他也因此鬱鬱而死！

施琅

大漢水師大帥，與漢帝張偉相交於微時，一起創業打江山，其人極具將才，兵法謀略極佳，水戰未有一敗，後被封世襲伯爵之位。

張瑞

大漢飛騎軍大將軍，對張偉忠心不貳，爲人勇悍多謀，爲漢帝轉戰天下，戰功超卓，後被封世襲伯爵之位。

張鼐

大漢金吾衛大將軍，對張偉忠心不貳，爲人凶猛好戰，曾爲漢帝親衛大將軍，勇猛有餘，謀略不足，卻也無大過，戰功無數，眾敵深懼其人，後被封伯爵。

契力何必

高山族勇士，爲張偉所收服，其箭術無雙，爲大漢萬騎大將軍，領三萬高山戰士爲大漢征戰天下，無往不利。

武將榜
人物介紹

黑齒常之

契力何必之弟，大漢萬騎大將軍，與其兄一起為大漢征戰天下，勇猛無比，立下戰功無數！

劉國軒

大漢龍驤衛主帥，漢王起家時的家臣，為人冷靜多智，穩重，極具帥才，張偉的左右手，大漢的開國功臣，後被封為世襲伯爵。

周全斌

大漢第一勇將，智勇雙全，極善機變，張偉最信任的大臣之一，與劉國軒為五虎上將，位列伯爵。

孔有德

龍武衛大將軍，治軍有方，勇力過人，本為前明大將，後依附張偉，成後漢開國之大將！

人物介紹

左良玉

爲人深沉，本爲遼東大將，卻爲張偉所救，極具帥才，跟隨張偉，後被委以獨當一面的重任！先駐守倭國，爲倭國總督，後爲統兵大帥，爲大漢江南攻略的南面統兵元帥！

曹變蛟

神策衛大將軍，勇猛無比，而智謀不深。打仗身先士卒，常赤膊上陣，敵人畏之如猛虎，曾以大刀力殺荷蘭戰士數十人，被西方人視爲屠夫魔鬼！

賀人龍

與曹變蛟一起並稱漢軍雙虎，猛悍無比，身負重傷數十處依然不下戰場，幾被視爲鐵人！

林興珠

智勇雙全，善攻城戰和襲擊戰。

人物介紹

尚可喜

前明大將，後跟隨耿精忠、孔有德一起依附張偉，立下極大戰功，爲大漢開國功臣。

耿精忠

前明大將，後隨尚可喜、孔有德一起依附張偉，立下極大戰功，爲大漢開國功臣。

祖大壽

遼東大將，對大明極其忠心，一生只追隨袁崇煥鎮守遼東，後爲保全袁崇煥名節，戰敗自殺而亡！

趙率教

遼東大將，袁崇煥部下最精銳將領，爲人多智，錦州失守，詐降滿清，卻心繫大漢，後成大漢明將！

武將榜

人物介紹

吳三桂

遼東大將，年輕有爲，其人多智，深謀遠慮。

多爾袞

滿清睿親王，皇太極之弟，其人勇猛多智，心機深沉，是皇太極之下最爲有名的滿人名將！

李侔

李岩之弟，漢軍軍中猛將，領五百勇士力戰大破開封城，一戰成名，爲人多智，擅馬球。

豪格

皇太極之子，爲人豪勇無比，卻智謀不深，不甚得皇太極所喜，狂傲自大，目中無人！

何斌

大漢財政大權負責人，大漢興國第一功臣。與漢帝相交於微識，共同創業，以其經商理財的天賦爲張偉累積下了統一天下的資本！被封伯爵，更被公認文臣第一，尊爲太子太傅。

吳遂仲

爲人多智，身爲儒人，頗具治理天下之才，大漢開國之功臣，位爲六部之首，後封伯爵，但因陷入黨爭而被貶離京城！

袁崇煥

明朝第一名將，薊遼總督，以文臣身分統領遼東大軍，鎮守遼東數十年，讓滿清鐵騎未能踏足中原。

熊文燦

明朝大臣，福建巡撫及兩廣總督而掛兵部尚書銜，總督九省軍務，其人甚貪，頗有些才能，後爲張偉狡計所害。

人物介紹

江文瑨

其人極具才華謀略，是以張偉放心讓其獨當一面，繼左良玉之後經營倭國。

陳永華

大漢第一賢臣，有治國之大才，與漢帝張偉相識於微識，更是漢帝身邊最得力的謀臣，雖未在朝中爲官，卻爲大漢培養出極多的人才！極受張偉所敬重。

鄭煊

前明降臣中最受漢帝張偉器重的文臣，極具治國安邦之才，大漢六部尙書之一，更被封侯爵。

洪承疇

前明三邊總督，明末著名文臣，以文臣之身統帥三軍，智計極深，謀略權術過人，最終卻敗於漢帝張偉之手！

文臣榜

人物介紹

孫偉庭

前明陝西總督，爲人行事狠辣，以文臣之身卻敢在打仗時身先士卒，可算是大明文臣中極少有的狠辣角色！後敗於張偉之手！

黃尊素

東林大儒，大漢興國文臣，官至兵部尚書，掌軍國大事，思想守舊，儒家思想難改，在漢帝張偉大力改革的過程中常提反對意見，但仍被封爵！

呂唯風

爲人才智過人，有治國安邦之能，支持改革，忠於張偉，極有主見和謀略，極得張偉器重，委以治理呂宋的重任。與江文瑨等人各自獨當一面，後在黨爭之時接替吳遂仲六部之首的位置，位及伯爵！

其他人物

人物介紹

李自成

明末義軍首領，又稱李闖王，領農民軍數十萬轉戰天下，而使明王朝風雨飄搖，一蹶不振。

張獻忠

一方奸雄，靠農民起義發家，轉戰天下，後寄身於蜀中，擁兵自立，爲人凶殘，常有屠城之舉！

柳如是

大漢皇后，賢德異常，性情溫柔，才貌無雙，出身低賤卻心靈高貴，極受張偉之愛！

吳 芩

南洋大族吳清源孫女，自幼學習西方文化，其美若奔放的牡丹，高貴卻不失大方。張偉暗戀之人，後卻因政治原因未能結合，此爲漢帝張偉一生最大的遺憾。

其他人物

人物介紹

馮錫範

大漢軍法部最高負責人，鐵面無私，從不徇私，甚得張偉器重！

孫元化

爲人不好官場，一心只專於火器，乃是明末著名火器專家，也是大漢火器局總負責人，其人不修邊幅，不喜言語，狂放不羈，極得漢帝張偉寵信！位列伯爵，大漢開國功臣之一！

徐光啟

明代著名的科學家，孫元化的老師，奉天主教，其人學貫中西，力倡改革，助辦太學，力挺張偉！

李岩

年輕有爲，智深如海，卻含而不露，不張揚，不喜官場，文武雙全，漢軍北伐中表現極爲出色，以戰功而得侯爵之位！

其他人物
人物介紹

高傑

大漢密探統領，為人行事刁鑽陰險，頗有奇計！雖少上戰場，但其功不可沒，甚得張偉寵信！

鄭芝龍

海盜巨頭，經營海運數十年，富可敵國，但卻敗於張偉之手，使其海上霸王的地位被代替，後被明朝招安，官至兩廣水師總督。

勞倫斯

英國駐南洋的海軍高級軍官，因與張偉關係極好，而成為英國大將，曾幫張訓練出一批極精銳的水師！

目錄

目錄

那鄭氏家僕一聲大喊，帶頭向張府正門衝了過去，身後眾人亦是一聲大喊，跟隨他一同衝了過去。雖沒有什麼攻城器械，但好在張偉的大門原也不是城門，薄薄的兩片木板很快被眾農夫撞裂，看到門破有望，眾人又是一聲大喝，猛地一撞，啪啪數聲響過，整扇門連同門框，一齊被撞倒在地。

又見廳內諸人情緒低沉，張偉乃笑道：「大傢夥兒別像死了老子娘似的，都打起精神來。那勾踐連大便都吃得，咱們不過賠些銀子，又何苦做這般苦臉。待咱們練出一支強軍來，到時候連本帶利討回來便是了。」

營內眾將見張偉親來查閱，便由施琅帶頭，身後劉國軒、馮錫範等人魚貫而來，向張偉屈膝行軍禮，諸將與兵士不同，皆是身披三四十斤重的鐵甲，天氣悶熱，眾將身上鐵甲叮噹作響，跪在張偉面前，揚起一陣陣的塵土。

目錄

第一章　回到明末

不敢向前的張偉只得苦苦等候，期望這海灘上能有行人經過。他確是不知，如若是數百年後，此地竟是著名的風景區，遊人如織，此時的中國，卻如何能有人沒事到海邊來？從下午一直看到落日時分，兩眼看得發直，脖子發痠，卻是一個鬼影也未見到。

張偉眼看著電腦主機上紅色的指示燈一閃一亮，終於不再跳動。呆呆地嘆一口氣，唉，又通關了，好無聊。

酷愛戰略遊戲的他，從光榮公司有《三國志3》開始，一直玩到現在的《三國志10》，從一開始的茫然，到現在對遊戲流程熟悉無比。以前通關或許要好幾天的時間，現在對遊戲如何開始、發展，最後統一都無比熟練的他，從買到這張盜版光碟到通關，只用了十七個小時。

「唉，本來還想三國十出來好好玩上一個星期，可是……遊戲製作人員怎麼越來越弱智呢！」

百無聊賴的看著窗外，天已經濛濛亮了，不用上班的他，決定吃完早餐就上床睡覺。

張偉自從大學畢業後就賦閒在家，由於家境尚可，年紀尚輕的他只是偶爾幫家裏做點事，平時的時間都用來玩了，不過愛玩戰略遊戲帶來的副作用就是：此人的歷史知識突飛猛進，不但熟知三國歷史，還附帶著看完了幾遍《中國通史》，至於野史筆記，也胡亂看了不少，故而看起來幼稚貪玩，其實肚子裏倒還有點貨色。

晃晃悠悠的出門來到樓下的小飯館，兩眼血紅地喝著豆漿，張偉想起在網路上看的那些三國系列的玄幻小說，鬱悶地想，怎麼沒有超級時光機把我送到三國去呢！真正的去做一次三國霸主，收服劉關張，然後左擁右抱，啊，想到古時候可以三妻四妾……這可比玩遊戲過癮的多啦！

自小就被所有人以及自己毫不羞愧地自稱爲色狼的他，手裏捏著肉包子開始微笑起來……

「嘎嘎嘎嘎……」

張偉手中可憐的肉包子被捏成團……

「喂，小夥子，發什麼夢呢？」

鄰座一位早起運動的老爺爺看不下去了，抖著白鬍子衝張偉直嚷嚷。

「喔呀，真不好意思，剛剛想到一件好笑的事。」

張偉不好意思地摸摸頭，拎起沒吃完的肉包子揚長而去。

回到家門口，張偉發現房內有燈光……

「咦，我又忘了關燈了？唉呀，電費老是超高，又要被老爸罵了。」

打開門，關上燈後，兩眼呆滯的走進自己房間，懶洋洋的往床上一倒，準備睡覺……

「喂，不要壓壞我們的飛船！」

怪異的話音一落，張偉只覺得背部一麻，卻是一陣電流襲來，被電流打得哇哇直叫的他一個鯉魚打挺，飛快地跳將起來。

「什麼人？」

明明聽到有人說話，但跳起來後卻一個鬼影子也不見……

想到鬼，張偉不禁背部又是一陣發麻。不過，抬頭看了一下窗外，一輪紅日已經明晃晃的掛在外面，張偉咧嘴傻笑一下，大白天的，哪來的鬼呀。

「嗯，不管了，繼續睡……」

神經大條的他已經忘記剛剛的遭遇，又直挺挺的倒了下去。

「啊……」

比剛剛更大更令他發痛的電流又擊中了他的背。

「靠！不會是哪兒漏電了吧。」

「你錯了，人類，你的房間沒有任何線路會漏電。事實上，你房間內所有的電力，現在正被我們借用。」

汗……「私接電路？那可是犯法的！」

「啊？對不起，我們不知道地球的法律。」

「地球？啊，對啊，我是真的生活在地球上……」

猛地醒悟過來，慘叫一聲：「地球!!難道你們是外星人？你們在哪兒呢？」

「請您低頭。」

張偉頭一低，看到自己的腳邊停放著密密麻麻蠶豆大的東西。

「哇……這就是外星人的太空船？」

見慣了科幻電影中那些超大型的外星人太空船的張偉，簡直不敢相信自己的眼睛。

「是的。我們正是來自大忽悠星的跨星系殖民艦隊。我是指揮官大忽悠。」

「你們要來地球殖民？」

一直以身爲人類十分自傲的張偉警惕的看著眼前的這些飛船，考慮著要不要先放把火把自家燒掉。

「不，您千萬不要誤會。我們雖然是殖民艦隊，但是地球完全不適合我們生存，請您放心吧。」

「那你們爲什麼要降落在我家？」

仔細觀察了四周環境後，張偉發現自己的房間內停滿了這種類似蠶豆的東西。床上、地上、書桌、書櫃、電腦螢幕上都停滿了這些小東西。

「啊，是這樣的。我們的飛船本來都有自動循環系統，原本不會因缺乏動力而迫降，但是在經過銀河系的時候，我們遇到了一個超大的黑洞，這個黑洞破壞了我們的動力系統，如果不經過重新補充，我們的動力系統將完全停止工作。」

「啊，是這樣。那你們到我家來幹什麼？這事兒你們要找政府呀。出門右拐走五百公尺左右就是警察局啦。」

「不不不，不需要啦，我們的動力問題在您家裏就能解決了。」

「啊？怎麼解決？我家裏藏有什麼稀有金屬嗎？我怎麼不知道？」

「稀有金屬是什麼？不不，我們不需要。我們只需要一點電力就好。」

「電力？」

茫然四顧的張偉終於發現在自己的電腦插座上停放著一個小飛船，眼一瞇的工夫，那小飛船嗡一聲飛走，又是另一艘停了上去。

「啊……不要！」

腦子裏想到外星飛船所需要的強大動力，想像著整個城市的供電系統都在向自己家裏供電，想到那天文數字的電費帳單，張偉整個人都快崩潰了。

用人類所能達到的極限速度，張偉衝到插座前，試圖將那個正在充電的飛船拉下來，可惜，表

面上看去如蠶豆大的飛船讓張偉用了全身的力氣仍然無法撼動一絲一毫。

「你們這些強盜！你們會害得我破產跳樓的……我要報警！」

「有需要，找警察。」萬般無奈之下，張偉腦子裏突然蹦出這句話來，於是掏出口袋裏的手機，開始撥打一一九……

「啊……」

又是一股電流擊中了他，手一麻，新買不久的手機筆直的掉在地上，啪一聲摔成幾塊。欲哭無淚的張偉癱坐在地上，心裏充滿著絕望之情。

「這位先生，我們不能理解您剛剛的舉動。只不過是一點點電力，何必如此呢？」

「一點點？你們整個艦隊所需要的電力，可能是整個國家一天的發電量也未必夠用吧？你們會弄得我去坐牢的！」

「啊，您誤會了，事實上，我們所需要的整個電力，大概相當於你們人類計量標準的幾千度而已。雖然對您來說也是一筆不小的款子，不過不至於要您破產吧。而且，我們會盡可能的拿出禮物來報答您的。」

「啊？禮物……」

兩眼放光的張偉腦子裏出現了許多奇奇怪怪的想法……

美女？張偉腦子裏蹦出的第一個字眼就是美女，不過自己迅速否定了這樣的想法，要一個超級武器，美女還不是手招即來?!不，還是要未來幾十年所有的樂透彩號碼？有了錢，可以買到任何東西……

呆呆的看了一眼正在電腦插座上充電的飛船……等等，電腦?!

激動的張偉大叫道：「我不要你們的禮物，你們能不能把我送回中國的三國時代？給我一身好裝備，讓我去打天下！」

彷彿聽到那些外星人嘰嘰喳喳的商量了半天，張偉終於聽到原來和他說話的那個聲音回答道：「穿梭時空麼，倒是沒有問題，不過您要考慮好，因爲時空旅行充滿了危險，我們不能完全保證您的安全。」

「沒問題，只要能回到三國，再大的危險我也敢冒！」

「那好，我們現在就可以送您回去。請問，您打算在那個時間待多久？」

「嗯，六十年吧，然後你們能保證接我回來嗎？」

「沒有問題，我們可以同樣在現在的這個時間接您回來。」

「啊……太爽了！」

「請您準備好。」

一股藍光將張偉籠罩，微弱的電擊感充斥著全身，猛然間，電流突然加強，張偉覺得全身一陣酸痛，慢慢失去了意識……

房間內一下子靜了下來……只是彷彿能聽到某個時空有個人類男子在狂笑……

良久，突然有一個聲音說道：「隊長，糟了！」

「怎麼了？」

「剛剛您忘了我們的動力系統尚未恢復正常……」

「這麼說，剛剛那人沒有被送到預定的目標？」

「是的，根據推算，大概被送到人類歷史上的一六二四年，地點倒是沒有錯，仍然是中國。而且，我們現在的動力系統，根本無法接他回來，就是說，他現在如果有什麼意外，只能自己想辦法解決了。」

「這個……希望他一切順利吧。」

不負責任的外星人並不知道，在另一個時空，有一個人類青年，正在用他所知道的一切語言咒罵著這些擺他烏龍的外星人……

「啊……這是哪裡……」

頭暈腦脹的張偉正是落在一處海灘上，藍色的海水不停的沖擊著沙灘，眼見得是離趴著的他越來越近了。

他從時空裂縫中掉下來時，正是退潮時分。暈頭暈腦在沙灘上趴了半天，潮水已然快沖到他腳邊。

自小生活在城市裡的現代魚干男張偉卻對眼前的危機茫然不知，好不容易立起身體，顧目四盼時，卻又被刺眼的陽光擋住了視線，待得他回首張望時，只見小山也似的浪頭撲天蓋地的向他湧來……

「啊，這些該死的外星人，怎麼把我扔在海邊啊！」

忙不迭拔腳往岸邊跑的張偉，嘴巴卻沒有閒著，一直幻想著能落在池塘邊看美女洗澡的他卻只發覺無邊無際的海水將他包圍，讓旱鴨子的他如何能不又驚又怒？

好不容易看到一個大礁石兀立於前方，張偉卻也顧不得這礁石能否高過這潮水，就如同撈到最後一根救命稻草一般，手腳並用拚命爬了上去。

「呼……」

疲累不堪的張偉大口的喘著粗氣，心中又急又怒，忍不住又開始大罵起來。自小生活在罵人語言極其豐富的中國，又經歷過網路大潮的沖洗，張偉罵得端地是精彩，當真是如百花齊放，落英繽紛。

那潮水卻仍然一直湧來，所幸張偉所爬上之礁石雖然不大，高度倒是足夠，潮水雖漫到腳邊，卻是平穩得多了，倒也不會將他沖走。

如烏龜般四肢著地緊緊抱住礁石的張偉直待潮水又退去，眼見沒有了危險，這才又張目四處遠望，卻只是叫的一聲：「苦也！」

雖說此地離海邊不遠，卻至少也數千米之遙，落潮時海水亦不會退盡，需游泳過去，方能到得岸邊。長到二十一歲才第一次到海邊的張偉，卻如何能游得過去？

手足無措的張偉只得一直蹚水，一直至沒腰深處，方不敢繼續向前。雖然未能上岸，離真正的海灘卻也不過數百米之距了。

不敢向前的張偉只得苦苦等候，期望這海灘上能有行人經過。他確是不知，如若是數百年後，此地竟是著名的風景區，遊人如織，此時的中國，卻如何能有人沒事到海邊來？從下午一直看到落日時分，兩眼看得發直，脖子發痠，卻是一個鬼影也未見到。

「難道我這麼命苦，雄圖大業就斷送在這海裏了?!」

一心想開基創業，統一三國的張偉，此刻受的打擊委實不小，兩行眼淚已是止不住的流了下來。摸一摸腰間的通信器，就待按響它引導外星人來接自己回去。說時遲，那時快，正當他的手堪堪摸到腰間通信器的同時，兩雙淚眼恍惚間卻看到幾個人影出現在海邊。

「喂……來人啊，救命啊!!」

縱然是又渴又累，當此關鍵時刻，張偉卻是顧不得嗓子直乾得冒煙，扯起嗓門大喊起來。那幾個聽到有人呼救，卻是一愣。轉眼看去，只見如黃豆大也似的人影在齊腰深的海水裏又蹦又跳，狂呼救命。

幾人大感詫異，那個呼喊的地方，離岸邊不過數百米之遠，弄海之人盞茶工夫便可游上十數個來回，卻不知那人出了什麼毛病，在那裏狂呼猛叫。

爲首之人便待不理，行列中有一年輕人卻是不依，徑自往海邊去了。

「哼，鄭一是越來越不把我放在眼裏了！」

「此獠腦後有反骨，日久必將生亂，李老大你卻要早做打算的好。」

「我自有主張，此番到了澎湖，就將他請到我家中，到時候……」

那年輕人卻不知身後諸人有那番說辭，只見他急奔至海邊，脫下上衣一個猛子扎進海裏，只是眨眼工夫，便游到張偉身邊。

「%￥%￥——……——……——」

張偉瞪大眼睛，渾然不知對方說了些什麼。眼見救命之人到來，卻無法溝通，一時間大急，勉強擠出笑容，用最標準的國語答道：

「在下姓張名偉，遇了海難，因不善弄潮，被困於此，卻望仁兄搭救。」

「啊，原來張兄不是閩人，說的卻是官話。在下姓鄭名芝龍，閩省石井人氏，張兄弟請隨我來。」

滿腦子裏充斥著「閩省」「鄭芝龍」這些三國絕無的名稱，張偉暈乎乎地被鄭芝龍用胳膊挾住脖子，一直拖到岸邊。

「呸呸呸……」

甫一上岸，張偉便忙不迭吐著嗆進口中的海水。那鄭芝龍也不多話，自去擰乾了衣服，穿上上衣，便待離去。

張偉眼見他要走，當下也顧不得擰乾自身的衣服，連忙追上前去，先是躬身一禮，作揖道：「恩兄慢走，且受小弟一拜。」

「不須客氣，弄海之人，救人性命與被救原也都是平常之事。誰沒有個落難的時候？」

張偉至此方仔細打量對方一番，卻見眼前此人，修軀貌偉，容貌堂堂，不似閩人長相，倒似北方豪傑的模樣一般，只是說話時眼角上揚，顯得極是傲氣，亦可見眼中露出一絲狡猾之色。

「話不可這麼說，恩兄於我，正如再造父母一般，且受小弟一拜。」

認準古人講究禮節的張偉，不顧鄭芝龍的勸阻，堅持著倒地拜了一拜。鄭芝龍無奈，只得側身受了一禮，心中對眼前此人，倒是有了些許好感。

「好了，拜也拜了。在下有要事在身，不能久留，要先告辭了。兄弟你落難受驚，需早些找家客棧，安歇將養身體爲要。」

跟隨著鄭芝龍的腳步，張偉卻又擠出幾滴眼淚：「恩兄不知，小弟祖上便越海至南洋，又經南洋至斐濟島，遠隔家鄉萬里之遙，因小弟心慕故土，故而不顧家人勸阻，隻身返鄉。卻不想在離家不遠處的海邊遇到了海難，小弟僅以身免，行李銀兩俱落入海中，現在不但舉目無親，且又是身無分文！」

看過《尋秦記》的張偉，自決定返回三國時便編好了這一套說辭，免得有人造自己的謠言，到時候解釋不清，於是他的祖先不但到了南洋，還被他往遠處發配到了斐濟島。

「啊！兄原來是自斐濟來，聽說那兒原是土人居處，數十年前被紅毛番占據，成了洋人殖民之地。」

「啊，恩兄說得不錯。現在舉目望去，盡是高鼻子藍眼睛之洋人，弟在斐濟，委實是氣悶不過，故而一意返鄉。」

「哼！這些紅毛鬼卻不知犯了什麼毛病，天下皆被他們占了，仍是不知足，竟然又占了台灣，現在又要打澎湖的主意，那是休想！」

「恩兄，小弟請問現在是天朝幾年，哪朝哪代，哪家皇帝坐龍庭？」

「現今是天啓年間，當朝的皇帝姓朱，國號大明。」

張偉頓時一陣頭暈，差點跌倒在地。心中暗暗咒罵，整整相差了一千多年，從三國到明末，這烏龍擺的真是太離譜啦！

鬱悶之極的張偉只得強打精神，繼續問道：「恩兄，當今皇帝可是明君？現今的年景如何，路過南洋時聽人說，卻是不大太平。」

「哼，當今聖人是一個好木匠，但做皇帝麼，還不如我呢！信任權閹人魏忠賢與婦人客氏，穢亂朝綱，現今雖不是天下大亂，依我看，亡國之象漸顯。」

「唉，這可怎麼得了……虧小弟不遠萬里趕回天朝，原指望能過幾天舒心日子。」

「舒心日子，還得自己尋才是。富貴險中求，咱們閩人便是如此，輕死而恥貧，好日子，都是打拚來的。兄弟既然落難，又是萬里飄泊而回，雖不諳水性，卻不妨隨芝龍，求一番富貴去。」

「好，小弟願跟隨大哥，兩脅插刀，以死相報救命之恩！」

「如此，芝龍願與兄弟結拜。不知兄哪年生人，年齡幾何？」

「小弟不知中國演算法，只知按西洋演算法，卻是二十一歲了。」

「啊，我是二十六，賢弟比我小的多了。」

「這個……大哥。」

兩人邊行邊談，眼見離與鄭芝龍同來數人越來越近，便找了一個小土包，虛捏了三炷香，跪地結拜。

「哈哈哈，從此我兄弟便生死同心！」

「這自然，小弟唯大哥馬首是瞻。」

鄭芝龍自十歲入澳門，後又居呂宋，至倭國平戶，數年前又曾帶人經營台灣，一直在海上謀生，現今又跟隨澎湖大盜李旦，芝龍見多識廣，又素來眼高於頂，雖投奔李旦不久，卻因實力漸長而生了自立之心，故而近來廣結豪傑，遍施恩義，打算尋得時機便火拼了李旦，獨占澎湖。

救了貌不驚人的張偉，原不打算收留他的鄭芝龍耐不住對方苦苦糾纏，想來小弟多一個總好過少一個，於是索性與張偉結拜，收下這個短髮說國語的小弟，想來將來火拼時，能擋得對方一刀也好。

兩人加緊腳步，跟上前面諸人，鄭芝龍淡淡向李旦解釋了幾句後，便自帶著張偉同行。李旦卻也不多話，只默默引著眾人向停靠海船的碼頭行去。

到得碼頭，張偉放眼看去，只見一艘長約七十米，桅杆高十一米左右的福船停靠在岸邊，在當時的造船水準來說，眼前這船算是一艘大船了。

張偉自然跟隨著鄭芝龍住同一艙室，同室的還有一位瘦瘦小小的福建南安人，姓何名斌，年紀大約是二十四五上下，是鄭芝龍的屬下。

初到明朝的張偉新鮮感一過，頓覺難過起來。窄小的船艙中點著一支小小的蠟燭，隨著海浪的波動搖晃著，艙內其餘兩人的臉一明一暗，只覺得壓抑無趣。

鄭芝龍見張偉神色不愉，只道他思鄉心切，便關心道：「賢弟，此地你若過不慣，過一段時間有紅毛鬼的船來，便托人帶你回家。」

「啊，不必了，兄長，小弟只是一時想念家中的老人，不過小弟出門時，可是下定了決心，非衣錦不還鄉。」

「好！好男兒自當如此。賢弟放心，跟著我鄭芝龍，保管你得償所願！」

「如此，一切便聽從兄長的安排。」

兩人雙手一伸，輕擊一掌，一同哈哈大笑起來……

第二章　初次出海

想到此處，張偉精神一振，在肚裏輕笑起來：「嘿嘿嘿……老鄭，老子我現下可是叫你大哥，那麼，將來你也吃點虧，把你的家財、士兵，戰船，都送給小弟我用用吧，放心，做兄弟的不會讓你吃虧，等我做了皇帝，總得封你個侯爵、伯爵啥的。」

從未坐過海船的張偉，初上船時不知厲害，儘管腳下搖晃不止，耐不住艙中寂寞的他卻仍是四處遊走，幸得他自幼愛笑，逢人便叫兄長，雖晃來晃去頗礙人眼，船上水手倒也沒有厭煩。

只是船行漸遠，海中風浪一波波湧來，剛上船時不知深淺的張偉在甲板上慢慢有些經受不住，便扶著船身，慢慢一步步踱回艙內。

剛入艙門，胸中的噁心感竟然抑制不住，急忙狂奔出去，張嘴便是一通狂嘔。

只不過幾個時辰，張偉吐得連膽汁都涓滴不剩，躺在床上不住呻吟，若是身上還有一絲力氣，受盡折磨他的定然會一步跳入海中，省得讓這軟刀子慢慢折磨死。

鄭芝龍不知從哪鼓搗出一碗熬得濃濃的薑湯，湊在張偉的鼻子前。還未入口，張偉的雙眼便被辛辣的薑湯刺激得眼淚漣漣。

「老弟，來喝碗薑湯。」

張偉怕辣，便有氣無力地推辭道：「大哥，謝了，我不喝這玩意。」

鄭芝龍怒道：「男子漢大丈夫，怎地一點辣都受不得？」

當下也不多說，捏住張偉的鼻子，張偉受憋不過，將嘴張開吸氣，於是一整碗熱辣辣的薑湯便灌了下去。

「咳咳咳……」

張偉有氣無力的咳嗽，被辣得說不出話來。

「哈哈，賢弟，放心罷，喝了這個，好好休息，很快便不暈了。」

「正是，張偉兄弟，鄭老大這可是爲了你好。」

那何斌原本湊著燈光看書，見這邊鬧騰得厲害，便也來湊熱鬧，好言安慰了一番。

「兄弟，你不是坐船回中土，怎地還暈船？」

鄭芝龍見張偉神色漸漸好轉，便回身坐回自己的鋪上，狐疑地問。

「咳咳，大哥有所不知，小弟原本也不暈船了，可是前日遭了海難，受驚之下體力大減，小弟

上船之初，原以爲也不暈船，誰料這身體……」

「啊，愚兄倒是忘了賢弟剛遭了海難。賢弟勿怪，好生休息吧。」

一時間三人不再說話，只聽聞那海浪聲一直拍打著船身。張偉靜靜躺了許久，覺得身體慢慢恢復，腹中居然開始饑餓起來。

看了一眼房中沙漏，已是半夜時分，側耳聽那鄭芝龍與何斌呼吸勻長，卻是都沒有入睡。支起身體，小聲喚道：

「大哥？」

「怎地？」

「小弟已經痊好，只是讓大哥費心了。」

「賢弟切莫客氣，愚兄對賢弟照顧不周，乃至於此。賢弟剛好，且莫說話，還是好好將息吧。」

張偉心中暗罵：「這兩人分明心中有事，卻不和我講。鬼鬼祟祟，定然不是什麼好勾當。記得鄭芝龍確是在這一年赴台，火拼了澎湖霸主李旦後開始發家，看現在的情形，李旦對他的野心似乎並非全然無察，看來上岸後，就是一場龍爭虎鬥。我說這廝痛快的收我做小弟，原來是想關鍵時刻收我當馬仔，幫他打架來著。」

張偉靜靜躺回床上，開始回想數日來的遭遇，甫到明朝時的不甘已然消散，立志要改變三國歷史的他，現在努力在腦海中思索著如何在這明末亂世幹出一番事業來。

想到此處，張偉心中又是一陣暴怒，那些可惡的外星人，送他回三國卻到了明末，這也罷了，原來說的超級裝備，居然只是一本《花花公子》，張偉一上船，便尋得一個背靜處打開看了，哭笑不得的他只得順手將書扔到了海裏，不然被別人發現了，解釋起來可得大費周章。

張偉的歷史水準，勉強算是一個大學歷史系學生的水準，在床上假寐的他，開始思量著如何開展自己的王霸雄圖。

「嗯，現在是天啓四年……天啓三年九月，袁崇煥被派往寧遠，六年大敗努爾哈赤，關外十餘年內暫無危險。記得崇禎元年，清兵曾繞道入關，劫掠一番，一直打到山東，搶了百萬人口，金帛無數，北方是去不得的。西面，現在雖然無事，不過西北貧瘠，無法發展。而且過幾年就有大旱災，更加的去不得。」

南方的南直隸，是明朝兩百餘年的陪都，擁有一套與北京對應的政府機構，擁兵數十萬，戒備南方，雖是整個中國最富裕的地方，不過卻不是無根無基的張偉能起事的地方。

想到此處，張偉頓覺現實與遊戲相差甚遠。在遊戲中，錢來得容易，與達官貴人猛將文士結交也容易，只需選擇對話，酒會，自然就有一幫豪傑幫他打天下。可是如今的他，如果冒冒失失跑到明朝某官員家中，大大咧咧說道：喏，我們來辦個轟趴吧？只怕立時便被打得皮開肉綻，送往官府法辦。

不過他也有幸運之處，一入貴境便認識十餘年後擁兵十數萬，家財千萬，戰船千艘的鄭芝龍。雖然現在的鄭芝龍亦只是小海盜一個，不過只要假以時日，成就定然不凡。

想到此處，張偉精神一振，在肚裏輕笑起來：

「嘿嘿嘿……老鄭，老子我現下可是叫你大哥，那麼，將來你也吃點虧，把你的家財、士兵，戰船，都送給小弟我用用吧，放心，做兄弟的不會讓你吃虧，等我做了皇帝，總得封你個侯爵、伯爵啥的。」

睡在對面的鄭芝龍迷迷糊糊中突然覺得背後一陣發冷，拉緊了被子，翻身繼續想他的火拼大計。

張偉在暗中默想著鄭芝龍的發家史：一六二四年背叛李旦，趁勢而起，掃許心素、滅李魁奇、除鍾斌，縱橫四海而無人能敵。在當時的海上馬車夫荷蘭水手的口中，這位中國的海上霸主被尊稱為「老爹」；心眼直的紅毛番評價他為：一個中國老好人。後又抑李國助、鎮荷夷、𨫼劉香，揚威八閩。以安海為基地，結合商業——軍事集團的跨國霸主，觸角遠達平戶、長崎、孟加爾（印度西海岸）、萬丹、舊港、巴達維亞、麻六甲、柬埔寨、緬甸、大泥、浡尼、占城、呂宋、魅港、北港、大員等各地。接觸的人包括倭國貴族商賈代表、葡萄牙人、西班牙人、荷蘭及南京、江西的瓷商等。鄭家府邸「第宅壯麗，綿延數里，朱欄錦幄，金玉充牣」，「開通海道，直至其內，可通洋船，亭榭樓台，工巧雕琢，以至石洞花木，甲於泉郡……」

可惜，鄭芝龍的政治眼光委實不如他的經濟眼光，扶助唐王稱帝隆武後，挾持朝政，打擊異己，後看清兵席捲江南後，不顧兒子鄭成功的勸阻，北上降清，終於落得被異族處死的下場。能力雖然遠遠大過他的兒子鄭成功，不過在歷史的評價上，可差得遠了。

不過鄭成功此人，雖然被後世尊為民族英雄，帶兵和發展的水準，依後人的眼光來看，卻也差勁得很。其人殘酷好殺，士卒部下動輒因小故被殺，且又不聽人言，剛愎自用。其圍困南京之日，帶甲十七萬，更有兩萬身強力壯之勇士，身披數十斤重之鐵甲，號稱鐵人軍，無人能擋其鋒。而南京城內不過數千人耳。就在順治帝驚慌不已之際，中了敵人緩兵之計的鄭成功因連營被破，近二十萬大軍潰敗而不可收拾，漢族最後的光復之光亦告熄滅。

後來至台灣，原本可休息生息，加強其父留下的海外貿易生意，富國強兵，事亦未必不可後圖。可惜，鄭成功生性驕傲，不能從慘敗中恢復，於是三十九歲盛年鬱鬱而終。又沒有處理好身後家事，諸子爭位，台灣後終於不保，漢人衣冠自此而絕。

張偉瞄了一眼同艙的何斌，正是此人，勸鄭成功攻台，以為基地。

順治十八年（一六六一）正月，為荷蘭殖民者做通事的何斌決定投奔鄭成功。鄭成功一見他，因是父親舊部，便客氣的問他來意，何斌答對曰：

「台灣沃野數千里，實霸王之區，若得此地，可以雄其國；使人耕種，可以足其食。上至雞籠、淡水，及至硝磺有焉。且橫絕大海，肆通外國，置船興販，桅舵、銅鐵不憂乏用。移諸鎮兵士眷

口其間，十年生聚，十年教養，而國可富、兵可強，進攻退守，真足與他國抗衡也。」

並從袖中拿出一張有關台灣道和荷蘭兵力分佈、炮台設置的地圖交給鄭成功，作爲軍事上決策的依據。

鄭成功聞其言，看其圖，心中大喜。適逢鄭成功進攻金陵失敗，勢蹙力孤，急需尋找下一步之路，被何斌一番鼓動後，始下決心攻台。

張偉想到此處，心中對未來已然有了初步的規劃。自己認了鄭芝龍做大哥，澎湖不久後必將被此人占據，跟隨他不過能得一些富貴而已。鄭芝龍自有幾個親弟做爲心腹，外姓雖然結拜，不過在動輒結拜的古人眼裏，也只不過比路人強些罷了。如若一直跟隨鄭芝龍，想有自己的基業，實在是水中撈月，只有誘之以利，早日從其身邊脫身，又能得其臂助，方能大展拳腳。

那麼，只能把何斌的話早說上幾十年，趁荷蘭人去年剛到台灣，根基不穩之際，自己先把台灣弄到手，那時候，何愁大事不成。

雖然是不得已來到明末，不過一直對漢人敗於女真人而心懷不爽的張偉，認爲能夠有機會改變那段慘痛歷史，倒也並不讓沒去成三國的他覺得太過遺憾。他決定不放棄這次陰錯陽差得來的機會，改變歷史！

一夜未曾入睡的張偉，站在清晨的甲板上，欣賞著海中日出，精神在外人看來，卻是十分健旺，渾不似暈船初癒之人。

「賢弟果然是經歷過海上波浪的，昨日一碗薑湯下肚，今兒看起來就健壯許多。」

「這還得多謝大哥。若不是大哥照料，小弟不知道到幾時才能站在這甲板之上。」

「自家兄弟，再不要說這些客套話！」

「是，大哥教訓的是。」

鄭芝龍負手站在船頭，任海風吹在衣衫單薄的身上，雖然天已是初夏，清早的海風仍讓普通人畏首縮腳，他這般做派，看起來當真是豪邁得很。

張偉並不多話，只是站在他身後，雖然凍得全身哆嗦，卻也並不退縮半步。

兩人就這麼一前一後站立良久，鄭芝龍方招手讓張偉上前說話。

「兄弟，哥哥看出來了，兄弟雖然表面上笑容可掬，言行隨意，令人覺得親和而無霸氣，實則心有主見，堅毅而有決斷，將來必非池中之物。」

張偉心中一驚，暗想：此人眼力倒是不凡。又想：此時若做作退縮，反教他看不起。立刻展顏一笑，趨前幾步，與鄭芝龍並列，說道：

「大哥言重了，小弟自小脾氣倔強，倒是有的，至於其他，非小弟所敢言。」

鄭芝龍卻不答話，只是微微一笑，與張偉並肩看起日出來。

張偉的性格雖表面看來滑稽可笑，胸無城府，自己也認爲己身並無所長，除了愛玩一些遊戲

外，其人簡直乏善可陳。自從被扔到明末起，這數日來的遭遇卻委實非同一般。先是被困海邊，後又成功攀附鄭芝龍，進而又得到其賞識，芝龍此時雖未能雄霸四方，然而已小有根基，其人又驕傲非常，能被他讚爲非池中物，張偉完全可以自傲。

兩人並立半日，芝龍方開口道：「兄弟，知道我爲何要與你結拜麼？」

張偉思忖道：這廝好好的說這個做甚？他與我結拜，又存的什麼好意了，不過是要多個挨刀的小弟罷了。我窮困潦倒，又舉目無親，自然是做肉盾的不二人選了。如若我不傻，自然曉得，他現在問我，自然是在試探，卻該如何回答才好？

略想一下，張偉決定博這一注，嘴巴一歪，詭笑道：「初時只道大哥你同情小弟，這幾日看來，大哥與這船主卻有些瓜葛，怕是有用得小弟處吧？」

鄭芝龍先是一愣，然後大笑道：「兄弟果然是爽快，好，做哥哥的也不誑你，此番上岸，便要火拼了李旦這賊廝鳥。」

「大哥需小聲爲是，需防河邊走路，草裏有人。」

「哼，這船頭水手全是我的人，怕個鳥。如果不是船上水手大半心向著我，你當李旦這廝傻麼，早就在船上結果了我們。」

「那下了船？」

「哼，這也由不得他了。他卻不知，此番我們離澎湖前，做哥哥的便安排好了一切，待下午一下船，便是那李旦的死期到了。」

張偉在肚裏暗罵：難怪你這麼跋扈囂張，原來在你眼中，後艙那幾人早就是死人一個。不過就算如此，你也太沉不住氣，也不防人家與你拚個漁死網破。

「大哥都安排好了，小弟真是汗顏，是小弟誤會大哥了。」

「兄弟倒也沒有誤會，做大哥的原也沒有好意，本打算到澎湖時讓你與李旦起爭執，待他殺了你，做大哥的假借爲你報仇，火拼了他。」

「這……大哥，小弟的命是大哥你救的……大哥吩咐就是了。」

「哼，你不必慌。今早看出兄弟你是個豪傑，我鄭芝龍平生最愛有骨氣的人，那李旦做事畏首畏尾，方有今日，難道我鄭某人也要如此麼？既然要火拼，那便火拼，尋的什麼鳥藉口。兄弟，以後老老實實跟著我幹，保你衣錦還鄉！」

「大哥的英雄氣概，委實令小弟敬服。」

「哈哈哈……」

與鄭芝龍虛與委蛇一番，令原本凍得發抖的張偉出了一身冷汗，心中一直以爲鄭芝龍只是讓他做個馬前卒的張偉，現在方知原來是讓他去送命，不住在心裏暗道：好險好險，老子今日不死，將來一定要尋機會要了你的狗命。

鄭芝龍卻想不到張偉鬼頭鬼腦的是在打他的主意，只道這小弟未經歷江湖之險，乍聽真相之後

嚇壞了頭腦，於是溫言安慰道：

「兄弟，這事先用不到你。你一會兒回艙休息，事未完時，切莫出艙就是了。」

張偉暗想：老子又不是你爸爸，你哪有這般體貼的。做小弟的不去幫老大拚命，卻是何道理？於是拍拍胸膛，說道：「大哥，這便是你的不是了，小弟雖然算不上孔武有力，卻也是七尺男兒，怎可讓小弟躲在艙中看大哥拚命?!」

「如此甚好，兄弟，做大哥的沒有看錯你。」

張偉這番慷慨激昂的話令得鄭芝龍又高看了幾分，拉著張偉回艙後，就嚷著令何斌去吩咐伙房多弄幾個酒菜，要與張偉好好喝上幾杯。若不是何斌提醒，恐怕到了下午火拼之際，這個未來的海上霸主卻是醉臥床上，任人宰割了。

三人在午飯之後，再不出艙，鄭芝龍只陰著臉躺在床上，那何斌卻坐立不安，讓張偉很是瞧他不起。張偉當時卻是不知，這何斌一向是以經商為長，跟隨鄭芝龍後又以謀士自居，平日裏凡事動動嘴皮子也罷了，於今突然要他動刀砍人，如何能不緊張？

張偉雖來自現代，自小縱然不是好學生，可也沒有動刀和人砍過架。說心裏不緊張，騙得了別人，卻騙不了自己。百般無奈之下，只得在心裏暗想曾經看過的那些古惑仔電影，心道：陳浩南不過胸前比老子多幾塊肌肉罷了，老子的二頭肌卻比他強得多了，他能砍幾十個人，老子砍上十個八個的，總該不成問題了吧？

卻說張偉心裏七上八下，從陳浩南一直想到謝霆峰，那船卻不理他是否害怕，在航行了兩天後，終於在傍晚時分，「砰」的一聲，靠上岸去。

鄭芝龍一躍而起，兩眼精光直射，從床上抽出一把精鋼打造的短刀來，藏在袖中，與何斌打個眼色，往艙外行去。

張偉在拍了胸脯要爲老大兩肋插刀後，便從何斌處得了一把匕首，一樣藏在袖中，跟著鄭何二人，向船頭行去。心中惴惴不安，暗念道：老子可是來復興中華民族的，切莫有不開眼的傢伙砍我兩刀。爲老大兩肋插刀?!成啊，誰要插，便去插我老大兩刀好了，不需客氣，我可是不會生氣的。

一行三人與李旦一行五人在船頭相遇，那李旦衝鄭芝龍點頭道：「芝龍，一會兒下船後，到我府裏來一下，有事與你相商。」

鄭芝龍暗道：「想騙我去吃鴻門宴麼？這倒可以免了，一會兒請老大你先去閻羅王那兒打個前站，過得幾十年做兄弟的去了，再讓你請罷。」

鄭芝龍尚未答話，那何斌卻搶前一步答道：「正好，李頭兒，鄭老大剛也和我說道，這陣子和老大有些誤會，正想去府上吃上一杯，大夥兒好好親近親近。」

那李旦卻是皮笑肉不笑，只淡淡應了一聲，便抬腳向船下先行去。

眾人剛行到岸邊，眼見再多行數十步就是何斌安排的伏擊點，眾人卻齊聽到有人在不遠處狂呼

道：「大哥，鄭芝龍那白眼狼反了，快跑啊！」

李旦大驚，身邊隨眾急忙一起抽出刀來，何斌大急，喊道：「李頭兒莫信，鄭老大不是那樣的人。」一邊猛打眼色，讓鄭芝龍快跑。

鄭芝龍緊了緊手，往後退了幾步，放眼去看來人，原來是李旦的弟弟李安平，只見他滿臉血污，衣衫破爛，跌跌撞撞的往船邊跑來。

一看到是李旦的親弟跑來，原本想解釋的鄭芝龍大叫一聲：「壞了！」急忙抽出短刀，大喝道：「何斌，張偉，快與我退到船頭固守，不能讓他們走脫了。」

張偉與何斌聞聲暴退，與鄭芝龍一同退到船首處，那何斌向船上水手大叫道：「兄弟們，快來幫鄭老大守住船頭，老大不會虧待你們的。」

眾水手一聲諾，立時奔出六七個身強力壯的，隨手拿些船上的雜物，雄糾糾站在船頭。

李旦眼見事將不濟，擠出一絲笑容，向鄭芝龍道：「芝龍，你我兄弟一場，我待你也不薄，你要地盤，這澎湖已得了去，給我這船，讓我帶著家小回福建養老去罷。」

鄭芝龍眼見不遠處追趕李安平的手下蜂擁而來，得意一笑，對李旦道：「李老大，我有心讓你走，可是就怕你脫身後與我為難。要養老，這澎湖又哪裡比福建差了?不如在此地養老罷！」

「欺人太甚。諸兄弟，與這反骨仔拚了！」

那李旦身邊數人皆攜帶著長刀，且都是李旦精心挑選的悍勇之士，故而鄭芝龍一方雖然人數稍多，而占據地利之便，在對方長刀直舞之下，卻被逼得一直後退。

李安平勢若瘋虎，雖然全身傷痕累累，卻揮舞著一把樸刀，刀刀往鄭芝龍身上削去。鄭芝龍雖武藝高強，又身高體壯，但壯得怕不要命的，那李安平懷了必死之心，對鄭芝龍砍向自身的短刀視若不見，一時之間纏得鄭芝龍無法脫身。

張偉在對方攻來之際便閃到了諸悍勇水手的身後，反正這些傢伙常年奔波海上，鍛煉得一身好身板，雖然擋在前面不住的吃刀砍，卻也要不得命。若是張偉這樣吃上幾刀，估計連叫救命的力氣也沒有了。

李旦帶著眾人接連砍翻了數名擋路的水手，正要助兄弟去夾擊鄭芝龍，卻聽到身後噔噔地響，原來鄭芝龍的下屬已然趕到，正在上船。

慘然一笑，李旦對圍攻張偉與何斌的諸手下喊道：「大夥跳海跑吧，能跑則跑，跑不掉的各安天命。我還有妻兒在島上，就不走了。」將手中長刀一扔，又對李安平道：「弟弟，放下刀來，咱們且看鄭大英雄能不能念在往日情分上，留咱兄弟一條生路。」

「大哥，你糊塗了！咱倆的妻兒老小，早讓這些畜牲盡數殺了，你還指望能留條活路給你？」

「啊……」

李旦一聽得家人全部喪命，一時間說不出話來，只抖著手指著鄭芝龍，半晌方道：「你、你好！」

耳聽得身後響動越來越近，撿起扔在地上的長刀，拚了全力向鄭芝龍衝去，剛好鄭芝龍被李安平逼得後退一步，覷得破綻的李旦大吼一聲，將手中長刀高舉，向著鄭芝龍的背後劈去！

鄭芝龍只聽得身後勁風襲來，卻苦於要招架李安平的樸刀，一時間別說抽身抵擋，就連閃避亦是不及，只得在心中暗叫：苦也，想不到我鄭芝龍今天要命喪於此。

何斌此時腿部已然受了輕傷，看到老大危急，咬牙欲上前阻擋，卻哪裡踱得動腳，大急之下，將手中短刀向李旦擲去，他本是文弱書生，雖拚著一股悍勇之氣與李旦的眾手下拚鬥到現在，不過是強弩之末，縱然是拚了老命將短刀擲出，卻又能擲得多遠？

那短刀劃出一道刺眼的白光，在李旦眼前一晃，那李旦一驚，往後一滯，短刀卻已力竭落地了。李旦不再理會，將手臂一抬，長刀一掄，又向鄭芝龍背後砍去。

船梯處鄭芝龍的眾手下已經奔上，與李旦的手上亂紛紛戰成一團，一時之間卻也近不得鄭芝龍身邊，船上眾水手皆是傷痕累累，空手的何斌兩眼亂掃，卻看到張偉手持匕首，威風凜凜站在眾受傷水手身後，顯是身上一處傷痕也沒有。

眼見李旦又向鄭芝龍砍去，何斌大急道：「張偉，快去救鄭老大！」

張偉早就覷見鄭芝龍情勢危急，衡量一下自身實力，本欲裝傻躲在一邊，被何斌這麼一吼，心中大恨：你當老子是無敵鐵金剛麼，這兩個瘋子手裏拿的全是大刀，卻讓老子用這把小匕首去和人拚命？心裏縱然暗恨，卻知道此時如若不上，不管鄭芝龍是否能活命，一會兒自己卻肯定是活不成了。於是只好大吼一聲，右手持精鋼打造閃亮亮的匕首，左手卻一揮，翹成個蘭花指，疾衝而上，向李旦的身後偷襲而去。

那李旦心中大恨，被何斌擋了一擋後，又有這小子上來礙事，心下本欲不理，只想與鄭芝龍同歸於盡，不過身體的反應卻不由他，聽得張偉衝了上來，便不由自主的將腰一扭，閃了開去，於是本來必能砍中鄭芝龍的一刀，斜斜劈了過去，只割到了鄭芝龍的衣角。

鄭芝龍左支右絀之餘，眼光餘光一掃，卻發現是張偉救了自己一命，心內暗道：僥倖僥倖，如若不是一時興起收了這個小弟，今番就要喪命於此了。

李旦卻是氣得眼角發紅，索性一轉身，將大刀向張偉頭上砍去。

張偉本來正在自得，心想：老子一出手便不同凡響，此時一見明晃晃的大刀向自己頭上砍來，頓時鬼叫一聲，身體暴退，欲往人多處閃躲。

「混帳，壞了我的事便想跑？」

李旦見自己手下紛紛被砍死在船頭，眼看自己也快活不成了，傷不了鄭芝龍，卻打定了主意，要臨死拉一個墊背的，於是將長刀舞得虎虎生風，刀刀不離張偉要害，顯是對拉張偉一同上路頗有誠意。

張偉卻是大急，對李旦的好意卻之不恭，受之卻也是大大的不願，於是不管姿勢瀟灑與否，就在這船頭上四處亂竄，口中大呼小叫，直呼人來救命。

「張兄弟莫慌，快躲到我身後來。」

張偉百忙之中兩眼骨碌碌一陣亂轉，卻發現鄭芝龍已趁亂砍翻了李安平，笑嘻嘻站在何斌身邊。

耳聽得身後刀風仍然舞得起勁，張偉卻也顧不得看到刀子是否能砍到自己，心道：拚了！能不能活命，就看這一遭了。低下頭來，向地上一趴，手腳並用拚命鄭芝龍身邊爬去。

李旦一愣，顯是想不到眼前這小子居然會用這種丟臉的辦法逃命，當下也不及細想，原本就接近張偉的長刀一抖，便劊了上去。

張偉只覺得屁股上冰涼涼一片，卻不知道自己中了刀，只道是自己膽小嚇尿了褲子，於是也沒有怕痛，急忙竄到鄭芝龍身後，傻傻一笑，手卻往身後摸了過去，心道：這次臉丟的當真不小。

鄭芝龍卻顧不上他，傲然向發愣的李旦說道：「李老大，我看你也是條好漢，把刀子扔了，做兄弟的不爲難你，讓你留個全屍。」

李旦慘笑一聲，意興索然道：「鄭一，這次是你勝了，江湖生涯本是刀頭舔血的勾當，有今天也在我意料之內。只求你看在兄弟一場的分上，把我全家都好好葬了吧。」

「那是自然，李老大你好生去吧。身後事，小弟自然會好生料理。」

李旦不再說話，將刀舉起，橫在脖子上用力一勒，鮮血狂湧而出，一代梟雄就此斃命。

鄭芝龍卻不在意，轉身向一個正在擦拭刀頭鮮血的大漢問道：「李老大那三艘運生絲往印度孟加爾的海船回來沒？」

「前日就返回了，運回整船的香料，等過幾日送到倭國，就是整船的銀子。」

「哈哈哈……我鄭芝龍也有今日！二弟，以後咱兄弟好好幹，一定比李家兄弟做的好。」

「那是自然，大哥，我一切都聽你的。」

那漢子擦乾血跡，抖了抖滿臉的橫肉，咧嘴大笑。

「好，張兄弟，你過來。」

張偉此時已發現自己原來是屁股上中了一刀，趴在甲板上讓何斌草草包紮了一番，正咧著嘴倒抽著冷氣。聽到鄭芝龍相喚，一扭一扭的走上前來。

「大哥，有什麼吩咐？」

「好兄弟。這次大哥保住性命，全是靠兄弟你捨身相救！」

「大哥說的哪裡話來，做兄弟的爲大哥兩肋插刀，也是該當的。更何況大哥你也曾救過兄弟。」

「好了，咱們兄弟不必客氣了。這澎湖有四五十艘小船，都是大哥的。一會兒兄弟你去挑艘好的，大哥再借你點本錢，兄弟就能把買賣做起來了。」

「多謝大哥！」

「好了，這位是我親弟弟鄭鴻逵，你們兩人好好親近親近，以後，大家都是自己人。」

張偉意外得來一艘海船，深知貿易利潤之大的他頓時眉開眼笑，瞬間連屁股的創痛都拋之腦外，聽聞眼前那個惡狠狠的漢子便是鄭芝龍的二弟，連忙奔上前去，拱手問安。

「唔，這小兄弟我看還算機靈，以後跟著我們鄭家好生做，切莫有二心才是。」

鄭鴻逵其人卻不像表面的那般粗魯無知，此人心思細膩，心狠手辣，是鄭芝龍發家的得力臂助。此時對張偉並沒有與其兄一般信任，言下大有警告張偉之意。

張偉心中暗罵一聲，卻做出一副受教模樣，連聲諾諾。

鄭芝龍大笑一聲，招手令人扶著張偉、何斌，一夥人得意洋洋的往李旦的府邸行去。

第三章　寄人籬下

踩在被鮮血浸透的李府大廳的青磚上，張偉心中暗罵：這些人當真是全無人性，幹掉男人也就算了，連婦人小孩也不放過。這也就罷了，居然不待鮮血乾透，屍體運出，便這麼堂而皇之的住進來了。

這澎湖島在宋時便是泉州漁民歇息修船的碼頭，至明末時已有數千島民常駐於此，至李旦兄弟經營此處，作爲海上貿易之基地，此地已有海船數十艘，漁船數百，此地海產殷富，又是通往台灣與南洋各地的良港，鄭芝龍並不太在意得到李氏兄弟的這些海船，他早在一六二一年與福建大商人顏思齊前往台灣北港時，便擁有小船十三艘，這數年下來，又與李旦合作添了不少船，倒是得到澎湖這地盤，更讓鄭芝龍興奮。

澎湖列島約由六十四個大小不一的列島組成，二十個島有人居住，其中以澎湖本島最大（含馬

公市及湖西鄉），其次爲西嶼、白沙鄉。

李旦原本就是在澎湖本島安身，十餘年經營下來，已經儼然有了一個小城鎮，數千人居於本島之上，有漁民、海盜、商人，分列於島上大老李旦的府邸四周，三日前，鄭鴻逵帶著鄭芝龍的一幫手下攻入李府，盡殺李氏家人與手下，已然完全控制了澎湖列島。

踩在被鮮血浸透的李府大廳的青磚上，張偉心中暗罵：這些人當真是全無人性，幹掉男人也就算了，連婦人小孩也不放過。這也就罷了，居然不待鮮血乾透、屍體運出，便這麼堂而皇之的住進來了。

眾人剛在李府大廳坐定，寒暄未定，便有鄭芝龍的屬下進來稟報道：「鄭老大，外面有一眾船商前來拜見。」

「這些傢伙，換了主子就急著來巴結。不見！告訴他們，一切依例如常，我鄭一不是殺雞取卵的人，讓他們儘管放心罷。」

那屬下抱拳諾了一聲，自去傳話去了。

張偉卻不顧及這些，從現代回到古代，進入古人豪富之家還是初次，腳底是整齊劃一的青磚地面，進門便是檀香木打造的長條供桌，兩邊分列著八張黑色雕花太師椅，牆上懸掛著明朝的字畫，左右不過是唐寅、祝枝山，張偉不懂，只仰著頭如鄉巴佬一般亂看一通。

「兄弟，不要急著看這些，這裏的財物都是咱們自個兒的，你若想要，這房間內所有的字畫、古董，一會兒叫兩個小廝給你搬去。」

何斌在一旁笑道：「鄭老大，張偉兄弟還沒有住處，咱們把他安排到哪兒？」

鄭芝龍拍拍身邊的座椅，令張偉坐上去，笑道：「好兄弟，你是搬來和我住，還是讓哥哥在鎮上給你尋一個宅院？」

張偉老實不客氣的坐下，端起精緻的蓋碗，打開蓋，吹上兩口，抿一下後方答道：「大哥，這裏實在是好，兄弟都捨不得離開了，不過大哥你有家眷，兄弟住這兒實在不便，至於宅子，倒也不必，隨便給兄弟找處居所便可。」

「做大哥的不會讓你受委屈，我鄭芝龍很少與人結拜，這次陰差陽錯與你結拜了，也是咱倆之間的緣分，住所的事，讓何斌去安排，會讓兄弟你住的滿意。」

張偉也不再客氣，知道鄭芝龍不喜客套，便諾了一聲，答應下來。

「兄弟，今天大家都受累了，本來要讓大家先回去歇息著，不過，既然都到齊了，便趁著這熱乎勁商量一下，咱們大夥兒怎麼幹，把這基業好生做大。」

張偉一聽到要商量下一步的大計，心裏立時盤算起來：算來鄭芝龍與顏思齊開發台灣北港不過三年光景，雖然已有數千人定居台灣，但其實只是一個海盜基地罷了，對台灣並不在意，鄭芝龍過不上數年就會放棄台灣，以安海為基地，擴大船隊，現在他的心思也應該是如此……不過，我卻不要早早兒說，且看其他人是如何進言。

聽得有人乾咳一聲，張偉循聲看去，卻見一苦臉乾瘦的青年人向鄭芝龍一抱拳，說道：「鄭老大，我先說說看吧？」

「施琅兄弟，想說啥就說，不要這些虛禮。」

施琅……原來是他，張偉不禁仔細的觀察起來，正是此人，因家恨不顧國仇，執意攻台，斷絕了華夏衣冠，不過就統一大業來說，此人倒算是功臣，張偉心內暗嘆一聲，施琅此人一生的功過，倒真是難說得很。

施琅又乾咳一聲，說道：「鄭老大，我知道你想擴大海上生意，不過依我看來，多從泉州招些流民，在台灣島割據下來，才是老大你一生的基業……」

張偉大驚，手中蓋碗「啪」一聲摔落在地……

「兄弟，你這是怎麼了？」

廳內諸人一齊向張偉看去，顯是都好奇張偉聽到施琅這番話後，為何會這般失態。

「大哥，我聽這位施琅兄弟說到台灣，想起一件事來。」

饒是張偉素以臉皮厚實自居，也因此事在臉上冒出一層油汗來，不過他倒也有急智，只一眨眼工夫，就編出一套說辭。

「大哥，你知道我是從斐濟島來，那兒已被紅毛番占據，那些傢伙攻城掠地，殺人越貨，當真是無惡不做。」

鄭芝龍思忖一下，道：「南洋也有不少紅毛番，那些傢伙十分殘酷，前些年還殺了不少中國人……」

「著啊！正是如此，兄弟就是在家受氣不過，這才冒險回天朝，在海船上聽人說，說起這台灣在古時候原是咱天朝漁民歇腳的地界，自宋朝起就有人去台灣島開荒種地，雖說天朝現下沒有把台灣正式收入版圖，不過這台灣島是咱中國人的土地，這總沒錯。」

「兄弟說得是，你這是贊同施琅兄弟的主張了？那又何故驚慌？」

「唉，大哥，我還沒有說完。聽人說，自去年下半年起，台灣島上就來了紅毛番，聽說是什麼歐洲的荷蘭國，在南洋有一個東印度公司，他們派了幾百人上了台灣島，還築了名叫『赤崁城』的要塞，現下除台灣北部的幾個港口還在中國人手裏，其餘地方，盡皆歸了紅毛鬼子。」

鄭芝龍自鼻孔冷哼一聲，怒道：「不錯，我和顏大哥看在這些荷蘭紅毛做生意還算穩妥的分上，倒也沒有和他們爭執，只不過暫且忍讓罷了，兄弟莫慌，遲早有一日，這台灣全島還得姓鄭！」

張偉在肚裏暗道：姓鄭麼？我看大大的不見得。口中卻道：「有大哥這番話，小弟可就放心多了。總之這紅毛番，做生意還行，若是讓他們進了家門，想趕走可就不大容易了。」

施琅也道：「張偉兄弟說得有道理，咱們不如趁現在那荷蘭人立足不穩就趕走了他們，過得幾年他們羽翼豐滿，可就不大容易了。」

鄭芝龍沉吟道：「話雖如此，但顏大哥與我，都覺著那台灣是化外之區，除了偶爾遇到風浪可以暫避一下，別無他用。如今澎湖落入我手，那台灣卻是不要也罷了。」

鄭鴻逵、何斌、楊帆等人皆點頭稱是，除張偉外，其餘人等無一贊同施琅的主張。鄭芝龍雖然早早與福建大商人顏思齊在台灣建立一個貨物周轉的基地，不過在鄭顏二人眼裏，台灣只是野蠻不毛之地，孤懸海外，不足以爲基業，如若不是躲避官兵，委實不用跑到台灣大費周章。鄭芝龍苦心謀奪李旦的澎湖，也正是因不滿台灣北港的基業所致。

施琅憋得臉色通紅，還欲急辯，鄭芝龍神色不悅，拂袖站起，道：

「今兒大家都乏了，先議到這兒。不過，我給大家透個底，顏大哥的意思是把家當都挪到澎湖，下一步怎麼走，等顏大哥來了，咱們再合計。」

何斌一笑，站起來對張偉說道：「張兄弟，走吧，我給你安排住所去。」

張偉在心中雖是暗讚了幾句施琅，不過他可沒蠢到要幫這倔強漢子說話的地步，施施然站起向廳內諸人拱了拱手，道了句：「得罪，小弟先行一步。」

眾人紛紛站起道：「張兄弟走好，趕明兒有了空，大夥兒喝上兩杯，給張兄弟接風洗塵。」

一時間諸人紛紛做鳥獸散，那施琅愣了半晌，恨恨一跺腳，奔了出去。

鄭鴻逵看了一眼施琅，對鄭芝龍道：「大哥，我可想不通，你爲何要留這個人，此人倔強無比，自以爲是，甚難駕馭。」

鄭芝龍笑道：「我何嘗不知此人實在難以約束，不過念在他有些才幹，不忍殺之。」

島。」

「那今日那奇怪的小子呢？看他的打扮言行，簡直不似中國之人。」

「沒錯，那張偉確實不是中國之人，據他說，其祖上數百年前就去了南洋，後來輾轉到了斐濟島。」

「大哥覺得其人如何？」

「這小子也是個人材，不過……我卻有些看不透他。」

「我也是這種感覺，總覺得這小子有些神神秘秘，似乎大有來頭一般。」

「且看著吧，任他有天大本事，還能強過我兄弟二人不成？」

「這倒是，小弟多慮了。」

兩人縱聲大笑，相偕去後堂慶功去也。

卻說那何斌緊握著張偉的手，笑瞇瞇如拖著一隻小羊羔，還不停地用曖昧的眼神打量著張偉，直盯得張偉全身發麻，後背一陣陣發涼。

用力甩了幾下，卻怎麼也甩不脫，張偉無奈道：「何大哥，小弟的住所在哪，怎地走了半日還沒到？」

「兄弟莫急，這便到了。」

過了半晌，何斌終於領著張偉到得一幢青磚瓦房外，笑道：「兄弟，這便是了。」

張偉倒抽一口涼氣，仔細打量一番，見那瓦房倒還齊整，可惜只有三間，除了幾隻斜腳長椅，一張雜木打就的破板床，一個沒有上漆的八仙桌，此外別無長物。

「這個……便是何兄所說的好住處？」

「啊，兄弟莫怪，此處畢竟是海島，物產不多，所需傢俱除了從內地運來，便是從此地就地取材，兄弟的住所，相比於普通島民，算得上是豪宅啦。」

張偉苦笑著進了這座「豪宅」，對何斌道：「何兄弟，那便進來坐坐吧。」

何斌笑道：「張兄弟無需客氣，小弟在此是有家眷的，這便要回去了。剛剛原本要為兄弟找個紅倌人陪侍，卻又想到兄弟你屁股掛彩，便作罷了。」

張偉一聽之下，精神頓起：「啊，此地有妓女呀？」

「正是，等兄弟你傷好了，自去開心便是了。」

「啊……甚好甚好，何兄弟辛苦，這便請回吧。」

看著何斌搖搖擺擺離去，張偉興奮地想：「他媽的，古人真是有古人的好處，召妓不但合法，而且還能弄成風雅之事，三妻四妾，也是正常……不知道那秦淮十豔都在哪兒……」

想到此處，張偉暗恨來的時間太早，陳圓圓、柳如是、董小宛現下可都沒有出生，就算有幾個生了下來，現下也是光屁股玩泥巴的時候，總不能見了之後，色瞇瞇的來上一句：「小寶貝，來，讓叔叔給妳檢查身體？」

一陣冷風吹來，夾著幾滴雨點，頓時澆醒了張偉的召妓夢，忙不迭躲進屋內，茫然四顧，渾不知做什麼好。

「啊，難怪古人的人際關係好，沒有電視、音響、電腦，甚至連漫畫書也沒有，更別提八卦雜誌了……」

張偉嘀咕著趴在吱吱呀呀的呻吟著的木板床上，將又濕又潮的被子拉到身上，呆呆的躺了半天，卻猛然想起：「媽的，老子還沒有吃晚飯呢！何斌那廝也不告訴我去哪兒吃飯便溜之乎也，也罷，還是自個兒去找吧。」

出得門來，雨下的雖不大，但門前都是土路，雖然泥土清香撲鼻，不過雙腳踩在泥濘裏走路，卻是怎麼都不會愉快。

張偉深一腳淺一腳的在泥濘裏艱難地行進，每一腳都帶出好幾斤的泥巴，行得數步，就要停下來甩甩腳上的泥，若非張偉腳上穿的是山寨版的名牌球鞋，行走起來還算輕便，恐怕行不到一里路，便要赤腳走路了。

沿途試著向幾個沒牙的老頭問路，可惜完全是雞同鴨講，對方不懂得張偉的國語，張偉也完全聽不懂對方的閩南語，張偉急得滿頭冒汗，只得按記憶一路記下來時的路，以防一會兒不但找不到飯館，就連回去的路也忘了，那可當真是天大的笑話了。

好不容易從一個小巷子裏鑽出來，滿心歡喜的張偉赫然發現，前面又是一個四岔路口，陰森森

的巷子口張著嘴，如同噬人怪獸。

「天哪，我還真是命交華蓋，屁股中了一刀也就罷了，想吃個飯居然還找不到地方……」

張偉萬般無奈之下，決心忍著饑餓，原路返回。

正當他抬腳欲行之際，眼睛的餘光卻覷見一個人影自暗處而來，一邊走，一邊甩著腳上的泥土，張偉仔細一看，此人光著腳，身體瘦弱，苦著張臉，不是施琅是誰？

張偉嘿嘿一笑，如見救星，大叫道：「施兄弟，這邊來！」

施琅原本在低頭走路，正艱難的把光腳從泥濘裏拔出來，乍聽張偉驢吼似的大叫，猛一踉蹌，差點跌倒。

張偉猛搶幾步，笑咪咪將施琅扶住，還在施琅胸部揉了幾下，道：「施兄弟，雖說你在江湖上討飯吃比做兄弟的早得多，不過，兄弟看你的身子骨，卻是不怎麼健朗呀。」

施琅苦笑道：「張大哥，天色這麼暗，你又突然這麼一叫，教我吃了一驚，你卻說我不健壯，這可是倒打一耙哪。」

張偉嘿嘿一笑，解釋道：「施老弟，我也是被逼無奈。今兒一下船就動刀動槍的，折騰了半天，鄭老大也沒留吃飯，現下兄弟餓得前心貼後背，想出來找口吃的，卻怎麼也摸不著廟門。」

「張大哥，不是做兄弟的說你，你這麼瞎摸能找到啥?剛剛也不向何斌打聽打聽！」

「兄弟教訓的是。我剛剛也是忘了這事，現下老弟能帶我找個飯館，祭祭五臟廟成不?」

「這會兒風雨交加，天色已晚，鎮上街西頭倒是有兩家飯館，不過現下肯定是打烊了，大哥，你有所不知，這澎湖人要麼有錢，在家裏開夥，要麼就是窮困潦倒之人，只能在家裏湊合伙食，哪有人沒事去什麼飯館。這麼著吧，你且隨我來，我家裡倒還有些吃食，咱們兩人喝上兩杯，也算給兄弟接風。」

張偉大喜，他對施琅所知甚多，知道此人實在是個人才，正巧他對台灣的看法與張偉相同，打定主意要結交好施琅的他見施琅主動相邀，自然是喜不自勝，當下連聲答應，連屁股上的痛也減輕了許多。

兩人在泥濘裏走了半天，張偉方發覺施琅的住處居然就在他的隔壁，心下大喜，暗想：看來我把此人網羅為臂助的事，已是老天注定的了。當下也不客氣，就隨著施琅進入房中。

施琅家比張偉那兒齊整舒適得多，客廳地上也鋪了青磚，從泥濘中乍一進房，甩乾腳上的泥巴，一下子便清爽許多。

施琅也不去管張偉，自去廚房掌勺，張偉只聽得他叮叮噹噹弄了半天，良久，方端了一碟炒花生，一碟熟牛肉上來，張偉訝道：「賢弟，怎地這兩個菜還弄個這麼許久？」

施琅臉皮微微發紅，苦笑道：「以前菜都是你弟妹弄，因鄭老大要與李老大火拼，我怕她受驚嚇，因而送回泉州去了。」

張偉想到若干年後施琅因得罪了鄭成功而全家被殺，不禁微微嘆了口氣，當下不再說話，與施琅二人坐在客廳的八仙桌前，痛飲起來。

張偉忍著疼痛，斜身踞坐，大吃大喝，施琅卻是食欲不振，只勉強與張偉同飲了幾杯後，就推說身體不適，悶坐在一邊。

張偉一時也顧不得他，一直把桌上酒菜一掃而空，又吃了施琅拿出的幾個饅頭，方才作罷。

施琅原本悶悶不樂，看張偉不客氣的大嚼大吃，臉上露出一絲笑容。見張偉吃完抹嘴，施琅問道：「張大哥可吃飽了，如若未飽，我再去拿兩個饅頭來。」

張偉打了一個飽嗝，舒服地摸摸肚皮，笑道：「那可不必了，現在都吃得快撐到嗓子眼啦。施兄弟，我可沒有客氣，當你這兒就是自個兒家啦。」

施琅擊一下掌，讚道：「大哥，我看你是個好漢子，施琅以後交你這個朋友。」

「兄弟，既然你這麼說，做大哥的倒要多句嘴，我看你也勞累了一天，怎麼卻不肯吃飯？」

「唉……」

張偉怒道：「大丈夫有話便說，何故做這婆媽模樣！」

施琅默然良久，終於擺擺手，獨自進房去了。

張偉鬱悶之極，只得摸黑回了自家，往床上一倒，立時睡了昏天黑地。

第二天一醒，便去鄭芝龍府中報到，此後論功行賞，張偉如願得了條小海船，自去招募人手，用鄭芝龍借的本錢去福建收生絲，瓷器，轉運出口。

如此這般過了半年，張偉與澎湖島上諸人打得火熱，福建話也學了個八九不離十。眼看荷包裏銀子鼓了起來，可是創基立業的大計卻縹緲無蹤，心裏老是鬱鬱不樂。

那鄭芝龍勢力漸長，投奔於他的小股海盜漸多，平日裏呼喝號令，威風得緊。對張偉何斌等人倒還客氣，對施琅已沒有以前那般容忍。

轉眼間中秋節至，這一日眼見秋高氣爽，鄭芝龍心裏高興，便邀了眾得力手下，一同賞月過節。席間，施琅又提起占據台灣之事，鄭芝龍不待他把話說完，便是老大的不高興，竟然拂袖而去。還是張偉轉了個彎，好說歹說將他請了出來，這才勉強把酒席吃完。

張偉眼看眾人都有嫌憎施琅之意，施琅也垂頭喪氣，便執意將施琅拉回自宅，擺上酒席，自與施琅兩人共飲。

張偉家中此時已不是剛來時的光景，隨海船來往數次，見識了數百年前的南洋風光。可憐張偉在現代交通發達之時從未出過國門，現在卻隨著落後的木帆船行了數萬里之遙，船行萬里，他自然早就賺得盆滿缽滿，除了拿出錢來又買了兩艘海船，又特意在這澎湖買了這個三進的宅院。若不是考慮澎湖非久居之地，將來來往不便，恐怕什麼歌伎、美貌丫頭早就買了滿宅了。

施琅卻沒有張偉這般闊氣，雖然跟著鄭芝龍也賺了不少銀兩，大半都在福建老家買了田產，買地又被官府盤剝了一些，故而手頭一直十分拮据。雖然因與張偉交好後一再被邀而和張偉住在一起，卻一直捨不得花錢請客吃飯，是故在島上人憎鬼厭，不似張偉新來乍到，卻捨得花錢，島上諸人提起張偉，都是讚頌不已。

酒過三巡，張偉問道：「施賢弟，你明知道鄭老大不喜人提台灣之事，又何苦總是違逆他的意思？」

施琅悶聲喝酒，直喝了十數杯後，方紅著臉問張偉：「大哥，你可記得你初上島來，頭一晚在我家中吃飯的事？」

「當然記得，那一晚若不是兄弟你，大哥可要餓壞了。」

「一頓飯而已，小弟倒不是邀功來了。小弟是問你，可記得我那晚悶悶不樂？」

「當然記得，那晚想問個清楚，賢弟你卻把我甩在一邊，大哥別提多尷尬啦。」

施琅乾笑兩聲，老臉通紅：「這個……當日實在是心緒不寧，大哥莫怪。說起當日的事，卻和你今日疑問有關。」

「喔？賢弟卻有什麼苦衷，只要做大哥的能幫得上忙，儘管開口便是了。」

「那日我勸鄭老大一意經營台灣，一則是爲他好，二則也是爲了自己。咱們原都是福建的貧民，在這海上走私撈錢，等於提著腦袋幹買賣，哪一天在海上遇到風浪，或是被官兵捉了去，這一百多斤就算交代了。我娘子一直勸我及早脫身，過些平淡日子也強似提心吊膽，可是一日上了賊船，想脫身就難啦。現下就是我回去，官府也饒不了我。所以一心要勸鄭老大經略台灣，將來官府招安，大家都有個出身。實在不行，也可以把台灣島當成棲身之所，那裡物產豐茂，地廣人稀，咱們就昇在那兒自立爲王，也強似成日漂泊海上。鄭老大只顧這海上貿易本小利大，卻不曾想過要爲手下兄弟謀個將來退步，唉！」

張偉細聽施琅訴完苦，心內暗笑：這施琅明知海上生意是暴利，卻一心想讓鄭芝龍去墾荒種地，也不想想人家是否樂意，與虎謀皮不成，卻在這兒抱怨，想來這便是他不善與人交流溝通所致，不過，此人的想法倒與我不謀而同，能得台灣爲基地，然後引民開發，這才是建功立業的基本，不然一直跟著鄭芝龍，就算能混個富翁幹幹，終究也沒什麼勁兒。

張偉展顏一笑，勸道：「賢弟莫愁，鄭老大現在生意做的風生水起，前一陣子還拜會了倭國的幕府將軍德川家康，得到了和倭國人貿易的特權，你讓他現在放手去屯田，那可不跟殺他一樣。等將來他醒悟過來，咱們慢慢勸他不遲。」

施琅長嘆一聲，不再說話，和張偉喝完了悶酒，自去尋娘子睡覺去了。

張偉卻離了席直奔大堂外的左偏廳，擦了把臉，就召來一個幼童，吩咐道：「去，把周爺叫來。」

那小廝領命而去，稍頃便帶了一個年輕後生進來，看模樣，不過十七八左右。那人進了偏廳門，先跪地向張偉請了個安，然後垂手侍立一旁。

張偉原本不習慣古人動輒下跪，不過入鄉隨俗，一時間倒也改不了這數千年來的積習。

「全斌，讓你去辦的事情，如今怎樣了？」

「回爺的話，全斌去武平後，已找到爺說要找的那個劉國軒，他年紀與全斌相仿，家中也是貧苦不堪，聽說爺要用人，已隨著全斌回澎湖。爺要見他，現在就可傳見。」

「這事你辦得甚好，回頭從帳房支十兩銀子。」

周全斌作了個揖，卻不多話，只靜等著張偉的吩咐。

張偉歪著頭想了一下，記得這一年顏思齊病逝，鄭芝龍至台灣接替顏思齊的龍頭位置，將海船和得力之士遷至澎湖，後又至福建安海，卻不知道這顏思齊現在的情形究竟如何，顏思齊之死，正是張偉占據台灣的良機。如若再遲一些，荷蘭人在台灣的勢力增強，事情可就難辦了。

張偉細想了一下，荷蘭人不久之後就會以台南爲中心，將台灣本島劃爲北部（台南以北），南部（台南以南），卑南（台東），淡水等四區，再過得兩年，會與西班牙人打上一仗，現下他們人雖不多，只有數百士兵，十二艘大小不一的戰船，不過東印度公司在爪哇卻駐有數千人，數十艘戰船，現下和他們正式衝突是萬萬不行的，唯有以民間墾荒之名，方能在荷人勢力不到，或興趣不濃之外落腳。

便吩咐周全斌道：「全斌，你安排劉國軒住下，明日和你一起去台灣，我還有事，今日就先不見他了，等你們回來，再爲他接風吧。」

周全斌又行了一禮，低聲應諾後，返身自去辦事去了。

張偉自返回明朝，手中有了一些銀兩後，就留心尋找記憶中的人才，這周全斌是福建同安浯州人，文武雙全，曾獻策給鄭成功，受到賞識後提升爲房宿鎮參軍，一六五九年（永曆十三年、順治十六年）六月攻瓜州，周全斌奮勇率兵浮水先登，直衝敵陣，身中五箭，而氣勢越盛，諸軍繼之，於是攻下瓜州。

一六六〇年（永曆十四年、順治十七年）五月，清軍出動大軍，李率泰領軍下計有索洪、賴塔及降將施琅、黃悟等大軍來犯金、廈，風起潮湧，煙火漫天，周全斌以洋砲橫擊之，將黃悟軍全部打垮後，索洪、賴塔見到心寒，棄軍而各自逃命，清軍被焚溺斃數以萬計。

劉國軒亦是鄭成功手下知名大將，悍勇非常，尤常於水戰，此時尚不及弱冠，張偉特意命周全斌自武平尋來，以爲臂助。

俗語說，有錢能使鬼推磨，張偉賺的銀子，除交際外，皆用於尋訪收羅人才，手下已有數十名悍勇敢死之士，只是苦於沒有大將之材，因此只得去尋找十數年後方展露風采的未來名將，現在就加以調教，以待將來大用。

只是此刻的張偉，急待解決的卻是眼前的一場危機。

前日何斌匆匆前來，將張偉拖入密室，告之張偉，鄭芝龍對他陰養死士起了疑心，若不是何斌苦苦相勸，當時便要鄭鴻奎帶人來抓張偉，縱然何斌當時勸下了他，難保日後不起心加害，張偉此刻

便要重新去鄭家，以釋其疑。

張偉回來不久，就喜歡古人的轎子，雖不似汽車那般風馳電掣，坐在裏面卻也是悠然自得，十分舒服，還能打開轎簾看看路邊風景，當真是享受得很。

大約走了十幾分鐘後，張偉感到轎子一沉，只輕輕一晃，就已停靠在鄭府門前。隨同服侍的親隨不待張偉伸手，便將手一搭打開了轎簾，張偉彎腰下轎，嗯了一聲，令隨眾帶著眾轎夫在門外守候。也不待通稟，自進了鄭府大門，往鄭芝龍平日裏會客的書房行去。

還未行得數步，就有鄭府長隨迎上來道：「張爺，您來了。」

張偉微笑道：「老鄭，鄭老大可在麼？」

「在是在，不過老爺吩咐了，現下誰也不見。」

張偉頭一懵，頓覺大事不妙，心想：老子不過收了幾個手下，難道就要翻臉麼？剛剛喝酒時也沒看出異常來呀！忙陪笑道：「老鄭，我找鄭老大有要緊事，你給傳稟一聲。」話未說完，一錠白銀已塞進了那長隨的袖口。

那老鄭收了銀子，卻仍爲難道：「張爺，不是我打您的面子，實在是鄭爺吩咐，我不敢破例。」

張偉氣結，只得問道：「老鄭，到底出了什麼事，鄭老大這般閉門拒客？」

那老鄭神神秘秘湊到張偉耳邊道：「出大事啦！」

「什麼事？」

「顏老大在台灣突然死了，聽說是得了肺癆，連吐了十幾天的血，前日就死了，現下鄭老大正在與人商議，怎麼把台灣的基業轉到澎湖來。」

「啊……」

張偉一聽到顏思齊已死，腦中迅速盤算開來：怎麼借這次機會，前往台灣？

第四章　鄭府設宴

張偉方把事情一五一十的告訴施琅，施琅猛拍大腿，怒道：「鄭老大委實是鼠目寸光，放著台灣的千里沃野不要，白白便宜了荷蘭人，現在鄭老大擁兵數千，海船數十艘，占了台灣，募民墾荒，將來便是設官立府，自立為王，也不是不可為之事。現下顏老大一死，他便要棄台灣於不顧，這可真教人寒心。」

張偉傻呆呆地站在鄭府門房想了半天，仍是不得要領。直到老鄭咳了半天，才突然想起自己就這麼站了許久，挪動發麻的雙腳，慢慢踱著出了大門，長隨和轎夫連忙上前侍候，張偉吩咐道：「老王，你別跟著轎子走了，快些回府通知全斌，我吩咐的事情先別做了，讓他在府裏等我回去。」

那長隨諾了一聲，邁著公鴨步向張偉家中跑去。

張偉悶頭上了轎子，思維亦隨著轎子的晃動而運轉著：

「何斌此時定然在鄭芝龍府中議事，楊帆是鄭的心腹，雖然平時裏推杯換盞，不過這種事找他打聽，定然會碰得灰頭土臉，施琅……應該還悶在家裏……」正細思時，卻聽得轎外有人高叫：「是張志華在轎中麼？」

張偉自來到明末後，也另取了字曰「志華」，原本他的名字在現代就是平常之極，多次欲改名而未果後，到得明末，便依自己的意思，取了志在中華之意的「志華」爲表字。

「正是，是哪位仁兄？」

「是我，何斌。」

張偉很詫異的「咦」了一聲，喝令轎夫停轎，邀了何斌上轎同坐後，問道：「廷斌兄，鄭府內正在議事，怎麼少了你這個謀士？」

何斌苦笑一聲，說道：「今日議事，定的是鄭家的大計，書房裏聚集的全是鄭氏子弟，鄭鴻達、鄭鴻奎、鄭芝虎、鄭芝豹、鄭彩，哪容得下我這個外姓之人在場呢！」

張偉將摺扇往手中一攏，笑道：「廷斌兄，我可是鄭老大的結拜兄弟，還不是一樣拒之門外。咱們大哥不笑二哥，中午在鄭老大家中飲得不暢，現下已是傍晚時分，去我府中，小弟讓人弄些瓜果，邀上施琅，咱們三人不理俗務，且痛快暢飲一番。」

何斌被張偉勾起興頭，興致勃勃說道：「可惜這澎湖孤懸大海，難以整治什麼好酒菜，不然值此佳節，聚上一些朋友，飲酒賦詩，賞月邀朋，倒真是人間樂事。」

張偉卻是鑒賞過何斌的一些詩詞，雖然來自現代，從未寫過律詩，但自小看過些唐詩宋詞的張偉，對何斌那些韻律平仄上挑不出毛病的「詩」，卻是不敢恭維，雖不至於捏鼻而逃，但讓他興沖沖陪著一同「赴濕」，那還是不要的好。當下笑道：

「我與施琅，可都是大老粗，只怕今晚陪不了你。」

何斌也是一笑，道：「我忘了志華對這些事情向來是能免則免的。倒也奇怪，志華兄腹中文韜武略皆是不凡，何故在這詩詞上肯如此後人？」

何斌卻不知張偉歷來對中國文人不通世事，不知秦皇漢武，只知天圓地方，子曰詩云的傳統有非常大的不滿，唐時科舉，尚在詩文外有會計、政論，到宋人只重詩賦，明人只考八股，把文人圈在那幾本小書裏，和養豬有甚區別？可笑文人骨氣漸失，責任感全無，平時裏吟風弄月，考試時慷慨激昂，寫起字來筆走龍蛇，論起經傳來頭頭是道……只可惜全無用處。

張偉也曾考慮過照搬一些近人詩詞，可惜在明時不如現代，在現代社會如果背不起來詩詞，還可以用「古狗」搜尋一下，要找什麼應有盡有，可是在明末，連印刷過的書都看不到，卻讓張偉去哪裡查？絞盡腦汁，也只記得袁枚在《隨園詩話》裏用的小印：「錢塘蘇小是鄉親」，這卻如何用得。

張偉只恨自己來得太晚，不然如項少龍一般，沒事說一句唐人詩，背兩闕宋人詞，少女嬌軀一震再震三震，美人大把大把入懷，豈不羨殺旁人？

百般無奈之下，張偉只得在所有談詩論詞的場所藏拙，眾人開始尚且不信，直到他用毛筆字寫出數篇狗爬也似的書信後，方才信了。何斌曾問他何故如此，張偉只好以斐濟島沒有毛筆搪塞了過去。

兩人在轎中談談說說，不知不覺到了張偉宅前，兩人剛一落轎，便看到施琅臉色鐵青，從宅內疾衝出來。

張偉叫道：「施琅，你這是怎地？叫人踩了尾巴麼！」

何斌也笑道：「施琅，你這急腳貓似的，難不成家裏老婆造反，你去搬救兵麼？」

施琅愣著眼看了半天，這才看到是張何二人在打趣自己，苦笑道：「卻是讓兩位猜中，家裏老婆造反啦。」

張偉又笑道：「怎地，你最近去尋花問柳了不成？」

施琅沒好氣地答道：「我又不是大哥你，可沒有這些閒心。我娘子家中來信，前日裏我人舅子得罪了縣令，教官府拿了去，用板子把屁股打得稀爛，那邊來信說，兩家人都受不得欺凌，要坐船來澎湖投我。我現在的光景，卻如何能維持。澎湖這邊地少，且大多是海鹼地，不宜耕種，我要去見鄭老大，求他讓我帶著家人去台灣墾荒。」

「此刻千萬去不得！」

「施琅，切莫去找死。」

張何二人異口同聲，把施琅唬得驚疑不定，張偉也不待他發問，一把拉住施琅的胳膊，拽回大門內。

三人回到偏廳坐定，張偉方把事情一五一十的告訴施琅，施琅猛拍大腿，怒道：「鄭老大委實是鼠目寸光，放著台灣的千里沃野不要，白白便宜了荷蘭人，現在鄭老大擁兵數千，海船數十艘，占了台灣，募民墾荒，將來便是設官立府，自立為王，也不是不可為之事。現下顏老大一死，他便要棄台灣於不顧，這可真教人寒心。」

張偉勸道：「話也不是這麼說，現在鄭老大占了澎湖不過半年左右，歸附的海船雖有數百，又掃了一些小盜，但海上紅毛鬼和官兵也為數不少，還有幾股大盜對鄭老大並不買帳，海上生意的根基究竟是在海上，你讓鄭老大把心思用來開墾土地，這也是為難了他。」

何斌也道：「志華兄說得沒錯，強擰的瓜不甜，鄭老大志不在此，你又何苦總是逆他的意。」

施琅苦笑道：「我又何嘗不知道老逆著他的意並不討好，我看鄭老大對我是越來越不喜歡，以前還顧忌有用得著我處，現在他勢力坐大，投奔來的好漢成天是不絕於海上，我看我總有一天，會被鄭老大下令處死。」

張偉招手令下人上茶，又令人端上了些從內地運來的時鮮蔬果，下令廚房整治酒菜，一時間亂哄哄人來人往，三人便不再說事，只端坐閒談。

約莫快到月升時分，三人聯袂來到後院小花園賞月，花園不大，只一個小池塘，裏面放養著一些金魚，此外便是幾株花樹，左右不過是梅蘭竹菊，花樹中央，便是賞月用的小亭，亭中放置著三個石凳，平日裏是張偉與人下棋閒談消遣之處。

張偉讓著兩人坐下，因是圓桌，也不分賓主，團團圍著石桌坐了。

何斌先舉杯道：「本來這酒是要志華兄先敬，不過愚兄先僭越了。借賢弟這杯水酒，謝過賢弟上次大義相助。」

施琅不知就裡，張偉卻只一笑，說道：「些許小事，不要總是放在心裏。如此，我滿飲了此杯就是。」

原本何斌也用不上張偉幫忙，他是鄭芝龍的心腹謀士，鄭芝龍早就給了何斌三艘海船，何斌之富，除鄭氏兄弟外倒也不做二人想。孰料天有不測風雲，何斌留在內地的家產突然被抄，因又花錢打點，那銀子用的與流水一般，正巧又是進貨的時候，何斌去尋鄭芝龍周轉，鄭因自己要進貨而婉拒，沒想到張偉平日裏交情只是一般，在何斌急難的時候，卻將大把的銀子先借了何斌，讓何斌的商船不至於閒置在碼頭，自己卻少買了不少貨物。何斌因此事對張偉大是感激，平日裏雖不說，只是有什麼事都先關照著張偉，今日後院飲酒，因知道施琅與張偉交情非同一般，故而借水酒公然向張偉道謝。

施琅倒也沒有細問，自顧自地喝起悶酒來，張偉看他左一杯右一杯的下肚，又抬頭看看天色，只見那月亮剛剛升起，只不過是個白月牙，便笑道：

「施琅，你這般喝酒，倒不如先給你一罈，你回屋裏喝去。咱們好友三人，來這後院是喝酒賞

月，談心閒話來了，你如此灌悶酒，成何道理。」

施琅無奈，只得先放下酒杯，抬頭看了一下月亮，渾然不覺有可賞之處，卻也不敢說走，他的倔強脾氣，只是在外人面前敢發，在張偉這待他一直不薄的大哥面前，倒是不敢亂耍倔驢脾氣。

張偉見施琅老實許多，便開口道：「兩位，此番請二位來此，一則是飲酒敘舊，二則，卻是要和二位商量大事。」

何斌眯眼自飲了一杯，笑道：「志華，有何事情你儘管說來。除了讓我去捅死鄭老大，任何事情都成。」將手中酒杯一頓，睜開雙眼，對張偉道：「志華，你不會是想離開鄭老大，一個人單幹吧？雖然你現在有些根基，但鄭老大在海上經營已久，你此時絕不會是他的對手。」

張偉笑道：「廷斌，切莫緊張，你知，我自然也知。我怎會有背叛鄭老大之意。我思量了許久，自覺不是做海盜的材料，像鄭老大那樣在海上與人好勇鬥狠，實在不是我能做到的，又一直聽施琅兄弟說台灣如何的好，因此，聚了些浮財，想招些人手，自去台灣做個田舍翁。剛巧，今日又聽說顏老大死了，依我之意，待鄭老大宣布撤台之前，向他陳情，讓我去幫他把碼頭，船隻，財物撤回澎湖，只讓他留些人手助我，至於如何在台灣發展，自不用鄭老大操心。」

施琅本在發呆，聽得張偉如此一說，大眼圓睜，大叫道：「大哥，你當真是我再生父母，如果此事能成，小弟願終生侍奉大哥，奉大哥為龍頭。」

張偉喝斥道：「休要胡言，此事成與不成，是鄭老大的事，且我二人都以鄭老大為首，下次切莫胡言，小心傳到鄭老大耳中，先要了你我二人的性命。」

何斌思忖半晌，方言道：「此事，或許可成……」

「哦？小弟願聞其詳，請廷斌兄為我解惑。」

何斌手持竹筷，沾些酒水，在桌面上劃了三條橫槓後方才說道：

「棄荒野之地於鄭老大無所失，此其一；驅眼中釘施琅鬥紅毛番，鄭老大旁觀者得利，此其二；不欲內鬥而失人心，放逐志華遠離身邊，如拔芒刺於背，此其三。」

張偉失笑道：「廷斌兄，你這其三亦太高抬我了吧？我投奔鄭老大不過半年多，人不滿百，船隻三艘，何患之有？」

「不然，志華你志向高遠，行事決斷，面和而心狠，捨小財而趨大利，我看你投奔鄭一官不過這短短時日就有如此成就，將來的發展豈可限量？我能看出，鄭一官能看出來，他身邊的虎狼兄弟自然也不是瞎子，志華，你若不快走，只恐性命難保。」

張偉沉吟道：「其實事亦不至此，我與鄭老大終究是八拜之交，他若尋不得好藉口，殺我恐失眾人之心，一時半會兒，我看他也殺我不得。」

施琅漲紅了面皮，怒道：「鄭一就是這般心胸狹窄，張大哥，咱們這次說什麼也得離了他身邊，我施某再不願與這小人同處一室。」

「廷斌兄，你意如何，可願與我們同去台灣麼？」

「志華縱然不提，我亦要向你提出，何某願盡起大陸家產，以志華爲首，共去台灣謀劃大計。」

張偉擊掌大笑道：「好！得一何斌，勝過十萬白銀。」

何斌詫道：「怎地不是十萬大軍，卻只是十萬白銀？」

「廷斌兄之才，大多在經商上，因材施用，將來台灣是不是能日進斗金，可就看何兄的謀劃，是故，勝過得十萬白銀哪。」

三人一齊大笑起來，此刻月已高升，一輪滿月將清輝灑向大地，月光直映得這後園如同白晝一般，三人不再說話，小酌慢飲，只靜心享受這良辰美景，不知不覺，居然都飲得大醉。

當夜無話，第二天一早，張偉剛起身洗漱，便有小廝稟報道：「爺，一早鄭府來人傳話，讓爺去議事。」

張偉點了點頭，示意知道了。回來這麼許久，他的性子早已歷練得比早前沉穩許多，若是半年之前，想來他已興奮得傻笑起來。

周全斌卻侍候在堂下，張偉一出門，便看到他垂手站在石階上，因問道：「全斌，一清早的，你在此做甚？」

周全斌抬了一下眼皮，仍是面無表情，回道：「回爺的話，昨兒聽爺說起那事情的變故，特來請示，要不要先準備一下？」

「準備什麼？全斌，你性子看起來是磨練得沉穩多了，但要記住，喜怒不形於色，只是表面功夫，真遇到事，心內不起波瀾，那才是真的歷練出來了。咱們現在就準備，讓外人見了，卻是什麼想法？」

周全斌嘴角一抿，將頭又垂了一點，小聲回道：「爺，是全斌想左了。請爺責罰。」

「這倒也不必，遇事要多想，你不待我吩咐便想到了，這很好，我十分滿意。就怕你推諉責任，我不說，你不做。那是奴才，我張某人不要。你下去吧，暗中知會幾個心腹之人，提防有變。」

周全斌喏了一聲，自去尋劉國軒等人交代張偉的話。

張偉肚子裏暗笑一聲：想起在半年多前，自己哪有這般威風。人說掌握權力的人一旦權力到手，便再也捨不得放下，自己現在手底不過百餘人，就這般令行禁止，這滋味倒也舒服得很。只是自己要小心，切忌將來權力越大，行事越荒唐，許多聰明才志之士，原本也小心自律，只是手底下人一呼百諾，就弄得自己也如同神仙一般，這倒是要小心提防的……不過，多娶幾個老婆的權力，那是無論如何不想放棄的。只可惜這南邊的女子大多面黑個矮，自己委實是不喜歡……

張偉坐在轎子裏胡思亂想，不一會兒工夫便到了鄭府門前，彎身下轎，發覺門前熙熙攘攘，熱鬧非凡，鄭氏手下有頭臉的頭目大多已到了。

張偉一下轎，便有平時吃酒耍鬧的朋友上前招呼，張偉立時露出招牌似的可愛笑容，周旋其中，一時間其樂融融，竟好似廟會一般。

「鄭爺傳見，大家安靜了。」

鄭府總管老鄭開了府門，扯起嗓門叫了一聲，眾人停止了寒暄，一齊往議事廳行去。

張偉肚裏暗罵一聲：現下不過是個海盜頭兒，便弄得這般威風，將來做了太師，掌握國柄，那還了得，難怪隆武皇帝被這鄭芝龍欺侮的暗中流淚。表面上仍是一副恭敬模樣，隨諸人一同進了議事廳。

這議事廳原是李旦府內的戲樓，鄭芝龍改動了一下，便可容得數百人一同議事。鄭家子弟坐在原來戲班表演的台上，其餘眾人散坐在四周，凡有大事便召人來會議。看起來是民主得很，只可惜，方針早就由鄭氏內部定了，召集人來不過是宣布罷了。

待眾人亂紛紛坐定，鄭芝龍乾咳一聲，說道：「此番召集大傢夥兒來，是有個不好的消息。」

話音剛落，底下頓時亂做一團，便有人說道：「莫不成是官兵要進剿了？」

立時有一粗豪漢子說道：「官兵來了又怎地？官兵怎麼與鄭老大鬥？依我看，定是海船遇了風浪，貨物受損。」

「呸呸呸，大吉大利。」

「休要胡說，我的身家性命可都押在船上。」

鄭芝虎喝道：「亂個鳥，全閉了臭嘴。」

張偉心中一陣不快，這鄭氏諸子弟依仗著其兄的勢力，一直對眾人吆三喝四，如斥奴僕，可笑這廳內諸人，在海上也各自英雄了得，竟也能受得如此窩囊氣。

鄭芝龍卻未覺其弟有何不妥，繼續說道：「昨兒得了台灣那邊的消息，顏思齊顏老大，前天已過世了。」

看底下眾人一片訝色，鄭芝龍道：「大夥兒也不必詫異，顏老大雖然年輕，但幼年就奔波海上，染了癆疾，前年身體就斷斷續續的犯毛病，今年方去，已是多拖了兩年。今日召大家來，便是商議一下台灣那邊的基業，該當如何料理。」

「大哥的意思是，台灣那邊無人料理，把停在那邊的船隻、水手、貨物，都轉移到澎湖來，待將來招安，再移往內地。」

還未等眾人有什麼意見，鄭芝豹便一股腦兒的將鄭家內部坐議的決議告知場中諸人。

「我贊同，鄭老大的主意正合我的心意。」

「台灣那邊鳥都不下蛋，咱們何苦去那兒吃沙子。鄭老大的主張，小弟完全贊同。」

「鄭老大，小弟贊同。」

「……」

張偉向何斌使了個眼色，何斌心領神會，站起來說道：「鄭老大，小弟有些話要說。」

「何兄，有話便說吧。」

「鄭老大，小弟的家業全在內地，前一陣子被官府查抄了一番，近日又有新來的知縣上門勒索，小弟不勝其煩，正想著把家人財產都轉到台灣，鄭老大的決定，小弟當然贊同，只是……」

「何兄，這澎湖也盡夠你安排家人，又何苦一定要去台灣。」

「鄭老大，這澎湖地少人多，又常有颱風，實在不適合耕作。小弟向鄭老大討個情，能允准家人遷台。」

鄭芝龍不料何斌在此時要求遷台，一時間拿不定主意，眼角餘光覷向身邊的楊帆，那楊帆卻不願公然得罪何斌，輕咳兩聲，卻不說話。

鄭芝虎卻不耐煩，說道：「何斌，此時你要去台灣，可不是給我老大添亂！」

「芝虎，這如何是添亂？我只是要把家人送往台灣墾荒，過幾天安穩日子。大夥兒都知道，朝廷吏治敗壞，家人留在內地，實在是不勝其煩。再說，鄭老大在台灣的基業雖撤，也不能把當年帶去的人全數撤走，總需要留人看守。我去台灣，也是大家兩便。」

張偉此時也站起身，笑道：「何兄之苦衷，我想大家也都明白。兩全其美的事，我想鄭老大也不會阻攔。」

環顧四周，見眾人都點頭稱是，又對鄭芝龍笑道：「大哥，小弟也對土地田產頗有興趣，聽說台灣雖然是蠻荒之處，無主的好田倒也不少，也想招些貧苦無地之人去屯墾，不知老大之意如何？」

鄭芝龍很是意外，這張偉海上生意越做越興旺，手下也嘯聚了上百的悍勇之徒，不知何故也要去台灣那不毛之地。

思忖一番，鄭芝龍顯是覺得張偉去台灣是少了身邊一患，此人善於交際，手腕人緣極佳，留在身邊不除是禍患，除了又恐失人心，現下他自請去台，未嘗不是避禍之舉，倒是可以成全。因笑道：

「我這邊放手，你們急趕著要去，莫不成那邊發現了金山不成？也罷，兩位兄弟的面子，我鄭一不能不給。兩位前去，那邊還有些粗陋住處可以暫且安身，至於其他，就得兩位自個兒想辦法啦。」

張偉何斌一齊喜道：「那是自然，總不能讓鄭老大爲我們操心。」

鄭芝龍又對施琅笑道：「倔驢，知道你與張兄弟交好，又一直想著去台灣吃沙子，也罷，這次放你與他兩人一同去，看你過得幾年，來不來尋我叫苦！」

施琅一時間大喜，他與張偉、何斌不同，自來人緣極差，因而張偉千叮嚀萬囑咐，令他千萬不可開口，待風聲稍弱，再去向鄭芝龍求告，誰料鄭芝龍此次倒是頗爲大方，不待他開口便允了此事，施琅喜不自勝，當即向鄭芝龍作了一揖，連身稱謝。

鄭芝龍見眾人再無話說，便吩咐張偉何斌二人立時動身，協助已去台灣的鄭彩主持撤台諸事。

張偉等三人待其餘人等各自離開，便去尋鄭芝龍辭行。

鄭芝龍已換了長衣，只穿一身對襟短褂在偏廳中歇息，看三人進來便笑道：

「施琅且不去說他，被家中娘子亂了方寸，張兄弟與何兄弟卻如何受了他的蠱惑，想去台灣受那分罪！那裏的情形與澎湖不同，連一處好房子也尋不到，若不是顏老大在那邊經營了幾年，只怕除

了荒草別無長物，現下又有荷蘭紅毛在台灣鬧騰，兩位現在一定要去，我也阻攔不得，只怕將來會後悔不迭。」

張偉笑道：「鄭老大當真是有心，其實我們也不是要把台灣當成紮根的地方，只是在澎湖擠得氣悶，這施琅又一直嚷著說那邊如何的好，小弟是無所謂，只是做著看罷，小弟的海船一樣的營運，那邊不行，還是回澎湖便是了。」

鄭芝龍不再多話，淡淡吩咐了三人幾句，便端茶送客。

張偉輕步踏出鄭府，在胸中長吐一口悶氣，輕聲低語道：「這下，總算是海闊憑魚躍了！」

張偉一出鄭府門口便被人圍了個水泄不通，還未及招呼，便有人興沖沖的向張偉說道：「偉哥，你既然要去台灣種田，想必那幾艘海船要出脫了，怎麼樣，賣給別人不如賣給自家兄弟，準保給你個好價錢。」

張偉尚未回話，四周的人便吵嚷起來：「憑甚就賣斷給你？張偉兄弟和我的交情難道就不及你麼？張兄弟，賣斷給我，做哥哥的一定不教你吃虧！」

「張大哥，咱們兄弟誰跟誰，這海船一定要賣斷給我。」

「張大叔，咱們叔侄誰跟誰，這海船一定要賣斷給我。」

「張大爺……」

張偉哭笑不得，眼瞅著那些一大把鬍子滿臉皺紋的老頭子跟自己攀兄弟，論叔侄，吵鬧不休，氣得張偉直欲從口袋裏掏出把AK47，突突突將這幫傢伙掃死。

他無奈的大叫道：「諸位，這船，我是誰也不賣。去台灣就不能幹海上買賣啦？小弟的錢還沒有賺夠，倒是哪位仁兄的船不想要了，小弟是一定會買進的，價錢當然是好說。現下小弟有事，要失陪了。」

擺脫了心有不甘的一夥人，張偉抹一把額頭上的汗水，心中暗罵道：一群王八蛋，當老子是傻蛋麼，賣船？賣內褲老子也不會賣船。

何斌與施琅倒沒有人糾纏，見張偉狼狽，相視一笑，當下也不理會，兩人自坐轎先去了。張偉見兩人如此沒義氣，便悄悄在長袖中比了一下中指，當下也不再與那夥人囉嗦，徑自去了。

當下三人各自回家，自去吩咐下人準備行李，何斌施琅比之張偉更有一番麻煩，兩人除了安排澎湖至台的細務，還需準備內地家人產業遷台，一時間忙得屁滾尿流。

直過了十數天，三人才大致將細務料理的差不多，鄭府那邊接連傳話，令三人速赴台灣，協助鄭彩善後。

三人計議一番，張偉依何斌與施琅的意思，又拖了兩天，選一個黃道吉日，十四艘小船滿載著近五百人，數十頭耕牛，傢俱，鐵器，揚帆出海，直奔台灣北港而去。

張何施三人同乘一艘稍大點的漁船，雖曰大，亦不過二十幾米長，吃水不足百噸，幸得張偉已隨自己的商船出海數次，遠至呂宋、倭國，澎湖至台灣不過一天水程，故而雖船小浪大，倒也可以生受得。

三人立在船頭，滿眼盡是碧藍色的海水，海濤洶湧，數十艘船隻在這無邊無際的大海裏渾似無物，令人感嘆天地之浩大，自然之美壯。

張偉手撫桅杆，仍覺有些心虛，只見那施何兩人談笑風聲，渾然不覺在海上與陸地有何不妥，再放眼去看那些水手，皆是古銅色的肌膚，渾身精肉，讓人一看便知是海上的健兒，弄潮的好手。張偉心中暗嘆，誰道中國人是大陸民族，西洋人是海上民族，實則中國南部的這些好男兒，自千多年前便揚帆出海，雖沒有政府支持，沒有上層儒家文化的認同，足跡卻踏遍天涯，亞洲，非洲，自古便留下中國好男兒的身影，正是這些儒家所謂棄國破家，無君無父的弄海之人讓古代中國的文明光輝遠及歐洲。哥倫布遠洋的初始目地，正是爲了尋找傳說那富庶的中國，自其出海後不過數百年的光景，中國之人卻日漸被禁錮於陸地，片帆不得出海，眼睜睜看著那歐洲海船後來居上，不但占了美洲，非洲，就連中國人的傳統地盤亞洲海域也被歐洲人占據，財富源源不斷向英國、法國、西班牙、荷蘭……等國流去，想來當真令人痛心，讓人扼腕。

勁風吹拂張偉這半年多留起來的長髮，將他的衣袂吹打得啪啪作響，海船上下搖晃，張偉心中再也無半分驚懼，只覺全身熱血沸騰，只想仰天長嘯，告訴世人，我張偉來了，數百年後警醒過來的中國人回來了，不論是海上陸上，中國都將永遠是最偉大，最文明的霸主。

自回到明末後，張偉在與活動在亞洲的歐洲人接觸時，無不感覺到對方眼光中的輕視與不屑，甚至原本不論是在政治還是文化經濟上皆臣服敬佩中國人的南洋諸國，都不再把中國當成天朝上國，蔑視之意常流於言表。西元一六〇三年，西班牙殖民者在菲律賓屠殺了兩萬華人，而當時的明廷卻下詔說：華人多無賴，商賈是海外賤民，天朝不會為這種小事為難友邦，於是自此之後，原本在南洋地位尊崇的華人，淪為連當地土著也不如的賤民。

想到此處，張偉咬牙低聲發誓道：

「天朝？老子在二十年後，就要讓中國成為亞洲霸主，不服者，就要讓他們知道一向溫良恭儉讓的中國人，以德報怨的中國人，也會舉起屠刀！」

何斌眼角一覷，卻見張偉在那邊獨自咬牙切齒，奇道：「志華，你可是要暈船？」

張偉大是尷尬，覺得自己太情緒化，肚裏暗嘆一聲：老子還是不夠成熟啊，不像這古人，十五六歲後就成人，娶了媳婦，自謀生計，老子二十多了，若不是刻意扮老，在他們眼裏可能還是個小孩呢。

忙解釋道：「許久不曾出海，乍上這小船，還真有些難受。不妨事的。廷斌兄，還有多久上岸？」

「呵呵，不久了，你若是不舒服，去艙內歇休去吧。」

何斌不大相信張偉的解釋，半年前張偉也是自海上歸國，與鄭芝龍、何斌同乘一船卻暈得天昏地暗，這會兒如果他又暈了，可沒處尋薑湯給他喝。

張偉苦笑：「廷斌兄，我真的沒事。你放心好了……」

這當口施琅卻殺豬也似大叫起來：「陸地，我看到陸地啦！」

張偉急步竄到船頭，張目遠望，隱約看到波浪盡頭出現黑乎乎的岸沿，原來是台灣在望了。搓了搓手，興奮之情溢於言表，興奮道：「媽的，不用偷渡老子就來了台灣啦。」

何斌又是大奇，忙問道：「偷渡？何謂偷渡？志華，好久沒有聽你爆粗口啦。我看你此番來台，目的定然不如你說的那般簡單。」

張偉對何斌的這書呆子氣很是頭疼，心知如果不解釋，他必定會打破沙鍋問到底，只得支吾解釋道：「偷渡，便是斐濟話不要通關文牒的意思，至於我的目的，嘿嘿，現今實話與廷斌兄說，我來台，就是想做個山大王，占山爲王，廷斌兄，你一定要助我。」

「志華，不是我潑你冷水，其他事情還好辦，只是現下這台灣之主是荷蘭國人，雖說他們人數尚少，根基不穩，暫且影響不到這北港之地，不過將來在這邊設官立府，亦是遲早的事，只怕你的大計，終究是水中撈月。」

「這個廷斌兄儘管放心便是，羽翼未豐之前，小弟絕不會與這荷蘭紅毛鬼起衝突的，現下當務之急，是安撫人心，開發土地。台灣此地物產豐茂，土地一年可比內地三年的收成，咱們多弄些土產，再販賣至海外，從海外帶回銀子來多募人來台灣，如此循環，不愁將來台灣不成為富庶之地。」

何斌失笑道：「志華，在澎湖看不出你有如此的勁頭，對台灣瞭解亦很深，你這傢伙年紀雖小，城府卻深，只讓施琅這傻驢向前衝，弄得鄭老大厭憎！」

「廷斌兄，這樣說小弟，就是你的不是了。我還不是受施琅的影響，才對台灣多加留意，如若不是他，小弟自管做海上貿易便是了。」

施琅不理會兩人的唇槍舌箭，自顧自去安排上岸的事宜。此人脾氣雖倔，卻是個極聰明之人，自幼也是奔波海上，因此張何兩人也放心任他施為。

約莫又過了小半個時辰，船行至碼頭，張偉覺得船頭一震，船已停靠在了台灣的碼頭之上。未等跳板搭好，張偉搶先一步跳上了台灣的土地，心中暗爽：想不到數百年後中國人最頭疼的台灣問題，今日在老子腳下解決了。

顧目四盼，只見這碼頭小的可憐，所有設施皆是用木頭簡易搭成，有幾間小屋，也都是茅草做頂，顯得破敗不堪。倒是腳下土地，黑油油的甚是肥沃。

「離此十餘里，便是北港鎮了，當年鄭老大與顏老大，帶十三艘小船，上千人上岸，白手創業，在這邊打拚出一番天地來。只可惜鄭老大太重視海上，對陸地全無興趣，現下算是白白便宜你這小子了。」

何斌亦也上岸，興致盎然的與張偉談談說說，離開喜怒不定的鄭芝龍，雖說現下台灣還是破敗不堪，不過有著開基立業的眾人，倒也沒有覺得失望。

施琅瞇著眼盯著眼前肥沃的土地，還蹲下用手搓了搓，全然沒有未來海上名將的風範，反似鄉下積年耕作的老農。

張偉大笑，指著施琅道：「倔驢，還不去管事，在這裏盡自搓什麼，你家娘子晚上讓你搓的不夠麼。」

施琅橫了張偉一眼，放下手中泥土，自顧去了。

張偉向何斌虛邀一禮，道：「何大地主，咱們還不快去尋鄭彩鄭公子，若讓人家尋了來，那可是咱們的不是了。」

兩人相顧一笑，騎上從船上拉下來的馬匹，也不待長隨跟上，各自在那馬身上痛打一鞭，兩馬吃痛，咴咴叫上兩聲，以示抗議，蹄下疾揚，帶起一縷塵土，眨眼間便疾奔起來。

兩人任馬疾奔了半個時辰，眼見北港鎮隱約可見，方才勒住轠繩，讓馬放慢速度，邊在馬上談談說說，一邊看著沿途風光。

張偉一路上看來，只在路邊看到幾戶人家，耕作好的田地亦是不多，顯然這北港雖有數千人，但大多是以海上生息爲主，踏實墾作的只是少數。

因向何斌道：「廷斌兄，這次鄭老大棄台不顧，未知這北港數千人能留下多少？」

「估計約有六成人要離台而去，現下這邊約有四千餘人，鄭彩走後，加上我們帶來的人，至多能有兩千人。」

「農具種子都夠麼？」

「按現下的人數，綽綽有餘。」

「我意過上一段時日，便去福建募集貧苦無地之人來台，三兩銀，一頭牛，五年之內不收田賦。」

「嗯，如此，需要有大量的白銀方才支持得住。」

「銀子自然要去賺，倭國有大量的白銀，只是現在德川家康閉門鎖國，生意不大好做，上次鄭老大去拜會了他一次，才得到在平戶交易的資格，咱們現在離了鄭老大，只怕這生意……」

「暫且只好讓鄭老大抽成，這也是沒有辦法的事。」

「哼，等我手中有了實力，不愁這小倭國不與我們貿易。」

張偉心中一陣懊惱，當時的倭國可稱得上是銀谷，每次船隻到了倭國，便是滿船的銀子拉了回來，現下離了鄭芝龍來台發展，以後與倭國貿易是否順利，還難說得很，但現在與鄭芝龍翻臉，那是無論如何也不可行的。

「志華，北港鎮到了。」

張偉正沉思時，卻已到了北港鎮上。看得幾眼，張偉一陣發呆，只叫聲苦也……

第五章　初入台灣

何斌此語倒也不是謙遜，他的才幹在於商務，施琅的性格斷難成為統領全局之材，張偉雖入夥不久，但無論是經商、人際、外交、內務，都顯現出何施兩人難以企及的才略，既然決定跟隨張偉來台，自然也是奉張偉為主，只是未到台灣之前沒有明言罷了，現在他既挑明，張偉也沒有多推讓，當下微微一笑，便自認了這首領之位。

張偉原本以爲北港鎭怎麼說也得有十幾條街，幾十個店鋪，上百間房，待何斌說聲到了，張目望去，原來所謂的北港鎭只是一條灰乎乎的小街，至於房屋，皆是用木板搭建的窩棚，街頭蹲著幾個懶漢，用碎石在路上劃了幾條線，大呼小叫的下著棋。

何斌看出張偉一臉失望之色，笑道：「志華，現下可有些擔心了吧？萬事開頭難，想當年鄭顏兩位來時，這裏連這些都沒有，全是荒草一片，現下還有些人手和房屋，可比人家當年強多啦。」

「廷斌兄教訓的是，想我張偉枉自雄心萬丈，竟然會如此失態，教廷斌兄見笑啦。」

「呵呵，你還年輕，乍見此情形，有些失落倒也平常，只是日後萬萬不可如此。你我都是當家做主之人，這養氣的功夫，志華你還是要磨練呢。」

張偉想起前一陣子自己還板著臉訓周全斌，現下卻讓這何斌訓得抬不起頭來，想來也有趣，笑道：「兄弟教訓的是，日後我斷不會如此。我們且先進鎮吧。那鄭彩想必是在不遠處那座大屋裏？」

「正是，那是顏老大的居所，這北港最成模樣的宅第了，他的家人皆留在內地，也不會有人尋你要錢，這可算是白便宜你了。」

「廷斌兄，你年長於我，這宅子當然要你來住。」

「此言差矣，你我三人雖未明言，但以志華之長才，我與施琅遠遠不及，縱然我年歲長於你，但這台灣之主，自然是非志華你莫屬。你不住，卻讓誰人住？」

何斌此語倒也不是謙遜，他的才幹在於商務，施琅的性格斷難成爲統領全局之才，張偉雖入夥不久，但無論是經商、人際、外交、內務，都顯現出何施兩人難以企及的才略，既然決定跟隨張偉來台，自然也是奉張偉爲主，只是未到台灣之前沒有明言罷了，現在他既挑明，張偉也沒有多推讓，當下微微一笑，便自認了這首領之位。

兩人在那小街上行了百餘步，便到了那大宅門外。說是大宅，其實也只是相對而言，這台灣雖不缺乏木料土石，但舉凡大屋的建築，又不僅僅是木料土石而已，種種精細之材料，皆需從內地運

來，故而以顏思齊之富，亦不過是建了三進的院子便罷了，算來也不過與張偉在澎湖的宅第差不多大小。

兩人甫近宅門，便有眼尖的小廝飛奔進內稟報，未等兩人落馬，便出來幾個年長老成的長隨侍候，何斌將韁繩交給上來牽馬的僕役，正看到門口有一中年男子笑嘻嘻看著張何兩人，原來是鄭府的總管老鄭。

「老鄭，怎地你也來了？鄭彩辦事頗有章法，鄭老大難道還不放心麼。」

張偉調笑老鄭道：「定是這老鄭手伸得太長，鄭老大開發了他，令他跟你我兩人在這台灣墾荒種地。老鄭你放心，我張偉是不會薄待你的，定然分給你幾畝好田。」

老鄭也不惱，笑嘻嘻地回話道：「兩位且莫拿我開心，咱們還是辦正事要緊。」擠了擠眼，老鄭又道：「原本也不用我來，不過鄭彩大公子赴台時不知兩位要來，有些小事要我來交代一下。」

「喔？不知是什麼小事要勞煩大管家跑一趟？」

「不過是鄭爺留在台灣的田產地契之類，還有顏老大留下的這所大屋，鄭爺也交代了要尋人留著看守，沒準兒顏爺的家人要來變賣，咱們可不能有所折損，免得壞了鄭爺的名頭。」

張何二人顯是沒有想到此節，一時間大是意外。兩人原以為鄭芝龍離台不顧而去，自然也不會在意留在此處的些許財產，卻不料鄭芝龍居然派專人看守，原本在為誰住這大宅而推讓不休的張何二人，臉上皆露出一絲苦笑。

張偉面色上只是苦笑一下，實則心內大怒，鄭芝龍此人表面看來豪爽大方，原來竟是這般小肚雞腸，張何施三人若是不來，此地他也就作罷了，三人一來，偏就對這無主之地重視起來，什麼田產，這台灣到處是無主之地，若不是手中有權，手底有兵之人，誰夠資格看顧什麼田產。

何斌看出張偉不悅之色漸露，咳了一聲，道：「咱們休扯閒篇，還是去見過鄭彩，想來他處置的八九不離十啦。」

老鄭也不再多話，領著兩人向院內行去，過了一個小角門，進入內院，轉過一個假山，假山背後卻又是一片竹林，曲徑通幽，直待竹林過後，方看到一幢碧油油青磚綠瓦的三開門的房屋，張偉讚道：「這宅子看來不大，設計的卻是巧妙，顏老大果然是胸有丘壑。」

「這話說得不錯，我在這房子裏住了十餘天，忙時只覺心靜，閒時釣魚賞花，若是再住下去，我可真是捨不得離開了。」

話音一落，從裏面踱出一位年輕人來，此人身形頗高，體形亦是粗壯，眉宇間朗朗有英氣，只是手持書卷，長袍寬袖，漫聲碎步，看來卻又似一位窮酸書生。

「哈，鄭賢弟果然是鄭家千里駒，看這模樣，便是上京應試，也盡夠了。」

「何大哥休要取笑，彩不過是附庸風雅罷了。」

「噯，我想附庸還附庸不來呢。昨兒在海上填了首詞，自己看了很不成話，賢弟幫我看看，指教一二吧？」

「何兄大作，小弟定要鑒賞！」

何斌與鄭彩原本就是鄭芝龍的笑談，一個是商人，一個強盜窩裏長大的，平時只要得閒，便要吟詩弄詞，莫教人笑掉了牙。

張偉見到這些古人酸裏酸氣的，便大爲頭痛，見何鄭兩人說得熱鬧，一時竟然插不進嘴，萬般無奈，只得自己踱起步來，卻見那老鄭不住向他使眼色，努嘴巴，鬼鬼祟祟的不成模樣，只得向何鄭兩人告一聲罪過，便向老鄭那踱去。

張偉笑道：「你這老殺才，有甚話卻不當著何爺的面說，非要尋空與我說，是不是手頭又短了使費，放心，我這會兒身上沒有，一會兒我府裏管家來了，你自去尋他拿便是了，要多少，只管開口。」

老鄭卻撞起叫天屈來：「張爺，老鄭是在你那兒打了不少秋風，不過老鄭不是貪得無厭的人，爺打賞，小人就收著，哪有沒事便尋爺要錢的道理。」

「那是何事？」

老鄭向左右看了幾眼，方湊到張偉耳邊道：「這鄭彩鄭大公子，徒有虛名，來台十餘日，只知道窩在這兒吟風弄月，一概細務皆是下人打理，我來這不過幾日，已經打爛了十幾個屁股，卻是有一票大買賣，要張爺您拿主意。」

「喔，什麼大買賣哪？該不是你從內地販了小娘子過來，要鼓動你張爺買幾個填房？」

「這話說的，老鄭再窮也不做這營生。前日我拿了幾個偷船上索具的賊，幾棍子打下去，那夥人卻供出另一樁大事來。月前這北港來了一艘荷蘭人雇的商船，在此地停靠加水，船上沒有半個荷蘭紅毛鬼，都是些南洋土人，可那些死鬼卻十分傲氣，對這裏的船民非打即罵，那夥賊人卻是不憤，那夥人加了水開船行了不遠，這夥賊人便乘著小船追了上去，殺光了船上水手，搬清了浮財，將船停在背風處下錨，只待風聲過了便出手，現下被我問了出來，我請張爺的示下，該當如何處置？」

張偉沉吟道：「劫掠荷蘭人的商船，這可不是小事。若是被人查了出來，恐怕這北港是保不住了。」

「話雖如此，不過那夥人手腳很乾淨，沒留一個活口。」

張偉咬了咬牙，道：「既是如此，咱們就將船改裝一番，留下來用。老鄭，我也不虧你，一艘好商船總得數萬銀子，你既將這船給了我，我便給你兩萬銀子，若是嫌少，那便作罷。」

「張爺說的是哪裡話來，小人找張爺，就是知道此事能成。」

「那些賊人卻如何處置？」

「約莫有十幾人，我給了些銀子，令他們守口，不得亂說。至於船上貨物，早被他們分而空。」

張偉狠了狠心，終究覺得老鄭這般處置不妥，咬咬牙說道：「老鄭，這夥人留不得，眼下我們與荷蘭人起不得爭執，這夥人留著，終是禍患。一會兒你去尋我的家僕周全斌，讓他料理此事，切

記，你不可將此事告之別人，若是不然，只怕這兩萬銀子，你還得吐出來，小命能不能保，亦未可知。」

做了個抹脖子的手勢後，張偉不顧目瞪口呆的老鄭，揚長而去。到得何斌與鄭彩身邊，發現兩人仍談得熱絡，張偉大咳幾聲，說道：

「不是我擾兩位的雅興，委實是天色漸晚，咱們快點去談交割的事，如若不然，又得耽擱一天。」

何斌笑道：「這倒是我的不是，居然忘了正事要辦，鄭賢弟，咱們進屋去交割罷。」

鄭彩卻有些不滿張偉所為，鼻子裏哼了一聲，也不答話，自顧自先進了房門方說道：「兩位，請進吧。」

張偉與何斌對視一眼，無奈地搖一搖頭，遇上這個書呆子海盜，還真是讓人頭痛。

甫一進門，便發現房內有十餘名帳房先生正在運筆如飛，算盤打得震天價響，張偉失笑道：「怪道鄭兄如此清閒，原來房內別有洞天哪。」

鄭彩白了張偉一眼，也不答話，將嘴努了一努，示意兩人坐下。張何兩人也不以為意，鄭氏子弟一向驕橫慣了，似鄭彩這般的，已算是平易近人啦。

兩人一落座，便有算帳的老夫子將帳簿名冊呈上，令兩人對照過目。

張偉歷來煩厭這些帳簿，一則他看數字費力，二來，古人的計量單位也頗讓他頭痛，便將帳冊向何斌處一推，自己卻觀看起牆上的字畫來。何斌卻無可推卻，只得將帳冊拿在手中，裝模作樣的查看起來。

「咳，鄭賢弟，我看這帳簿沒有問題，這就畫押啦。志華，你看如何？」

「廷斌兄沒有意見，小弟當然亦可畫押。」

「如此甚好，兩位這便畫押吧。」

鄭彩也無所謂。雖然這兩個人對鄭芝龍交代的事情全不負責，不過他身為鄭芝龍唯一成年的大侄子，不也是敷衍了事麼。因故看兩人笑嘻嘻畫了押，此番撤台事宜，便算是了結。

「鄭兄，我們二人初來，無以為家，便不請你去喝酒啦。」

「不必客氣，來人，送客罷。」

鄭彩叫張偉不必客氣，他自己也當真是不客氣，這宅院雖然不大，多住數十人也使得，鄭大公子不請酒，也不讓張何兩人先住進來，端一下茶碗送客後，又拿起書本吟詩起來。

張偉與何斌只得拱一下手，向院外行去。張偉在肚子裏想：媽的，秦始皇焚書坑儒，未嘗不是沒有道理的……

兩人出了顏府大門，茫然四顧，卻不知道去哪裡落腳的好。張偉向著何斌笑道：「廷斌兄，想不到咱們初登台灣的第一夜，竟是露宿街頭。」

「一會兒施琅過來，咱們安排一下，從船上尋些舊帆布，搭些帳篷吧。」

「也只能如此。」

兩人牽著馬，信步向鎮上街頭行去，天色已逐漸暗淡，鎮上數十個民居已漸漸有了人聲，昏黃的燈光亦一星半點的燃起。

張偉輕撫著馬身，感覺到愛馬的身體光滑溫暖，想到自己剛剛做的決定使得十餘人的生命不復存在，心頭一陣難過。心中暗嘆一聲：「人生畢竟不是遊戲，有時候，正確的決定未必是開心的決定。好在那些人若是放在現代，也都是些死刑犯，只不過就怕自己的心會越來越狠，如果將來殺得六親不認，如似朱元璋一般，只怕在這個歷史分支裏的名聲，也未必好到哪裡去。」

兩人一直等到鎮上居民用完晚飯，已有些貧苦人家早早熄燈歇休，方才看到施琅帶著數百號人浩浩蕩蕩打著火把往鎮上行來。

看到兩人呆呆站立在街頭，施琅打一下馬，急馳過來問道：「兩位大哥，怎地不尋個住處，卻在這風地裏傻站著。」

「這鎮上除了顏宅外，皆是一些小木屋，卻去哪裡尋住處？施琅，可曾帶些搭帳篷的用具？」

「自然是帶了，這幾百個男女老幼只得先住在帳篷裏。」

「甚好，我們也住帳篷罷。」

當下三人一商議，決定就在鎮外紮營，男子去砍伐些木料，女子老幼自去升火做飯。直亂到午夜時分，方才勉強安定下來。

吐嚕吐嚕吃完了一大碗麵條，張偉抹了抹嘴，鑽進專爲自己搭的一個小帳篷，開始閉目沉思。雖然坐了一天的船，又折騰了一晚上，渾身疲乏的張偉大腦卻十分興奮。不管怎樣，從今日起總算有了基業，至於將來如何發展，倒是要好好的想一下。

募人，墾荒，建城，組建正規的軍隊，這些事情只是在腦中有了一個大概的想法，具體如何操作，還是全無頭緒。比如這建城就要有政府，以何名義，要什麼樣的行政機構，多大的實力才設官置府訓練軍隊……想得張偉腦袋都大了。

原本也想弄些高科技產品出來，比如打火機，捲煙、機關槍、坦克、大炮，可仔細想想，自己腦子裏雖有它們，可是怎麼生產出來，卻是全無頭緒。至於辦報紙，開議會，股市、債券之類，現在更是想都不敢想，一個荒島之上，百分之九十九的人都是目不識丁的農民，折騰這些，只怕是適得其反。

嘆一口氣，張偉決定還是依現有的條件，先生存，後教育，培養出一大批得力的人才來，先積蓄實力，然後才踏上大陸。

只是想到未來十餘年中國內亂不止，百姓流離失所，白骨蔽野，饑民遍地，更有滿人入關，殺戮漢人，強迫漢人剃髮易服，數千年漢統爲之斷絕，張偉頓覺渾身燥熱，恨不得立時便能擁有 支百戰強軍，掃平六合，一統天下。

正當張偉輾轉不安，鬱悶難耐之際，卻聽得帳外有一女聲溫柔說道：「看你，又噎著了吧，記得，這饅頭要小口的吃，如你這般大口大口的吞，反不如人家小口的先吃完。」

「欲速則不達啊。若是直接帶回來一個集團軍，立時便能統一全球，不過，那也十分無趣了。」

張偉想通此節，胸中一陣舒暢，翻一個身，只覺眼前一黑，立時便鼾聲大作。

「偉哥，醒醒……醒醒，偉哥……」

張偉迷迷糊糊睜開雙眼，發現施琅的苦臉正湊在他眼前，見他睜眼，施琅擠出一縷笑容，卻是比哭還難看，說道：「偉哥，鄭彩要離台回澎湖，我們得去送行。」

張偉迷迷糊糊爬起身來，向東方看了一眼，卻發現太陽只升了一半，算一下時辰，最多是凌晨六點左右，只得苦笑道：「鄭彩起得倒早。」

「不早啦，偉哥，若是鄭芝龍，只怕一個時辰前就起程了，早一分，便贏一分嘛。」

張偉回到明末，最大的苦惱倒不是失去了許多現代用具，刷牙沒有牙膏，還有青鹽，沒有電腦電視，反正有許多事可做，沒有汽車電話，卻有馬匹和僕從，只是這古人習慣起早，讓一直愛睡懶覺的張偉痛苦不堪。一邊嘟囔著起身，一邊忙拿出青鹽來擦嘴，吩咐快燒水洗臉，也就一炷香的工夫，張偉便收拾停當，笑著對等在一旁的施琅說道：「成了，咱們走吧。」

去。

施琅應了一聲，自去牽馬，張偉待下人將馬牽到，翻身一躍，與施琅一齊打馬向港口方向而去。

「何廷斌呢？」

「何大哥早半個時辰便去了碼頭。」

「他倒勤快……對了，施倔驢，以後不准叫我偉哥，怪難聽的，叫張老大或是張大哥都成。」

「啊，這我倒不懂了，偉哥有何難聽處？」

「這個這個……說了你也不懂，這是我們斐濟的忌諱，總之你記得不叫便是了。」

施琅悶悶的應了一聲，仍是想不通這偉哥有何避諱之處，張偉在肚子裏暗笑一聲，也不再說話，在馬身上打了幾鞭，那馬帶起一陣塵土，揚在施琅身上，張偉哈哈一笑，卻是去的遠了。

行至碼頭，只見停靠著數十艘漁船夾雜著數艘稍大的海船，比張偉他們昨日來的時候可威風得多了，船上碼頭上亂哄哄有兩三千人，你上我下的搬運貨物，當真是熱鬧非凡。

張偉騎在馬上看了一眼所餘不多的貨物，見左右不過是些生絲、瓷器、毛皮、茶葉之類，亦有一些當年耕地用的農具，此番也一併撤回澎湖，其餘一些鍋碗瓢盆之類，也是滿滿的擺了一地，張偉忍不住爆笑，這光景，還真像是螞蟻搬家呢。

「志華兄，你不過來與我們一處，卻一個人在那邊竊笑，可是遇到什麼美事啦？」

張偉循聲望去，卻是何斌與鄭大騾子並肩站在一起。自從昨晚鄭彩不邀張偉同住，張偉便決定稱鄭彩為鄭大騾子，只可惜鄭彩長得頗帥，竟被張偉取了這麼惡俗的外號。

鄭彩衝著張偉拱了拱手，以示邀請，張偉在馬上微笑著小聲說道：「騾子兄，俺來咧。」

待騎到兩人身邊，張偉下得馬來，笑道：「哪有什麼美事，廷斌兄，我正想尋你的不是呢，你倒調笑起我來了。」

「喔，不知道愚兄犯了何過呀？」

「嘿，廷斌兄趕著來和鄭大公子論文，卻把小弟拋諸腦後，這總是大大的不對吧？」

「這個……你這傢伙，我好心好意讓你多睡一會，你居然潑我一頭冷水。」

那鄭彩卻不理會兩人的調笑，只繃著臉看著碼頭上眾人搬運貨物，張偉知他嫌自己不通詩詞，待自己與何斌的態度明顯不同，肚子裏又多罵了幾聲騾子兄，表面上卻笑嘻嘻的不在乎，與何斌寒暄幾句後，就與鄭彩說些家常，鄭彩不好不理，慢慢覺得自己有些過分。

待施琅趕到時，貨物已是搬運一清，鄭彩與身邊眾親隨開始登船，見施琅趕到岸邊，鄭彩也並不稍停腳步，只遠遠向施琅招一招手，便自上船進了船艙。

施琅卻也不在意，原本來只為禮貌，現下失禮的是鄭彩，施琅做事只管自己，別人究竟如何，他全不放在心上。

見鄭彩已進了船，施琅便也不下馬，當下就騎在馬上對張何二人說道：「兩位大哥，小弟不必下馬了，請兩位上馬，咱們這便回去，鎮子那邊亂的是雞飛狗跳，咱們得回去計議一番，先把人心安撫好了。

「施琅說得是，志華，咱們快回去吧。」

三人也不待船隻起帆，各自揚鞭，打馬向北港鎮急馳而去。

就在三人在碼頭相送鄭彩之際，北港鎮上卻鬧成了一團。原本隨鄭顏兩人來的除了在海上討生活的海盜外，還有些許漁民，餘下的，便是在福建本地無法容身的赤貧農民，隨鄭顏兩人來台後，雖然他二人只以做海上貿易爲主，對這些貧民不聞不問，但好在不收賦稅，不繳田租，故而雖台灣缺乏農具，條件艱苦，這些貧苦之人仍是樂意留在此地，雖然多吃了幾分辛苦，但到底能吃上一口飽飯，又不必受官府與田主的氣，倒是逍遙自在得很。故而此次鄭彩來台，願意與鄭彩至澎湖的，大多是鄭顏兩人的手下海盜、商人、漁民，至於留下來不走的，便是這些貧苦農民。

這些人見鄭氏將手下全都撤走，原本住在北港鎮的居民大多隨船而去，那些房子自然是十室九空，雖然簡陋，比自家搭在田頭的那些木板屋又強上幾分，於是鄭彩清晨動身，這些農夫便三三兩兩的攜帶著幾件破傢俱，至鎮上瓜分房間，除了顏思齊的大宅有人看守無人敢進外，其餘各處皆鬧得雞飛狗跳，這些人原本是貧苦之人，瓦片尚且捨不得扔，雖然大多是同船而來，爲了相爭一處稍好的房子，也是打了個頭破血流。

待何斌、施琅吩咐好的老成家人來看鎮上房子時，裏面正鬧得不成話。縱然是那些家人舌燦蓮

花，那些農夫也只是不理。後來張偉的家人周全斌、劉國軒也自趕來，看到如此混亂情形，亦是束手無策。

待張偉三人回到鎮上，只看到近兩千人在鎮上吵吵嚷嚷，爭論不休，什麼頂你老母，丟那媽，幹你娘之類的國罵不絕於口。留台之人自認先來，鎮上房子自然歸自己所有，縱然是何斌與施琅上前解釋，卻仍是喋喋不休，各人都打定了主意，反正這房子既然占了，那麼縱然你叩頭作揖，想老子搬走，那是萬萬不能的。

張偉冷眼看了半天，見何斌說得口乾舌燥，施琅與人爭得面紅耳赤，卻是無一人聽勸。原本如何安置先來台的屯墾農民便是卡在張偉心頭的一根刺，現下鬧將開來，張偉心中有了計較，正好借此事立威，樹立自己在此地的龍頭位置。

周全斌扛著不知從哪兒尋來的破鑼，噹噹噹的敲了幾下，大喝道：「大家肅靜，張大哥要說話。」

周全斌自跟隨張偉辦事以來，一直被張偉訓誡要力求低調，是以雖南來北往辦了不少差事，早就成了張偉的得力臂助，在這大庭廣眾下大聲呼喝，卻是第一次，當下看到上千人的目光向他看來，俊臉瞬間漲得通紅，囁嚅著又吆喝了一遍後，立時便躲到張偉身後。

張偉肚裏暗笑，表面上卻做出一番威嚴表情，咳了幾聲，向眾人說道：

「諸位，在下張偉，是鄭芝龍鄭老大的部下，諸位來台，也是叨了鄭老大的光，現今鄭老大在澎湖開基立業，將這邊託付給了在下……」

未待張偉說完，底下的眾農夫便大嚷道：「那又怎地，我們隨的是鄭老大來台，可不是隨你這小子，如今你剛來，便想作威作福麼？」

又有人促狹道：「看這小子嘴上無毛，臉上光潔得緊，鄭老大莫非是好龍陽，才派這小白臉來管事麼？」

「哈哈，可不是麼，我看也像。」

周全斌、劉國軒等人臉漲得通紅，皆是怒不可遏，只待張偉一聲令下，便帶著手下諸打手上前廝打。

張偉卻是好生詫異，怎地這些面黃肌瘦愚魯無知的種田漢現下卻如此機靈，自己的話尚未出口，便被人堵了回來。心裏納悶之餘，也有些惱怒，看了看周全斌等人，便待下令上前毆打。

張偉帶來的手下人數雖少，不過大多是張偉刻意收羅的悍勇好鬥之士，眼前苦哈哈的農民雖然人多勢眾，但只要張偉一聲令下，定然是一敗塗地。

還未等張偉發話，何斌卻搶先說道：「今日之事，原是場誤會。這鎮上房屋原本便破敗不堪，我們怎會與大夥兒爭這麼點蠅頭小利？大家是誤會了，待我們查驗一下鄭老大的財物還有無遺漏，便會退到鎮外，咱們大家都是跨海來討生活的，可不要傷了和氣。」

說完見張偉面露不悅之色，何斌急急拉了張偉的袖角，向張偉擠了擠眼，又示意施琅跟上，三

人一起出了鎮外，一直行到一棵歪脖子老樹下停了下來。

張偉氣道：「廷斌兄，你度量未免太大，這些刁蠻之人，還需要雷霆手段才能壓服，這一亮相沒有弄好，日後咱們的事就難辦了。」

施琅也道：「這些人分明是有意找碴，鄭芝龍若在，借他們十個膽也不敢如此，現下這般，分明是看不起我們三人，不打他娘的，反陪上笑臉，何大哥，你未免太過懦弱。」

何斌嘆一口氣，向左右看上一眼，方道：「你們當我便能忍得這口惡氣麼，如若這一次壓不服這些人，咱們日後便休想使喚他們。道理說不通，靠的便是拳頭，這道理何某雖然好讀書，卻也是明白。」

「那廷斌你爲何不讓我下令動手？」

「志華你有所不知，我開始時還勸導那些愚民，後來慢慢在人群中見得幾個鄭府家人，才知道此事背後有人，既然人家有意誘我們出手，如若咱們不冷靜對待，誰知道對方留有什麼後手？」

張偉氣得在樹上痛毆一拳，被毆的大樹沒有反應，張偉卻痛得怒吼一聲：「媽的，連你也敢欺付老子。」

當下火衝至額，也不管大樹是否有感覺，手腳並用，將那歪脖老樹擊打得樹葉直落。

「志華、志華！這般衝動，將來如何能做得大事！」

施琅卻沒有勸解張偉，只漲紅了臉，恨恨地蹲在一邊，向著北港鎮方向念念有詞。

張偉一直打到精疲力竭，方才住手，聽了何斌的責備之辭，也不辯解，只長嘆一聲說道：「我終究不會不及鄭芝龍，此番吃了輕敵的虧，將來總會連本帶利討將回來。」

「志華你總算是悟過來了。咱們就先不進鎮，今日便安排人砍伐木料，燒製土磚，咱們便是重新建一個鎮子，又有何難？」

「正是，兩位哥哥，這事便交給小弟去辦，管保咱們搭的房子比這北港鎮的強上十倍。」

張偉沉吟了片刻，方道：「此事倒也不急，咱們就先住帳篷也罷了。此時的台灣甚少颱風，天氣又十分炎熱，住在外面，反而清涼。現在的當務之急，便是去泉州、漳州，一來購買物品，二來多募人手，三來，我要多帶些瓦匠來，給咱們修一些堅固的青磚瓦房，這些木屋，咱們是一幢也不建。」

何斌想了一會兒，笑道：「志華雖仍是在賭氣，卻是有道理。這木房吃不住颱風，聽說這北港之人一遇颱風便惴惴然如臨大敵，咱們在此又不是臨時安家，要建便建結實些的房子，此事就依志華的主意。」

「既然廷斌兄贊同，那麼赴泉、漳的人選，非廷斌兄莫屬。」

何斌失笑道：「志華還真是不客氣，我這邊一表贊同，那邊就把我派出海去啦。也罷，這談買賣，和官府打交道，現下志華的這火爆脾氣，還真是不適合。也怪了，在南洋你是怎麼忍下來的？」

張偉不好意思地嘿嘿一笑，道：「去南洋我只是聽眾下人的建議，該進哪種貨物，去哪國交

易，一切皆依老行家的做法，小弟我只是隨船監督，防止有人中飽私囊，至於諸多細務，卻是沒有親理。唉，小弟還以為自己日漸成熟，做起事來順風順水，便以為自身能力高強，看來，先前還是運氣在助我啊。」

「這倒也不然，運氣這東西虛無飄渺，哪是男子漢該憑藉的？你這人極聰明，腦子又靈活，又善納人諫，從不固執己見，這都是長處，雖然現在還有些毛躁，不過我何斌看人從未走眼，志華你將來定然是大有可為，可不要現下受了點委屈，便自暴自棄起來。」

「嗯，小弟謹記兄長的教誨，放心罷。」

何斌也不再多說，灑然一笑，自去碼頭安排船隻去也。張何二人亦各自分頭去勘探田畝，整治地界，各種亂紛紛如牛毛般的雜務，直攪得兩人頭暈，傍晚見何斌帶人出海，兩人竟覺得羨慕起來。

正當何斌揚帆出海時，一隊漁船亦啓錨向澎湖方向駛去，船頭昂首站立的，正是鄭芝虎與楊帆。

楊帆咬牙向鄭芝虎道：「這次千算萬算，只是漏算了何斌認識那幾個人。那傢伙老奸巨滑，定是他勸阻張偉動手。」

「偏你們這些書生毛病多，依老子的意思，哪要甚麼鳥藉口，直接帶人上岸蕩平了那票賊人，卻不是省事的多！」

「唉，阿虎，你哥哥還是顧忌何施兩人跟隨他多年，張偉那廝人緣又好，如若沒有理由便殺了他們，別人表面上不說，心裏卻會十分害怕，誰還敢跟隨鄭老大討飯吃？」

「媽的，只是這樣便放過那些叛賊，心卻不甘！」

「嘿嘿，沒有這麼簡單。我剛剛聽老鄭說，他在北港與張偉做成了一單好買賣哪。」

「哦？什麼好買賣？」

「這事你先別管，等有朝一日使了出來，便是那張偉的死期到了！」

鄭芝虎也不多問，此人生性魯莽殘暴，除了一身蠻力，別無所長。不過好在他自知自己不是拿主意的材料，凡有事情都是依命而行，因此他雖是愚笨粗魯，卻是鄭芝龍的得力臂助。

張偉與施琅亂哄哄忙了十餘日，方等到何斌返回，三人湊的銀子募來了四千餘人，除了大量的墾荒貧民，其餘皆是各類工匠，一時間這北港鎮外塵土飛揚，又足足過了兩月有餘，方才安定下來。

張偉與何斌計議之後，決定每戶有成年男丁者，按人丁每人授田十五畝，給每戶耕牛一頭，除了免費給每戶蓋房之外，其餘農具、籽種，皆由張何施三人負擔。

三人又特意新建了一所大宅，除張偉入住外，還做爲辦公之所，凡下發地契，領取物品，皆要到張偉宅中的正堂辦理，雖沒有什麼名分，倒也歸劃的井井有條，渾如內地官府一般。

張偉因記得台灣盛產好地瓜，又特意吩咐每戶農家除耕作玉米、紅薯外，還需大量種植地瓜，這台灣地廣人稀，土地肥厚，因而雖又來了這數千人開荒，卻是一直沒有與原來留下的土著有何爭執。

只是張偉吩咐，凡從內地運來之物，一概不准售與原先在台之人，依張偉之意，這些人無力返回內地購買，原本都是依靠鄭芝龍之力，現下他們既然心向著鄭老大，那麼還是由鄭老大想辦法罷。

如此這般忙忙碌碌，張偉覺得日子過的十分充實，雖然少了許多現代享受，仍是比成日在家打電玩來得暢快。只是年關將至，四艘商船又從倭國運了不少白銀回來，今秋種下的糧食又未到收成的時候，張偉便思量著要去內地一次，一則是採買物資，二來靜極思動，這半年多憋得他也難受，因此與施何二人商量，此次他與何斌同去內地，留著施琅看家。施琅也沒有什麼說法，只囑咐兩人多加小心。

這一日眼見離年關不過半月，何斌恐去得遲了物價飛漲，少不得催促了張偉早起，兩個匆忙騎馬趕至碼頭，帶著十餘艘漁船向泉州而去。

因初次隨何斌至福建內地，張偉特地帶了一小隊精心挑選的衛士，以備不時之虞。此前大規模的招募人來台，卻一直沒有餘錢擴大不事生產、專門以備將來擴充軍隊的人選，萬般無奈之下，張偉只得拚命訓練那百餘號精銳打手。把記憶中飛虎隊的訓練手段一一加在這些手下身上，只弄得他們叫苦不迭。

若說論打架的實力，這百餘號人隨便挑一個也可以打飛虎隊十個，不過張偉自有他的道理，日後就是募人也不可能都挑身強力壯的習武之人，從現在就把自己所知的這一套訓練辦法實施下去，後來者就是身手體格皆屬一般，在如此訓練之下，再加上些中國武術的土法，不消數月，自然又是能訓出一批精銳敢死之士。

至於將來的軍隊，張偉也打算比照美國西點軍校的訓練操演，想到這些古人將在自己手下一齊振臂高呼：「首長好！」，張偉便樂不可支。

何斌與施琅也極羨慕張偉辛苦招募的這些勇猛之士，卻說有一日，施琅問張偉道：

「大哥，你手下的這百餘號人都算得上是精銳，卻不知道有何稱呼？想那英雄好漢都有響亮的名號，大哥手下的這些人，比之綠林豪傑哪裡差了？自然也要取一個好聽的名號，將來也叫得響亮。」

張偉細思一番，從海豹突擊隊到加里森敢死隊，無一不是老外的特工名稱，想來想去，弄得張偉鬱悶非凡，想了半天，終於給手下的這批人取名曰：G4衛士。

施琅納悶之餘，乃出門宣布曰：

「諸位，從今日起，你們就叫『雞絲衛士』啦！」

那女孩倒也並不為難張偉，只回身嘰嘰呱呱向身後諸洋人解釋了，惹得幾人一陣爆笑，張偉老臉發紅，拉著何斌快速逃離，直走了一條街方想起：這小娘皮生得如此美貌，老子怎地只顧逃走，卻忘了打聽姓名住址……

第六章　初會伊人

福建泉州是明朝海禁政策中的倖存者，此地自南宋時起便是中外商賈雲集之地，南宋末年，城市人口幾達數十萬人，其中有數萬猶太人，回人，南洋各國的商人，貨物及金錢如潮水般在此地湧動。至明朝禁止沿海其他城市參與海上交易，獨留有限的幾個港口城市設市舶司，與倭國及南洋各國交易，泉州有幸成為其中之一，得以保留明太祖以農立國之外的商業繁華及冒險精神。

張偉雖一直在做著海上貿易，不過來泉州卻是第一次。甫進港口，乍見數百艘龐大的越洋海船熙熙攘攘的排列其中，自己與何斌所乘的漁船如螞蟻在巨人中穿行，張偉面色微微發紅，暗想：老子過得十年，非打造這世上絕無僅有的超大船舶，到時候來這泉州，可就十分威風了。

何斌卻不知張偉肚子裏的這幼稚想法，自去交了僞造的船引，將船停靠在僻靜處，便拉著張偉向著城內迆行而去，除帶了十餘名G４衛士，其餘人等皆守在船上，以防別生事端。

走在十七世紀的泉州大街上，張偉卻發現此地外國人的比例遠高過二十一世紀的上海，基本上每過去三五個人，便有面目黝黑或深額高鼻之輩嘻嘻哈哈呼嘯而過，張偉瞠目結舌之餘，也暗嘆歷史在宋末拐了個大彎，使得原本以商業立國的南宋滅亡於蒙古人之手，到得後來朱元璋雖趕走蒙人，卻繼承了蒙人的殘暴與保守，對內鉗制人口流通，禁止土地流動，對外閉關鎖國，到了明朝被更加野蠻落後的滿人所滅，數千年來縱橫大海的漢人竟然片帆不得入海，結果到清末被歐洲人打得落花流水，屁滾尿流，若是南宋不被外來的暴力中斷了商業發展的進程，中國之富強，必將是世界之首。

泉州的貨物之足，種類之多，在當時的中國自然不做二人想，滿街琳琅滿目的各國商品堆積如山，看得人眼花繚亂，但那何斌帶著張偉直跑了十幾條街，方在一個不起眼的小巷裏尋得一個米店。

那米店門面甚小，門板被街上人家的炊煙熏得發黃，那老闆肥頭大耳，何張兩人跨進店面，他只打了個大呵欠，卻是懶得理會。

張偉一時火大，正想發飆，卻有一瘦小夥計迎了上來，哈腰笑道：「客倌，您來啦！是要點緬甸香米，還是來點呂宋國的紅米？」

「咱們什麼國的都不要，只要本地產的大米。」

那老闆聽聞兩人這般說話，懶洋洋開口道：「小七，我看這兩人不像是來買賣，倒像是來搗亂的，果真是如此。不要理會他們，送客。」

張偉再也忍不住氣，在現代中國就差享受過跪式服務的他，如何能受得這般窩囊氣，當下向周全斌打了個眼色，周全斌一聲令下，身後五大三粗的漢子衝上前去，將那胖老闆揪出櫃檯，飽以老拳，還未打的三五下，那老闆便殺豬般慘叫起來，眼見得已是鼻青臉腫，張偉忍住笑，說道：「罷了，將他扶起。」

何斌向著張偉嘆一口氣，也不作聲，便向那老闆問道：「老闆，你開門也是做生意，怎地待人如此刻薄。雖說我這朋友脾氣不好，不過依我看來，你也確是欠揍！」

那老闆膽戰心驚，顫抖著說道：「幾位爺，不是小的有意刁難，實在是幾位不像是買賣人。」

張偉又怒道：「怎地不像，老子的模樣看起來很窮麼?」

「這倒不是，幾位衣著華麗，氣宇不凡，看起來便是人中龍鳳……」

「呸！且住，說說看，爲何我們不像是買賣中人。」

「幾位大爺，一來，小店的米都是從海外而來，沒有本地大米出售，二來，前來販米的大多是內地行商，將這些從南洋進來的新奇之物運往內地，出售給達官顯貴，兩位大爺一進門，一來小的看出兩位是本地人，二來兩位又要買本地產的米，小店只有南洋大米出售，卻哪來的本地米，因此得罪，請大爺饒恕。」

何斌大笑道：「這卻是我們的不是了，過去一直是去安海或是潮州買米，到這泉州買米，是我的疏忽。」

張偉詫道：「莫不成這泉州人不吃米不成？」

「這倒不是，這泉州城的米行都在城外，咱們在城內找米行，是有些不合時宜。」

當下兩人只得向那店老闆賠了不是，又令周全斌拿出銀子給老闆做醫藥費，幾人道一聲晦氣，便往店門口行去。

張偉剛行至店門處，忽聞一陣香風撲鼻而來，他一臉詫異，這種香水味道絕非中土所獨有的那種脂粉味，反而是自己在數百年後常感覺到的西方香水味。

待抬頭一看，張偉禁不住失口叫道：「十三姨？」

何斌等人聞言詫異，怎地張偉在中土還有親戚，這倒沒有聽他說過，可要仔細瞧瞧張偉的十三姨是何模樣。

卻見那店門外站立著幾名西洋之人，皆是高鼻藍眼之輩，中間有一女子雖是西人打扮，卻顯然是中國之人，黑色長髮下膚白似雪，一張標準的鵝蛋臉，水汪汪的大眼下是可愛的翹鼻子，底下一張小嘴卻正撅得老高，還不待何斌招呼，那女孩便張嘴向張偉說道：

「What?……喔，說中文，誰、誰是你的十三姨？」

這一句話立時驚醒張偉，雖然眼前這女孩酷似關芝琳扮演的十三姨，不過那終究是電影中的人

物，自己怎地如此糊塗，一張嘴便叫人家阿姨，這個虧當真是吃的大了。當下臉紅脖粗，結結巴巴解釋道：

「對不住，我看這位姑娘酷似在下的一位親戚，因而脫口而出，在下認錯了人，很是對不住。」

那女孩倒也並不為難張偉，只回身嘰嘰呱呱向身後諸洋人解釋了，惹得幾人一陣爆笑，張偉老臉發紅，拉著何斌快速逃離，直走了一條街方想起：這小娘皮生得如此美貌，老子怎地只顧逃走，卻忘了打聽姓名住址……

心下頗是遺憾的張偉卻尋不著藉口重回米店，那女孩可能是從海外歸來，那幾個洋人應當是陪她去米店買米，一想到那女孩身邊諸洋人皆高大英俊，年輕帥氣，張偉心中一陣泛酸，心想，老子的個頭在中國人裏也屬平常，和這些老外更是沒有比，世上女子都愛高個男，就是回去，機會也渺茫啊……

何斌卻沒有發覺身邊的張偉有何異樣，仍是興致勃勃地拉著張偉在各大商行穿梭，在商行購買了不少島上所需物品後，便花了不少銀子孝敬家中的娘子，什麼珠寶玉飾，煙脂水粉，上佳布料，何斌家中除正妻外，又有兩個小妾，他又盡是挑最昂貴之物購買，不消一會兒工夫，便是數千兩銀子使了出去。

張偉在一邊看了心痛道：「廷斌兄，這些銀子夠買上百頭牛啦，你倒也捨得。」

何斌笑道：「志華，你尚未成家，這個中滋味，你實難知曉啊。」

「那也不需買最貴的吧？」

「這你又有所不知了，對這些婦人使用的玩意兒，我如何知道哪一種最好？只得盡數買最貴的，這自然就錯不了了。」

張偉暗道：你這倒和那些暴發戶的大爺一樣，只買貴的，不買對的。

何斌卻興頭道：「志華，你年歲已然不小，古語有云，不孝有三，無後為大。你也該成親啦，便是一時尋不著合意的，先納妾也是該當的。」

張偉也笑道：「倒不是小弟不想，只是這台灣之事剛有些頭緒，現下那邊仍是蠻荒之地，小弟除了手下有些許家財外，別無所長，現下又有哪家的好女子願意嫁給小弟？若是勉強說上一個平常姑娘，小弟雖不才，卻也是不願意的。」

咳了一聲又說道：「至於納妾麼……還是稍等等吧，廷斌兄若有好的人選，給小弟留意著便是了。」

張偉當然不好明說，自己雖然一直自認為好色，卻怎地也不習慣古人未婚先妾的習慣，這事情想起來簡單，一旦要做了，倒還真的不好意思，只恨自己來自現代，許多觀念早就深埋心底。

兩人不再多說，看看天色漸晚，便急急尋一處旅館住下，一夜無話。

第二天何斌自去船上安排購買的貨物，昨日只是付了訂金，今日商家送貨至船上，何斌交割貨

款，安排堆放，直忙得一頭是汗。張偉卻是不管何斌如何，借著去買糧食的藉口，帶著周全斌一行人向泉州城郊外而去。

原本想著哪有人天天往米店鑽的道理，就是那女子，今日想必也不會再去，雙腳卻是不聽大腦的指揮，一步步又磨回昨日那米店的所在。也還好周全斌生性謹慎，雖是昨日偶來此地，也暗中記下了來回方向，若是靠迷迷糊糊的張偉，便是尋上十天半月，也未必能找到。

只是周全斌納悶非常，不知道眼前這面帶桃紅的老闆發了哪門子的邪，怎地明知此處不賣本地稻米，還要尋回此處。

張偉滿懷期待走了進去，卻只看到昨日那胖老板正趴在櫃檯上假寐，面上青紫一片，顯是昨日的傷痕。

當下拍拍老闆的肩膀，輕喚一聲：「老闆，醒來……」

那老闆原本睡得正香，被人吵醒老大的不樂意，眼皮一翻正待發火，卻看到是昨日那幾個兇神惡煞般的大漢站在面前，當下嚇得一哆嗦，忙問道：

「幾位爺，有何吩咐，只要小的能辦到，一定拚命去辦。」

張偉咳了一聲，道：「咳咳，也沒有甚麼要緊之事，咳咳咳……」

那老闆連同周全斌等人大詫，怎地眼前這人看起來面色紅潤，卻是咳個不停，如同病夫一般。

張偉大是頭痛，囁嚅著道：「聽說那呂宋國的米味道頗是香甜，我要買上幾袋，嘗個新鮮。」

「成，成！爺要幾袋只管張嘴，小的送給您嘗個新鮮，若是吃好了，再來取便是了。」

「胡扯，該值多少銀子，便是多少。爺不少這幾個錢使，休把爺當強盜。」

「那是，那是！」

那老闆張羅著抬出米來，問清了張偉船隻停靠的地點，命小夥計用騾車先送了去。

張偉此刻方下定了決心，向老闆問道：「那個……昨日我走後，那後進來的女子，你可知道是誰家的姑娘，姓甚名誰？」

那老闆面露為難之色，說道：「昨日那幾人只是買了幾包呂宋國的米，並無其他交辦之事，故而也沒有叫夥計送貨，他們說的話偏又嘰嘰呱呱，吵得小人頭疼……」

「好了，我知道了。下次若是那女子再來，幫我留意便是了。」

看那老闆一臉敷衍模樣，張偉又道：「放心，自然有你的好處。」扔下一錠銀子，吩咐周全斌道：「你帶著人去買米，我在城內略轉一轉，稍停自己回去。」

見周全斌面露為難之色，張偉不悅道：「青天白日的，又是在這城內，有何擔心之處？分一半人與我，你自去吧。」

周全斌不敢多話，自帶了人匆匆去了。張偉向老闆略一點頭，也不顧身後老闆不住巴結，帶了數人，自向熱鬧處漫步而去。

眼見得滿街皆是織紙畫、德華瓷、茶、絲綢之類，張偉早就看得厭了，又見大街上皆是買賣生

意之輩，討價還價熱鬧的擁擠不堪，張偉便問身後的隨從：

「這泉州大街上如此熱鬧，吵得爺頭暈，不知道可有古蹟名刹，讓爺去隨喜一番。」

當即有一隨從答道：「這泉州的古寺倒是有幾處，不過離此處近的，便只有開元寺，這開元寺也正是泉州最有名的去所。」

「甚好，那麼帶路，咱們就去開元寺。」

開元寺位於泉州市區西街，建於唐垂拱二年（六八六年），曾名蓮花寺，興教寺，龍興寺，唐開元二十六年（七三八年）始定爲開元寺。寺兩廂有長廊。東側有檀樾祠，准提寺（俗稱小開元），東壁寺；西側有功德堂，尊勝院（又稱阿彌院殿），西長廊外側有唐植古桑樹一株，老幹雷轟爲三，仍然枝葉繁茂。

張偉原本便遊歷過西安的大慈恩寺，洛陽的白馬寺，與這些大寺廟比起來，開元寺固然是泉州大寺，亦有千年歷史，卻仍不足以令張偉動容。

在檀樾祠、功德堂、尊勝院四處隨意轉了一圈，張偉便覺得聞名不如見面，這名勝風景，人未至時期望頗高，待身處其境，便也覺得不過如此。又因爲自己興興頭頭要來隨喜，只得勉強到大雄寶殿進了炷香，只是一時竟想不起來要默祝何事，當下心頭一陣茫然，將香點燃插進香爐後，便隨著人流出來，看看寺前兩廂的長廊倒還幽靜，便信步向西側的長廊行去。

這開元寺面積不大，但這正殿兩邊的長廊卻是曲曲折折，蜿蜒甚遠，張偉原本只是打算隨意走上一走，卻不料隨著長廊一直走到後寺小院，眼前由金碧輝煌變成青磚碧瓦，令人更覺得舒適些。

張偉由長廊而下，見那小院門前冷落，荒草叢生，其餘遊客見了便繞過而行，原本求個清靜的張偉見那小院門前並未落鎖，想來是寺中僧人放置雜物的地方，便伸手將門推開，走了進去。

甫一進門，耳中便聞得有人大聲說道：「東林諸公，我也敬佩，不過你詆毀君父，卻是太逆不道……」

那人話音未落，便有一稍顯稚嫩的嗓音答道：

「今上自即位以來，信任魏閹、客氏，每日除了做木匠活外，哪有半點時間管理朝政了？楊漣、左光斗六君子是何等忠義之士，當年奪宮之變，若不是幾位先生以大義為先，從光宗皇帝的李選侍手中搶過當今皇上，奪了乾清宮即位，今上恐早就被婦人握於股掌之中了，就是如此，幾位先生亦不能保命，這樣的糊塗皇帝，雖不是桀紂之輩，與晉惠隋煬卻也相差不遠！」

張偉一聽之下，大為動容，心道這開元寺中居然有如此見識超卓之士，倒要仔細聽聽，他還有什麼過人的見識，向窗前又近了幾步。卻聽那年輕人又說道：

「孟子亞聖曰：民為貴，社稷次之，君為輕。惜乎後世大儒早就忘了聖人教諱，只顧尊君，卻忘了：君待臣以禮，臣事君以忠。君若以草介待臣，臣視君為仇讎，先賢可沒有說過君無道，還要以愚忠事君！本朝皇帝，動輒在午門前痛打群臣，常有被當場打死的，世宗皇帝議大禮的時候，在午門

前廷杖兩百餘名大臣，當場便打死了十幾位，神宗皇帝立儲之時，也曾廷杖群臣，士大夫之辱，實華夏數千年來之未有，當今又如此昏庸，孩兒是寧死也不會……」

只聽得房內傳來啪啪的擊打聲，卻是開始時那人喝道：「今上聽不到你這悖逆之話，不會廷杖你，我卻要打你這不肖子，讓你知道什麼是君臣父子！」

那年輕人甚是倔強，張偉聽得房內擊打聲不斷，卻未聽到那年輕人呻吟求饒，當下忍不住喝道：「周厲王時不准國人謗政，乃令衛巫監視國人，凡有議者皆逮，於是國人不敢說話，只是在路上以眼色示意。厲王得意，對召公說道：再也沒有人敢亂說話了。召公卻道：防民之口，甚於防川。日後厲王果然被國人驅逐，房內君子，今日學的可是周厲王麼？」

張偉話音甫落，那廂房內便是一片死寂，房中兩人顯是吃驚不小。泉州雖不比京師，但近年來錦衣衛緹騎四出，在四方查人耳目，若是剛剛那番話被錦衣衛知曉，只恐父子兩人皆有性命之憂。

張偉見房中之人不敢答話，便朗聲笑道：「在下是天地一閒人，朝廷的事不關在下的事，只是聽得剛剛房內有一小兄弟見解不凡，在下甚是佩服，不知可否讓在下進房內當面聆聽教誨？」

半晌只聽到那老者的聲音回道：「小犬無知，信口狂吠，怎地能說是見解不凡？閣下卻也是失言，無知小兒的胡言，不敢再有辱清聽，閣下還是請回吧。」

張偉心道：「老子和你客氣，你倒擺起臭架子來，難怪皇帝不喜文人，老子也當真不喜歡得很。」言語之下便不再客氣，隱隱威脅道：「既是如此，在下只得告辭，卻不知道這泉州府的太尊大人是不是也對兩位這般客氣！」將袍袖一揮，喝道：「帶路，這便去泉州府衙！」

話音甫落，便聽到那廂房木門吱呀一聲打了開來，有一花甲老者怒容滿面，惡狠狠的瞧向張偉，說道：「這位好漢，請進來罷！」

張偉也不答話，見那老者讓門而待，便吩咐隨從諸人小心提防著有人近前，向那老者一拱手，昂然直入。

房內的陳設極爲簡單，只是一書桌，數張木椅，唯四面牆邊堆滿了書籍，原本不大的房間顯得更是逼仄。那老者進門後便坐於書桌後，身側有一十八九歲的年輕人默然站立。

張偉只是身著青衣直身，那房中兩人卻是圓領大袖，衣料亦是玉色布絹，寬袖皂緣，頭上繫著皂條軟巾垂帶，張偉尷尬一笑，說道：「原來兩位皆是舉人，在下卻是孟浪了。」

那老者鼻中哼了一聲，卻是不答話。其身側立著的那年輕人卻展顏笑道：「現下可沒有那麼多規矩，若是在百年前，只怕先生要先向我們下跪，才合乎禮法……」話未說完，笑容卻是一僵，顯是剛剛被打的痛處還在作怪。

那老者恨恨道：「禮崩樂壞，國之亂源！」

張偉也不與他爭拗，只向那年輕人笑道：「適才聽先生一席話，當真是如當頭棒喝，令人深思。在下張偉，卻不知道先生尊姓大名？」

「在下姓陳名永華，字復甫，與家父陳鼎暫居於此。原本是隨口胡言，倒教先生你見笑了。」

張偉心中暗道：「當真是踏破鐵鞋無覓處，得來卻全不費功夫。在廈門到處尋你父子二人，卻只聽說你得罪了官府出門避難，卻不料是躲在泉州這開元寺中，此番定要讓你去台灣不可！」

陳永華，字復甫，福建同安人。其父陳鼎，明天啓時十九歲即考中舉人。甲申之變後回鄉躬耕，永曆二年（一六四八），鄭成功攻克同安，授陳鼎爲教諭。後清軍攻陷同安，陳鼎在明倫堂自縊。清軍入城後，陳永華出逃。此時下決心棄儒生業，以窮心天下事爲己任；當時鄭成功占據廈門，圖謀恢復明朝江山，於是延攬天下士子。兵部侍郎王忠孝推薦陳永華，鄭成功與他談論時事，終日不倦，並且高興地說：「復甫，你是當今的臥龍先生。」不久授予參軍，並以賓禮相待。

陳永華爲人沉穩靜穆，不善於言談。但如果議論時局形勢，卻慷慨雄談，悉中肯要。遇事果斷有見識力，定計決疑，瞭若指掌，不爲他人所動。與人交往，誠字爲先。平時布衣蔬食，隨意淡如。

一六六四年，金門、廈門丟失，陳永華隨鄭經回到台灣。第二年，晉升勇衛，並加監軍御史之職。陳永華親自考察台灣南北各社，弄清開墾情況，回來後頒佈屯田制度，進行屯田墾殖。土地剛開墾時就一年三熟，不僅成守之兵，而且當地居民都可以豐衣足食。在農閒時候又進行軍事操練，所以人人都有勇知方，先公而後私。

鄭經剛到台灣時，一切初建，制度簡陋，陳永華就一一助他建立起來。先是築圍牆柵欄，建起衙署辦公；然後教工匠燒瓦技術，砍伐樹木建起房屋，以作爲民居。並將都城中部分爲東安、西定、寧南、鎮北四個區，區設首領，管理事務。都城周圍設三十四里，里分幾個社，社設置鄉長。在社中，十戶爲一牌，設一牌首；十牌爲一甲，設一甲首；十甲爲一保，設一保長，管理戶籍之事。

在一切健全後，陳永華勸農桑，禁淫賭，緝盜賊，於是地無遊民，田野漸拓。他還教人們在高地種植甘蔗，用來榨糖，然後販賣到國外，每年能賺幾十萬銀兩。教人們在沿海曬鹽，不但充實了府庫，還資助了百姓。

當時，很多的福建、廣東人都蜂擁而至，每年達好幾萬人。鄭成功以嚴治理，而陳永華以寬待之，他至台後不久，台灣就繁盛起來。

張偉一至明末，心中念茲在茲的便是這被鄭成功尊爲「當世臥龍」的陳永華，數度派人去廈門尋訪，卻一直找不到其人蹤跡，想不到此次在泉州偶然間的閒逛，居然讓他遇到了當世的大材，當下心中狂喜，表面上卻是不露聲色，只是暗中吩咐人去準備，自己卻與陳氏父子閒聊起來。

他生性隨和愛笑，又是見多識廣之人，雖然在陳氏父子眼中文氣不足，不過倒也不令人生厭，於是三人談談說說，漸漸地天色暗將起來。

那陳鼎眼見得要到掌燈時分，張偉與兒子卻還是談笑甚歡，不禁爲難道：「志華賢侄，你看，這天色已晚……」

張偉笑道：「陳世叔，我與復甫兄一見如故，我已令下人整治了酒菜，想借寶地與兩位小飲幾杯，不知道世叔意下如何？」

還未等陳鼎表態，陳永華到底是少年心性，當下便雀躍道：「如此甚好，我也不捨志華兄就此離去，我們借酒助興，再談上一談最好。」

想了一下，陳永華又道：「志華兄，我父子雖逃難至此，但亦不至請不起酒菜，還是讓小弟做東吧。」

「不不，原是我孟浪打擾，怎可再讓兩位破費？且下人們已去整治了，便依了我這一次，若下回再聚，一定讓復甫你做東。」

陳鼎幾次三番欲開口讓張偉離開，但眼見兒子與此人語笑歡然，甚是投機，只得嘆一口氣，也自去吩咐下人陳福準備碗筷，只盼此人酒宴過後，便會離去。

張偉帶來的G4特工們如穿花蝴蝶一般在房內來回穿梭，各自從漆金食盒內端出整治好的酒菜，陳氏父子雖都是舉人，家境也頗豐實，但哪有見過人隨便一呼，便使喚十餘名壯漢整治出如此豐盛的一桌酒席？當下兩人暗暗心驚，均暗想：「此人定是豪富貴戚之家，方能有如此排場。」

陳永華見菜仍是上個不停，便向張偉說道：「志華兄，我們三人如何能吃得下這麼許多？朱門酒肉臭，路有凍死骨，兄需知民間疾苦，不可太過奢靡。」

張偉微微一笑，暗想：「此番馬屁拍在馬腳上，這人果真是個做大事的人。不爲美食所誘，不懼得罪豪富，不隱心中所思，雖是年輕，若不是我比他多了幾百年的見識，還當真不如他。」乃向陳永華展顏笑道：「若吃不完，讓我這些隨從們帶了回去宵夜，總之不浪費就是了。」

「如此甚好。父親，您請坐，志華兄，請坐。」

當下三人按賓主位置坐下，邊飲邊談，三人推杯換盞，談古論今，氣氛當真是融洽得很。

張偉見陳鼎容顏霽和，便將手中酒杯放下，正色問道：「陳世叔，小侄明知不當問，不過骨鯁在喉不吐不快，還要請教，小侄過來的時候，世叔爲何對復甫兄發火？」

「唉，此事說來著實令人煩惱。」

「小侄或可爲世叔解憂。」

「唉，我這兒子年少氣盛，自年初中舉後，不思進取，反而在鄉里指斥豪門，非議官府，前一陣子，更是因非議朝政驚動學政，弄得官府下牌票傳他，我只得假說他負笈出門遊學，又花錢打點，才暫且保住了他生員的功名，不過學政大人讓他去領罪待罰，他卻怎地也不肯。現下只能躲在這開元寺中，待風聲過去再做打算。」

「我道世叔與復甫兄都是中過舉的人，卻如何躲在這寺中偏院，原來是這個緣故。世叔放心，小侄有辦法讓世兄轉危爲安。」

陳鼎動容道：「志華有何高見？請速速道來！」

「這個麼……小侄頗有產業，想請復甫兄到我家中幫忙，左右不過是管一些帳房上的事情，若是有閒，親戚們還有幾個頑童，請復甫兄幫著教導一下也就是了。」

陳鼎面露難色，心道：「原指望你幫著打點人情，說幾句好話，了結了這場官司，誰料你讓我兒子去做師爺，這可萬萬不行。」當下便回絕道：「世兄的好意心領，只是小兒明年便要赴京大考，

時間上只怕是來不及啦。」

「世叔此言差矣，今上昏聵，身邊佞人橫行，復甫兄性格耿直，若不進士也罷，若是中了進士在朝爲官，只怕等不上數月便會有性命之危，只恐到時還要連累世叔你。」

「危言聳聽，朝中固然有奸佞，但亦有正人。只要行得正，坐得直，又有何懼？志華所言，未免言過其實。」

「那東林六君子就行不正，坐得不直？」

「這……不管如何，小兒一定要去大考。」

「這只怕由不得世叔你了，不但復甫兄要去，連世叔你，小侄也要煩勞。」

「你大膽！」

陳永華眼見張偉與父親唇槍舌劍吵個不休，心內大急，卻又不知如何勸解爲好。以他的意思亦是不去考進士，但老父自中舉後一生未能得中進士，自己這麼年少便也中舉，父親心中盼望自己能光耀門庭，自己也不好一味逆他的意。眼見這半年多來父親爲自己勞累奔波，現在與張偉吵得面紅耳赤，燈光下白髮依稀可見，陳永華一陣心酸，便向張偉說道：

「志華兄，你的好意小弟心領了，只是父親的意思，做兒子的總不好違拗，待風聲平息，明歲我還是要進京趕考，志華兄的忙，小弟是幫不上了。」

張偉大笑道：「對不住得很，對復甫兄小弟是志在必得，得罪了！」說罷將手中酒杯一扔，陳氏父子二人只覺眼前一花，桌上的燈影被一陣勁風帶的一晃，一瞬間，兩人的胳膊已被四名大漢架起，陳永華扭了一下，只覺兩隻胳膊一陣酸痛，捏在胳膊上的大手如鐵鉗一般，自己只管掙扎，卻只是動彈不得。

陳鼎心中又急又怒，大喝道：「我看你這小子便不是好人，賊眉鼠眼的不懷好意，偏永華這小子年少無知，居然與你稱兄道弟。快快放了我們，不然嚷將起來，你們便脫身不得！」

張偉也不氣，笑嘻嘻地向兩人作了一揖，賠罪道：「兩位現下不知道在下的好意，因此要得罪，待將來風光之時，自然不會忘了我的好處。」

見陳氏父子二人仍是一臉怒色，那陳鼎堪堪便要大叫起來，張偉使一個眼色，陳氏父子身後的大漢便將手一伸，早有一團準備好的破布塞到陳氏父子嘴裏，那陳鼎正欲大叫，一團破布進嘴，只聽得他嗚嗚了幾聲，便沒了聲響。

張偉笑道：「兩位先委屈一下罷，待到了船上，自然會鬆綁。」

當下也不理會兩人的神色，向隨行眾人使了個眼色，將陳氏父子捆了裝進準備好的麻包，扛將出去，一行人從寺內偏門魚貫而出。

守門的小沙彌本欲問一下那幾人扛的是何物品，卻看到諸人皆是滿臉橫肉，窮凶極惡之象，當下打了一個冷戰，默念幾聲佛祖，見眾人出門後，關了門自去睡覺。

張偉帶著眾人一出門便有雇好的馬車等候，眾人將陳氏父子扔在車上，張偉也自坐了上去，那

車老闆揚了一鞭，車子吱呀一聲，載著張偉等人向碼頭行去。

何斌在船上正自納悶，那張偉帶著周全斌一清早便去了城中，直至半夜時分仍是未歸，周全斌去城郊米行購了稻米回來，等到晚上掌燈時分，周全斌心中大急，便帶了人點了燈籠去那城中米店尋找。

何斌本欲同去，又想著碼頭這邊不能無人照管，只急得腳不點地般在碼頭上亂竄，正百般無奈之際，見張偉施施然坐著馬車而來，何斌頓時火大，怒道：

「張志華！你也太不成話了，怎麼如小孩一般胡鬧，若是這般的脾氣，我看咱們不如早點散夥的好。」

張偉見何斌如此火大，心頭倒是一陣安慰：「這傢伙平時看起來不慍不火的，蛇一般冷血，今日這般發火，倒是見了真性情，和老子的交情不是假的。」笑嘻嘻向何斌說道：「廷斌兄，小弟實在有萬不得已的理由，請兄長恕過這一回，再沒有下次啦。」

何斌見張偉賠不是，也不便再發火，鼻子裏冷哼一聲，問道：「這車裏載的卻是什麼？志華，你不會去嫖妓，順手又給人家贖了身，帶了回來吧？」

「小弟哪有這般荒唐！」

「那是什麼？買什麼物品要這麼久！」

「也不是物品，是兩個人。是小弟尋訪到的難得的人才啊。」

何斌爲之動容，他嘴上不說，心裏卻一直佩服張偉尋訪人才的本事，周全斌也罷，劉國軒也罷，張偉的隨身衛士也罷，都是萬中選一的人才，也不知這小子哪來的本事，凡是他相中的人選，無一不是人中英傑。連張偉都誇讚是難得的人才，想必更是人中龍鳳。

當下急道：「倒是爲兄失態了，還不快請人家下來見禮。」

張偉笑道：「暫且還不行，先上船再說吧。」

「也好。來人，吩咐下去，令人沏好香茶準備。」

張偉將嘴一努，隨同前來的幾個親隨自去將陳氏父子扛下，上船去了。

何斌瞠目結舌：「志華，你弄的是什麼鬼？」

「嘿，這兩人脾氣有些固執，小弟只得將他們強請了來。待到了台灣，小弟向他們賠罪便是了。」

「哼，當年劉玄德爲了請諸葛臥龍，不惜要三顧茅廬，你倒好，直接將人綁了來，看你如何善後。若是人家堅持不肯留台，你總不能殺了人家罷。」

「那怎麼會，小弟也盼日久見人心，不過人才難得，還是先請了去，再商量吧。」

「也只好這樣吧。」

兩人不再多話，張偉吩咐人去尋周全斌回來，與何斌一同上船，自去歇休去了。

第七章 鐵腕平亂

那鄭氏家僕一聲大喊，帶頭向張府正門衝了過去，身後眾人亦是一聲大喊，跟隨他一同衝了過去。雖沒有什麼攻城器械，但好在張偉的大門原也不是城門，薄薄的兩片木板很快被眾農夫撞裂，看到門破有望，眾人又是一聲大喝，猛地一撞，啪啪數聲響過，整扇門連同門框，一齊被撞倒在地。

陳氏父子在船艙中好生納悶，若說對方是綁匪，自己家中卻沒有什麼浮財；若說是緹騎捕人，又何必如此鬼祟，兩人待放聲求救，卻發現艙門緊鎖，除了幾個通風的小孔，四面密不透風，想來喊上幾聲，除了驚動船上的匪人別無他用，父子兩人相顧長嘆，只得倒頭睡下，待有人前來說話時再問端底。

轉瞬天明，也不待有些貨物還沒有送到，張何兩人便吩咐開船，一直待船行到海，四顧皆是海天一色，方下令將陳氏父子二人帶到自己艙中。

那陳永華一見張偉，便怒道：「張偉，枉我將你當知己，你卻如此無禮，你欺我年少無知麼？」

「復甫兄，稍安勿躁，待我慢慢向你解釋。」

「永華，咱們莫要聽這小人胡扯，總之他定然不是好人，咱們父子寧願一死，也不能做那爲非做歹之事！」

「世叔，小侄昨日是有些魯莽，不過小侄是求才心切，請世叔見諒。」

「好，就如你所說，要請小兒去做西席，不過，哪有你如此請人的道理？若當真是平常豪富人家，便先放了我們父子，再做商量。」

「世叔，小侄現下倒是想放，不過，這茫茫大海，放了世叔卻向哪裡去？」

「你混帳！」

「世叔，請聽我說……」

枉自說了半天，陳氏父子只管罵個不停，張偉眼見一時半會兒也勸不動這父子二人，只得吩咐人將他們帶了下去，令人好生看顧，防著兩人投海自盡，自己嘆了口氣，去尋何斌商量種植甘蔗之事。

張偉三步併做兩步，急衝進何斌房內，見何斌正悠閒地捧著一把小紫砂壺斜倚在籐椅，見張偉神色難看，面色通紅，啜飲一口調笑道：「志華，看你現在的神色，倒像是在床上求歡不得哪，哈哈哈……」

張偉在肚裏XXX了何斌之後，老實不客氣的將何斌手中的茶壺奪了過來，將壺嘴一抹，頭一仰，整壺溫熱的茶水便倒在肚中。

「啊啊!!你這傢伙當真該死！」

張偉一愣：「廷斌兄，不過是壺茶，何苦這麼火大。」

何斌悻悻道：「你這死驢，只知道驢飲，你可知這是杭州的雨前龍井，一錢的茶葉，便是一兩的黃金，就這麼讓你給灌下去啦，銀子還是其次，倒是這好茶生生被你糟蹋了。」

張偉尷尬一笑，放下茶壺，說道：「小弟在斐濟時，喝的都是紅毛鬼的飲料，什麼百事可樂可口可樂之類，這茶確實是少飲，真是可惜了廷斌兄的好茶了。」

何斌無所謂的咂一咂嘴，問道：「志華，來我這裏可有事麼？」

「也沒有什麼大事，只是想與廷斌兄商議一下，小弟想專門雇傭一批人，在台灣種植甘蔗。」

何斌思忖片刻，方道：「志華的想法，總歸是有道理的。不過，這甘蔗雖甜，卻不宜大面積種植吧？吃，不足以果腹，賣，只是些許小錢，而且還須運送到內地出售，來回成本也須折扣不少，獲利很小。我亦聽人說過，這台灣土著喜用甘蔗釀酒，志華你不會是想借甘蔗來拉攏這些土人吧？」

「廷斌兄，這你便有所不知了。小弟曾聽人說，這甘蔗可以榨糖，一千斤甘蔗不值甚錢，可榨出來的兩百斤白糖，販賣到海外，那可便值錢得很啦！台灣土地肥沃，小弟打聽過了，福建的竹甘在內地只是一年一熟，榨出的白糖也是十分有限，可若是到了台灣，最少也能一年三熟，廷斌兄你想，這可是多大的利潤！」

「志華這話倒是有理，不過，若是小規模種植，賣不了多少銀子。大規模種植，咱們現下沒有什麼力量來進行，這可教人好生爲難。」

「小弟也明白現下還是以種糧食爲主，先把人心穩定了，然後才能謀其他。不過依小弟看來，明春糧食大收是沒錯了，到時候咱們準備好，台灣自產的糧食足以供應咱們多招募的來台之民，不需花錢來買糧，還能適量出口一些，省下的銀子，足夠咱們在明年就大規模種植甘蔗了。現下過來是與廷斌兄商議，待一過了年，咱們便先試著種上一些，反正這甘蔗四季皆長，台灣那邊天氣四季炎熱，雨水充沛，若是此事可行，到了夏天，咱們就大幹起來。」

「如此甚好，志華，你當真是了得，若是一切順利，只怕一年又多賺幾十萬銀子了。」

張偉肚裏暗笑，心道：「這只是從陳永華那兒剽竊來的主意，要誇，你還是去誇他好了。」又想：「等再過兩年，福建大旱，災民遍野之際，老子先籌劃定策，然後大量移民過來，你可休要把我當神仙來拜就好。」

順手摸了何斌身邊的一個蘋果，擦上一擦，便邀何斌下上兩局。

可憐張偉來明末後，一無電腦遊戲，二無電影電視，連漫畫書都欠奉，至於麻將撲克之類，更是蹤影全無，圍棋他又不會，只是曾學過一段時間象棋，雖然在何斌眼裏臭的要命，但只要有空，張

偉便要拉上他下上幾盤，不然的話，當真是要悶死了。

當下何斌苦著臉將棋盤擺好，忍住心酸，勉強陪張偉下將起來。

至此別無他話，雖偶遇海上風暴，不過船上水手皆是常年在海上奔波之人，些許風暴，只不過是當耍笑作樂，一行人順順當當航行了兩日，至北港碼頭卸貨。

那陳氏父子原本也不知到了何處，一直到得北港鎮外張偉宅中，方被告知來了台灣。兩人面面相覷，只覺此番際遇之奇當真是匪夷所思，一席話，一頓酒席，糊裏糊塗的就被人擄來這化外之地，心中是又驚又奇，又急又憤，種種滋味在心內翻江倒海般折騰，一時半晌竟說不出話來。

眼見那張偉踞坐大堂，發號施令，將從泉州所購物品盡皆分發下去，座下人等皆遵令而行，令行禁止，呼喝指使，當真是威風得很。陳永華忍不住問道：

「志華……張大哥，你這邊基業頗大，並不缺人使喚，何故一定要將我父子擄來，若果真是缺西席先生，至內地聘請所費也不多，何必如此大費周章？」

張偉微微一笑，道：「復甫兄，一則閣下父子正在難中，陳世叔又一定讓你赴考，以我看來，你若去那汙穢不仁的場所，只怕是凶多吉少，我與你一見如故，豈能讓你赴險。二則，我這裏雖然開基創業，不過人才難得，若是尋出力的粗豪漢子，這堂下侍立之人倒都算得上；不過，若是出謀劃策，贊襄佐輔，這就非得倚仗賢父子的大才不可了。」

陳鼎喝道：「你們這群無君無父的反賊，去中國之邦，居海上孤島，圖謀不軌，交通外番，有何資格讓我父子相助！」

侍立在下的周全斌、劉國軒等人臉上立時變色，聽陳鼎如此侮辱張偉，幾人心中大是憤恨，那劉國軒原本脾氣暴躁，若不是張偉以世叔相稱使他不敢造次，見陳鼎如此惡言惡狀，只怕老大的拳頭早就打了過去。

張偉心內也是暗怒，這些老夫子，不事生產，不聞外事，除了那幾本八股，別無所長，還偏偏以大義自詡，彷彿真理盡在他手。思忖再三，終於還是不欲與陳鼎翻臉，因見陳永華臉色漸漸霽和，張偉便向他笑道：

「復甫兄，既來之，則安之，來了便先住下，怒大傷肝，你且勸勸世叔，我已吩咐下人在後院打掃了幾間廂房，弟雖不才，亦備有幾本詩書經傳，若是悶了，只管取了閱讀解悶……」

不待陳鼎有何反應，張偉便一努嘴，命人將兩人帶了下去。聽得一路陳鼎罵聲不絕，張偉苦笑一聲，向身邊諸人說道：

「這老頭兒脾性死硬，大夥兒沒事別去招惹他，選幾個脾氣好的過去服侍他罷。」

劉國軒向張偉略一躬身，道：「爺，小的只是不解，這台灣現下缺的是好水手、好農夫，好漢子，怎地爺對這腐儒父子如此看重？」

張偉正色道：「你問的好。你便是不問，我也要提醒你們，萬萬不可小覷了這些讀書人，鄉下農人懂得什麼？凡朝廷有何政令，世局有何變遷，皆是這些人在左右局勢。人說打天下用武人，治天下用文人，但你們看，這舉凡歷朝歷代，哪一代打天下時少了文人輔佐了？本朝太祖皇帝鞭死義子親侄朱文正，不過是因文正好詩書，身邊總有幾個儒生，太祖皇帝便疑他親近儒生，心懷異志，因而處死了他。這儒生現下還有用，特別是陳氏父子在廈門一帶頗有人望，若咱們得罪了他們，只怕將來日子未必好過，你們都給我小心了！」

正顏厲色將周、劉等人訓斥一通，張偉振一振衣袖，自去尋施琅，約好了施琅一同去查看北港鎮上情形。因張偉對那些遺民不聞不問，鄭芝龍亦袖手不管，故而他們雖有存糧，但舉凡衣物、農具、鹽、生活器皿等物皆早已斷絕，強忍著熬到年關將近，眼見得張偉又帶了好多物品回來，那些隨同張、何、施三人同來的移民皆歡呼雀躍，連小兒們也玩起了自泉州帶來的玩具，早前的移民們眼紅不已，施琅發放物品之餘，眼見那些人三五成群議論個不休，唯恐生亂，便先派了與鎮上居民相熟的眼線前去打探，但終究是不放心，於是約了張偉一同前去查看。

眼見張偉出來，施琅迎上前去，說道：「大哥，看情形有些不妙，那些人被咱們冷落久了，情緒早就不穩，眼見你今日又帶了好些用具回來，看情形是要搶咱們的。」

張偉冷笑道：「若是咱們無理，鄭老大便會來找咱們的麻煩，現下若是他們不知死活，敢來打咱們的主意，那可正好合了我的心意。」

「大哥，你說該怎麼辦？」

「依我看，現下他們只是觀望，如若咱們沒有防備，再給他們一點刺激，這事可就成了。我看，也不必查看了，現下咱們就去準備，今晚就在這北港鎮外擺下流水席，反正年關將近，也需要犒勞一下大夥，你去吩咐下人，宰上幾頭豬，用大鍋在外面煮了，再擺上幾大缸酒，等天色晚了，便點起篝火吃喝。總之是要大辦一場，讓鎮上的人看得清清楚楚，可明白了？」

施琅聽張偉吩咐，自去吩咐人辦事。不消一會兒工夫，那北港鎮外便是一片熱鬧模樣，施琅令人尋了一塊空地，牽了幾頭肥豬出來，一會兒的工夫便殺翻了在地，豬血流得滿地，引得蒼蠅嗡嗡的成群飛來，小孩子們圖熱鬧，嘻嘻哈哈的在場上玩耍，又令人抬了幾大缸子白酒「砰砰」的開了酒封，那酒香頓時就在鎮裏鎮外瀰漫開來。

那鎮上諸人雖然能混個肚飽，但台灣到底不比大陸，諸多物品採買不便，那鄭芝龍又不欲在台發展，故而諸多生活用具皆未齊備，數年時間，島上居民逢年過節，皆是顏思齊大發善心，從內地弄些年貨來犒賞諸人，今年離了顏思齊，鄭芝龍又不管事，且得罪了張偉，就是給錢，張偉亦不肯幫忙，故而這些人吃的滿肚子稻米、地瓜，葷腥酒肉之類，卻是想也別想。現下眼見得鎮外大擺酒席，肉香酒香漫天瀰散開來，鼻子原本不欲去聞，這香味卻不住的往腦子裏鑽，當真是令人羨慕萬分。

不過，因羨生妒，因妒又生恨倒也是人之常情，眼見天色漸黑，鎮外新來之人笑嘻嘻成群結隊而來，點起了篝火團團而坐，面前皆是小山也似的燉肉，聽得他們客氣幾句便席地而坐，有一壯漢呼喝了幾句後，眾人便開始大喝大嚼起來，不一會兒工夫又行起了酒令，看得這熱鬧情形，那北港鎮上諸多居民氣得胃也漲痛起來。

只見那黑暗中有人暗暗召集，鎮上男子三五成群摸著黑，向顏家大宅去……

「各位弟兄，這張偉想搶鄭老大的基業不成，就想著法兒的要擠走你們，好霸占你們辛苦耕作好的熟田，住你們辛苦搭建好的房屋，現今又大酒大肉的擺下流水席來氣咱們，侄可忍，叔不可忍，咱們今晚就和他們拚啦！」

爲首鼓動的正是鄭芝龍留守顏宅的家僕，雖未得到主子的明確指令，但大總管曾吩咐過有機會便找找張偉的麻煩，現下眼見群情激憤，又見對方大吃大喝，兵法云攻其不備，該家僕食君之祿，忠君之事，拽了一句不通的文言後，眨巴眨巴雙眼，熱切地看著圍攏在身邊的上百名精壯中年男子。

「沒錯，這個張偉成心爲難我們，上個月我們湊錢去托他帶些鹽巴來，他有意刁難，硬是說船上沒有地方了，裝鹽沒地方？我親眼看到他船上卸了上百頭牛下來！」

「沒錯，他是要往死裏逼我們！」

「拚啦，我看死心塌地跟他的也就那幾百號人，我們怎麼也有上千的精壯男子，咱們又可以攻其不備，今晚上大夥兒拿上刀槍，一晚上就殺他個精光，然後奪了他的船，搶了他的錢，以後大家的日子就好過了。」

一夥人的情緒明顯被這幾個事先就買通好的內應鼓動起來，渾然忘了鄭芝龍也全然不顧他們的死活，當下各人皆振臂呼喝，將這數月來苦熬的苦楚都推到張偉一人身上。

昏黃的燈光下眾人開始商議細節，何時會聚，何時動手，何人帶隊直取張偉，何人防制施琅、何斌，會議半天卻是全無頭緒，眾人皆是普通尋常的莊稼人，如何曉得兵法？論了半天，那鄭府家人焦躁起來，喝道：

「大傢夥兒別亂了，俗話說擒賊先擒王，咱們就半夜時分起事，先一齊到那張偉府中，將那首惡擒了，施何兩人不過是那張偉的手下走狗，咱們擒了張偉，還怕他二人作反不成？」

「也對，鄭大哥你說得有道理。」

那家人眼見大家對自己的英明決策甚是欽服，乃得意洋洋說道：「那就這樣定了吧，待滅了這幾個不服鄭爺管束的反賊，我自會去向鄭爺稟報，鄭爺不會虧待大夥兒的。」

眾人皆滿口稱善，四下散去各做準備不提。

好容易熬到三更時分，各人身後又多了數十人，皆是手持刀槍，殺氣騰騰，也有那農夫沒有兵器的，於是耙、鋤、鐵鍬等農家獨門兵器也新鮮出籠，雖不齊整，倒也蔚為壯觀。

當下那鄭府家人一聲令下，眾農夫打起火把，喊一聲：「殺！」便向鎮外張偉住處衝去。上千人聚集一處，齊聲呼喊，聲勢自然不小，但眾人一直衝到張偉宅外，整個鎮外仍是全無動靜，除了火把的光亮外，四周黑漆漆的全無光亮。

眾農夫原本氣壯如牛，待見到形勢如此詭異，一時倒失了主張，愣在張偉門前，不知該如何是好。

「管他如何作怪，總之咱們人多，又有何可怕的，大夥兒把門衝開，殺進去啊！」

那鄭氏家僕一聲大喊，帶頭向張府正門衝了過去，身後眾人亦是一聲大喊，跟隨他一同衝了過去。

雖沒有什麼攻城器械，但好在張偉的大門原也不是城門，薄薄的兩片木板很快被眾農夫撞裂，看到門破有望，眾人又是一聲大喝，猛地一撞，啪啪數聲響過，整扇門連同門框，一齊被撞倒在地。

當下上千人揮舞著手中奇奇怪怪的武器，跟著撞開大門的勇夫一齊衝了進去，張偉宅子在這台灣雖大，不過也裝不下如此多人，當下有一半人衝了進去，卻有一半人徒然勇猛，卻也只能留在外門，呼叫助威。原想著衝進去便是一場好殺，卻不料數百人將張偉脫下未洗的四角土布內褲都翻了出來，也沒有尋得半個人影。

這些農夫原本也只是憑著一股怨氣衝了過來，先是衝出鎮來沒有預料中的抵抗，眾人便覺得有些不對，現下連張偉府中也是全無人蹤，從未經過戰陣的農夫們自是心中發毛，全然不知哪裡出了問題。

「鄭大哥，你說這些惡人都去了哪裡？怎地一個人影也看不到？」

「是啊，不會是走了風聲吧？」

「王福根，我看你吃罷晚飯便出門亂轉，鬼鬼祟祟的不安好心，定然是你跑到鎮外向那張偉告了密！」

「放屁，老子吃飽了飯轉轉消食也有罪？我看你倒是賊喊捉賊，就你的嫌疑最大！」

眾人如無頭蒼蠅般亂搜了半天後，終於亂將起來，有質疑那鄭氏家人舉措方略的，也有懷疑身邊某某就是敵方同夥的，正好將平日裏積怨爆發出來，若不是幾個老成之人在其中維持，只怕不待張偉帶人出現，這夥子人倒先自己群毆起來。

不過張偉倒沒有這個打算，算算時間已差不了多少，躲在不遠處農田裏的張偉向施琅笑道：「施大將軍，今晚你可要顯顯身手啦。」

施琅從鼻子裏冷哼一聲，道：「與這些農夫打，只怕也算不上什麼光彩之事。若是將來打紅毛鬼，那還當得起這施大將軍的說法。」

張偉對施琅的這種倔脾氣甚是無奈，若不是兩人交好，還真是不易承受，當下笑罵了一聲施倔驢，靜等著施琅發號施令不提。

自張偉決定引蛇出洞，施琅便定下了這先示敵以弱，衰敵銳氣，然後四散包圍，用G4衛士衝擊敵陣來破敵的方略。張偉自知自己雖瞭解歷史進程，但真正的臨敵作戰，卻是遠遠不及這未來的名將，因此大概方略雖是自己做主，作戰的細節卻全憑施琅安排。

施琅卻是謹慎得多，站在高處眼見不遠處敵方火把漸亂，顯是對方人心慌亂，乃下令道：「雞絲衛士先待命，待四面火把亮起，便從鎮東殺入，記得，不要殺那個領頭的鄭氏家人，一定要抓活的。至於其他農人，不須客氣，大殺特殺好了。」

何斌在一旁說道：「殺得太過也不好，他們也只是受了蠱惑。」

施琅橫了一眼，道：「何大哥，咱們自己人的命便不是命了？不大殺特殺，嚇破他們的膽，咱們可就要多死人了。」

何斌嘆了一聲，不再說話。張偉也是狠不下心，原也想說話下令少殺，不過見施琅如此施爲卻也沒錯，又見何斌碰了釘子，當下便將求情的話又吞回肚裏。

施琅也不理會兩人，一遇戰陣，此人的將軍本色便顯露出來，若仍只是隨著張何兩人忙於瑣事，只怕周劉等人永遠不會服從他的指揮，現下此人臉上殺氣騰騰，渾然不理外事，只指揮著身邊的親隨傳達命令，張何兩人也在心裏暗讚，此人頗有大將之風。

當下由施琅發號施令後，圍在四周的張何施三人精選的上千健壯家人一齊點燃火把，縱身大呼起來，雖然隊列排得離離拉拉，不成行伍，不過手中的兵器倒是張何兩人數次從內地運過來的精良兵器，在光火映射下，當真是刀槍如林，寒光四射，雖然與那北港鎮上一樣皆是由農夫上陣，不過看起來是威風得多了。

那鎮上眾農夫正在四顧茫然之際，忽聞震天價響的喊殺之聲，又眼見得四周火光亮起，黑暗中只見四周皆是火光，也看不清對方有多少人，只覺得對方刀槍如林，殺氣騰騰，原本就心慌意亂的眾人氣勢衰減，更覺得手腳發軟，只是叫一聲：「苦也」，至於如何應敵，卻是全無主張。

正在慌亂之際，從鎮東殺進一夥黑衣大漢，逢人便砍，儘管眾農夫拚命抵抗，對方也只不過是百人左右，可是無人是他們任意一人的一合之敵，對方手起刀落，便有人慘叫而死，這些人皆持精鋼打造的薄刃長刀，力大勁沉，刀鋒又銳利異常，一時間砍得鎮上眾人心膽欲裂。待這群凶神惡煞殺到張偉宅外，已是無人敢擋其鋒，眾農夫發一聲喊，將手中礙事的兵器往地上一扔，亂紛紛向北港鎮方向逃去。

說來也怪，那些打火把手持大刀長槍的並不阻攔，見鎮上眾人逃來，便將去路一讓，自讓那些嚇破膽的農人逃了回去。鎮上眾人此刻只恨爹娘少生了兩條腿，正拚命逃跑之際，見對方讓開去路，自然是魚貫而入，從缺口處逃得遠了。那鄭氏家人，卻也混在人潮中溜了。

待G４衛士們將四周殘餘的農人肅清，張偉宅院內外已是遍地鮮血，殘肢內臟也拋灑了一地，待張偉趕到，皺眉道：「快些安排人將此處打掃乾淨。廷斌兄，今晚我只得到你宅中歇休一晚了。」

何斌也苦笑道：「雖是做了海盜，倒也是第一次見這種場面，太慘啦。」

施琅冷笑道：「不知死之悲，安知生之歡。死上一些人，對人對己都是好事。待你們見得多了，就會習慣了。」

張偉亦嘆道：「施倔驢這話說得有理，咱們現下還是太婆媽氣啦。周全斌？」

「爺，屬下在。」

「今次咱們打死了多少，自己又折損了多少人手？」

「回爺的話，打死了兩百多，傷者無數，咱們自個兒只死了三位兄弟，傷十幾位。」

「嘿，這夥人還真了不起，竟然打死了咱們三個人，全斌，好生安葬了他們，給家人送去撫恤銀兩，咱們可不能虧待了這些弟兄。」

周全斌喏一聲，自去辦理善後事宜，張偉眼見此處混亂不堪，便與何斌一同回府休息，安排人手追擊抓捕，自然就落在施琅的身上。

直至日上三竿，方傳來消息，在鎮外三十里處抓到了逃走的鄭氏家人，張偉聽聞抓住此人，只吩咐人將此人帶去碼頭，寫上供詞，與幾個農夫人證，一併帶上船送與鄭芝龍解釋此事。

待過了數日後，張偉接到澎湖鄭芝龍回信，信上倒也簡單，只說這鎮上眾人自尋死路，與他無干。若是不欲留在台灣，可回澎湖，或送回內地。若願留下，自此便需聽張偉使令。

張偉接信，自去鎮上當著眾人念了，當下有大半人隨來台的鄭氏屬下回了澎湖，只有數百人當即表示願奉張偉為大哥，留台聽令。

自此，張偉宣布改北港為鎮北，方能正式自立為龍頭。從這一日起，除在台南的荷蘭人外，這台灣無人能與張偉相抗衡。

鄭芝龍聽得張偉正式自立為龍頭，扛旗稱霸，只在鼻子裏冷哼一聲，並不在意。他此時掃平了海上大大小小的群盜，除了廣東劉老香外，再無人是他的敵手，在他眼裏，張偉與何斌在土裏鑽沙，只是個土財主罷了，雖然現下很是礙眼，倒也不值得公然翻臉動手，只吩咐鄭芝虎，對張何二人的商船多抽些銀子，也就罷了。

時間一恍惚便過去了半年，算來張偉來到明朝已一年多了，頭髮早已留長，他還是不習慣將頭髮綰起來，自己看了《大明宮詞》後，便羨慕裏面張易之的瀟灑模樣，便也有樣學樣，沒事的時候便換掉青色直身，穿起白色長袍，又特意令人照記憶裏在兵馬俑坑裏見到的古車馬的樣子打造了一輛，於是這鎮北鎮裏裏外外沒事便能看到張偉披頭散髮，白衣飄飄的坐在一人坐的小馬車裏四處巡視。

張偉本人感覺倒是良好，直到有一次何斌委婉地對他說：「志華，我覺得你的個頭不適合穿這麼寬大的長袍……看起來，並沒有你想像的那麼飄逸啊……」

張偉受了打擊之後，才依依不捨的扔掉長袍，不過乘坐馬車巡視的習慣沒改，不久之後，何斌也覺得這種單人馬車坐起來比轎子方便快捷的多，於是也打造了一輛，只是在陳設上比張偉更加奢華一些罷了。

施琅看到兩人如此作風很是不屑，有馬騎便騎馬，要嘛便坐轎，這馬車豈不是畫蛇添足？倒是鎮上來了幾個身家頗富的商人，見張偉兩人帶頭，不管喜不喜歡，也各自打造了一輛，於是在這鎮北鎮上，沒事便能看到一輛先秦馬車轔轔駛過，比原本明朝那笨重醜陋的騾車漂亮的多了。

因年後島上糧食大熟，稻米、地瓜、土豆之類收了足有上百萬斤，除了農家留著自用外，張偉等人皆賤價買了來，又修了幾個超大的糧倉，將糧食儲存起來，何斌又親赴了幾次福建，沒有再用銀子招募人來台，而是以提供農具，耕牛，免費糧食爲餌，陸陸續續帶了近五萬人來台，因人口日多，又拆了原北港鎮上的舊房，建起更堅固的瓦房，設東安、西定、寧南三鎮，與鎮北合稱台北四鎮，四

周設兩人高的木柵，設以箭樓警備，又設台北衙署，雖無名分，倒也井然有序。每鎮皆設鎮首，管理日常事物，因台北初定，諸人皆以墾植爲主，平日裏也沒有什麼紛擾。左右不過是張家丟雞，李家失牛，鎮首下自設捕盜官一職，因而這台北雖算不上是三代之治，也可算是升平之世了。

至於朱元璋設的保甲制度，張偉堅決不要，雖然不是老子小國寡民的信徒，但張偉堅信，政府越小，事情越少，政府越大，事情越繁。政府對民眾干涉越多，說明這個政府越專制，反之，讓民眾在需要以外感受不到政府的存在，反而是件好事。

這一日，眼見試種的甘蔗大熟，張偉約了何斌、陳永華一起去蔗田查看，商議如何榨汁取糖。那陳永華半年多來諸事不理，雖從未惡語相向，但也不爲張偉出一謀，劃一策，平時只是看書下棋，釣魚閒逛，至於其父陳鼎，見了張偉便冷臉相向，做出守節婦人不屈權貴的模樣，張偉無奈，只悄悄派人送了些銀兩到廈門陳家，報了平安後又取了回信回來，如此這般數次，陳鼎也很不好意思，見了張偉也肯略略點頭了。

他與陳永華不同，雖然不理張偉，但因台北設立官學，令八歲以上孩童盡皆免費入學，陳鼎雖不肯參與教學，但與張偉聘請來的幾位老夫子相交甚好，平時來往時議論，對張偉不收賦稅，扶助貧苦農民屯田耕作激賞得很，但對其他如跨海貿易，操煉G4的方法頗有微詞，特別是老先生攆子搬出張府，在街邊一幢小房內安身後，每日清晨聽那些「雞絲衛士」呼號而過，擾人清夢，陳老先生更是不爽得緊。

又見廳內諸人情緒低沉，張偉乃笑道：「大傢夥兒別像死了老子娘似的，都打起精神來。那勾踐連大便都吃得，咱們不過賠些銀子，又何苦做這般苦臉。待咱們練出一支強軍來，到時候連本帶利討回來便是了。」

第八章　治理台灣

卻說張偉與何斌各坐一乘馬車，那陳永華卻沒有馬車，張何二人又無法載他，只得自己騎了一頭健騾，慢騰騰向東安鎮外的蔗田而來。一出東安鎮外數里，便是綿延數千畝的蔗田，雖說是試種，但在人力與田地足夠的台北，種上幾千畝蔗田卻又如何？

這甘蔗生長需氣候溫熱，雨水充足，台灣地處熱帶，一年四季皆是炎熱非常，冬季時，氣溫也比內地春天稍熱，雨水又多，正適合這甘蔗生長，放眼望去，數千畝的蔗田豐茂異常，一陣微風掠過，數米高的甘蔗隨風而舞，沙沙作響，比之在內地種植，不但枝幹高大，筋骨也甚是飽滿。

陳永華向張何二人笑道：「兩位，這蔗田裏搖的可都是銀兩，小弟先敬賀了。」

何斌也笑道：「志華這著棋算是下對了，這台灣之地當真是甘蔗生長的寶地，適才我劈了一根略嘗了一下，汁多味甜，根莖飽滿，當真是上品。若是榨出白糖來，一出口便是幾倍的利。」

張偉謙遜道：「此事不過是小弟一時矇對了，算不上什麼。復甫兄方是大才，只可惜不肯相助，唉！」

陳永華淡然一笑，說道：「志華兄，不是小弟不肯相助，實在是家父嚴令小子不可胡來，只盼有朝一日志華兄放我們回鄉，小弟還要進京赴考呢。」

張偉暗想：「看來若想得到這些儒生相助，非得有個名分不可。不過，願意招安海匪的熊文燦還要過兩年才來福建做巡撫，現在可沒有辦法。況且，一旦招安，做了明朝的官，將來再反叛，總歸會落個罵名，這事情還真是爲難得很。」

當下不便再勸，三人沿著蔗田轉了一圈，商議好製糖辦法，又定下十萬畝左右的新植蔗田範圍，由張偉何斌牽頭，湊股募人耕種，所收甘蔗，皆歸公有。

三人一直轉到夕陽西下，暮色漸漸籠罩四周，方才打馬而回。張偉因見陳永華騎姿笨拙，強拉著他上了自己的馬車，自己卻是騎了陳永華的騾子，跟在馬車後面向鎮北鎮方向行去。

此刻的鎮北鎮卻不同於半年之前，離鎮外里許便可見鎮牆外刁斗的燈籠亮光，待行得離木柵站稍近些，便聽到有人喝道：「外面是什麼人，怎地這時候才回？」

張偉笑喝道：「劉國軒，你這狗才，連爺都不認識了。」

裏面那漢子「唉呀」一聲，忙令道：「快開營門，是張爺回來了。」

只聽得營門吱呀一聲，幾個鎮丁提著燈籠開了營門，向張偉陪笑道：「爺，不知道是您老人家回來了，小的們得罪了。」

張偉笑罵道：「他奶奶的，你們忠於職守，哪有錯了。還有，老子很老麼，怎麼就成老人家了。下次若是這麼肉麻，就要把你們送到施爺那兒，讓他好好賞你們一頓板子。」

眾鎮丁諾諾連聲，不敢再亂拍馬屁，見張偉騎在走騾上，而陳永華倒是堂而皇之坐在車牌爲0001的馬車上，眾鎮丁心下詫異，卻也不敢多問。

反是劉國軒向張偉笑道：「爺，您怎麼騎著走騾，卻讓陳大公子坐馬車？」

張偉擺擺手說道：「這騾子在這黑地裏怕把復甫摔了。國軒，你怎地在此？」

劉國軒答道：「吃罷飯無事，便來查查這些人有沒有偷懶。」

那些鎮丁聞言，叫起屈來：「劉爺，我們怎敢，若是疏忽出了事，咱們的腦袋都保不住，哪敢偷懶！」

劉國軒卻不理會，向張偉說道：「爺，咱們雞絲衛士都快一千人啦，現下鎮上的人見了咱們就雞絲雞絲的叫喚，這可真是羞殺人，還是另換個名稱吧？」

張偉也是一笑：「當初你們人少，我只不過是隨口命名罷了，現下人數這麼多，我這幾天正考慮改名，設官制，你不要急，待我和施琅商量一下，便給你個回覆。」

說完在騾子屁股上打了一鞭，與陳永華一起向自己府中行去。

雖然陳永華不肯歸順投效，但張偉一直願意與陳永華多加接觸，即便陳永華對他的現狀不肯加一詞，但兩人在一起談談說說，也是愉快。陳雖年少老成，言語謹慎，但畢竟是非凡之人，見識遠比陳施兩人高卓，張偉與他無事便閒談，也覺得收穫頗多。

兩人行到張府門前，正看到正門處懸掛的「張」字燈籠，黑暗中卻突然竄出來十幾條身影，張陳兩人皆是渾身一激靈，只道是來了刺客，張偉正待大叫，卻見那些人影突然矮了半截，原來都跪在了地上。

「你們有甚冤情，明日去找鎮首處理，怎地直接跑到這裏來？」

張偉因見眾人跪下，料想定是四鎮中有人起了糾紛，不憤之下來尋自己告狀，他原來遇著此事，都極欲過一過青天大老爺的癮頭，卻不料審過幾次案子後，方發現青天卻不是那麼好當的。

甲告乙偷牛，乙卻說甲胡賴，雙方各執一詞，各說各理，直攪得張偉頭疼。想起什麼老馬識途辨賊法來，卻是沒有那牛的影子，如何拿來識途？本來想打乙幾十大板，卻想到不能濫用刑訊，只得愣在堂上，不知如何是好。後來還是尋了德高望重的老人來斷，又訪問甲乙的品行，紛擾了多日，方能了結這種官司。

張偉在經歷過若干次失敗後，才深刻的體會到了「術業有專攻」的真知灼見是多麼的有道理。從此便不敢審案，遇到有什麼人來訴冤，便直接推到鎮首那裏，自會有專門從內地請來的積年刑名師爺來審理，雖是如此，張偉卻也對中國式的審案斷案辦法很不滿意，只是一時半會兒找不到更好的辦法。只得待將來有條件時，專門聘請西方的法律專家來制定和教授專門的法律知識。

現在見一群人跪在地上，張偉躲之唯恐不迭，哪敢有什麼說法，當下便勸這夥人去所在鎮的鎮首那邊訴冤，自己卻是萬萬不敢多嘴了。

卻說那夥人中跪的稍前的是一年輕人，身材瘦弱，面黃無鬚，人雖年輕，卻是有一臉的皺紋，當真是苦相十足，只是兩眼冒出精光，人顯得極是精明。他看了一眼張偉，卻不答話，只向坐在馬車上的陳永華說道：

「張老大，我們是特地來投奔您的，想在您這兒討口飯吃。」

陳永華一臉尷尬，正要說出自己不是張偉，張偉卻向他使了個眼色，陳無奈，只得向張偉說道：「你問一問他們。」

張偉假模假樣的諾了一聲，乃問道：「你們是何方人士，因何要投奔這台灣？」

那人看了一眼陳永華，便向張偉答道：「小的馮錫範……」

「辣塊媽媽的！你就是『半劍有血』馮錫範？」

那自稱馮錫範的人一愣，回話道：「這位爺，在下是馮錫範，可不是什麼半劍有血。可能是弄

錯了人啦。」

張偉話一出口便自後悔，聽得馮錫範這麼回話，便笑道：「正是。我那號稱半劍有血的朋友年紀大得很了，和閣下是不相干的。」

那馮錫範盯了張偉一眼，又說道：「小人是福建廈門人氏，自幼習得一身好武藝，因家境貧困，這幾年一直在外闖蕩江湖，頗認識了一些朋友，此番在海上聽說張大哥在這台灣做的好大事業，因小人年紀漸長，也想投個明主，求過幾天安穩日子，故而帶了幾十個兄弟來投效，請張大哥收留！」

說罷，將頭一低，靜等著坐在馬車上的陳永華說話。

誰料等了良久，竟然只聽得那馬車輪聲轔轔響起，待抬頭一看，那張偉坐在車上已去的遠了。馮錫範心頭大怒，原料想即便不是熱情相待，最少也會溫言收留，卻不料這張偉連句招呼也不打，就那麼揚長而去。

當下悻悻站起，拍拍膝蓋的灰塵，向身後諸兄弟說道：「既然這張爺不看好咱們，歇休一晚，咱們便回內地去罷。」

隨他同來的也不是什麼好人，當下各人站起，也不顧張偉騎在騾上還在，便滿嘴「伊娘」的問候起來。

張偉見他們亂紛紛鬧了一氣便要離去，含笑問道：「我那朋友不管這些俗務，故而進去歇休去了。各位卻因此生氣，這便要走了麼？」

馮錫範沒好氣道：「這位小兄弟，咱們是要投靠張大哥弄一番事業，張大哥既然不理會我們，卻還留在此地做甚，你還不快點進去服侍，小心那張大哥惱了，責罰於你，我卻是過意不去。」

張偉暗道：「這傢伙倒是沒有歷史記載上那麼壞心眼，居然還知道勸老子小心侍候，看來人是一樣的，就看跟了誰。那鄭克爽是個無能之輩，這馮錫範當然要作亂，在我手下，卻是休想。」

當下微微一笑，向馮錫範笑道：「適才卻是你們誤會。那馬車上坐的並非是張偉，在下正是張偉，那位是在下的朋友陳永華陳先生。」

馮錫範驚疑不定，問道：「那適才我向人打聽，聽說張大哥愛坐那種奇奇怪怪的馬車，怎地閣下是騎騾而來？」

「我與陳兄一同出門，天晚他不善騎術，故而將馬車讓與他坐，我卻騎了他騾回來。諸位，不要多想，大家都是英雄豪傑，我張偉平生最愛好漢，各位千里來投奔於我，我怎麼能慢待各位！」

馮錫範尚未答話，張偉便向宅內大喝道：「怎地人都死光了麼?還不快出來侍候！」

話音未落，一群僕役便忍著笑跑將出來，自去將張偉的走騾牽了進去，又有數人將馮錫範等人引進了府，先帶到廂房等候，待張偉梳洗更衣完畢，自又有人將馮錫範等人引入花廳。

眾人呆立片刻，只看到那花廳內陳設奢華，又見那當中酒桌上擺放著美酒燉肉，各人傍晚至台，一直在張府外苦等張偉，肚子裏早就是空空如也，當下看到酒肉在前，雖努力克制，生怕失禮，那肚子卻是忍不住叫將起來，一時間這花廳內腹鳴如雷，倒也熱鬧非凡。

張偉還未進房，便聽到房內腹聲如雷，心內暗笑，表面上卻是做出一副愉悅表情，將門一推，便自走了進去。那馮錫範心裏有事，倒是未覺得餓，兩眼一直盯著正門處看，一見張偉推門進來，便吆喝一聲道：「都跪下，迎接龍頭張大哥！」

話音一落，十餘人頓時跪了一地，齊聲喝道：「叩見張大哥！」

這些人中原來有幾個鏢局的趟子手，天生的好嗓門，再加上喊慣了鏢號，現下用力呼喊，當真是聲勢浩大，頗爲不凡。

張偉猝不及防，聽得如此聲勢嚇了一跳。半晌回過神來，才發現眼前又黑壓壓跪了一地，心道：「還真是晦氣，老子好好的你們又是張大嗓門哭喪，又是跪地叩頭的，好健壯的男人，膝蓋卻偏生這麼軟。」

乾咳一聲，張偉「哈哈」一笑道：「諸位好漢，何必如此見外。大家日後便是自己人了，這跪來跪去的，好生麻煩。張偉今日有話在先，日後大家切不要如此見禮了。」

馮錫範到底還是叩了一下首，方站起來陪笑道：「龍頭大哥的話，做小弟的自然要凜遵，不過禮不可廢，小弟還是要叩了首方能起來的。」

其餘諸人亦各自叩首，方才一一站起。

張偉見馮錫範此番帶來的諸人無一不是精壯漢子，身上是勁裝打扮，一眼看去，但能見其身上精肉凸起，雙眼皆是凜凜有神，心下暗喜：「老子此番也混出頭來了，不需花錢去請，便有這些江湖漢子便自來投。」

心情愉悅之下，張偉便攜了馮錫範的手一同入席，只覺馮手冷冷冰冰，且被汗水濡濕，握起來很不舒服，心下大悔，只得發誓日後再也不輕握人手。

馮錫範不知道張偉心裏所想，見龍頭老大對己親熱，心內早便樂開了花，直到張偉將手放下，仍兀自隱醉不已。直到張偉又邀其餘人等入席，方才清醒。

張偉見眾人仍有些拘束，便笑道：「適才我來，隔著數十米遠便能聽到各位腹如雷鳴，想來是餓的時間久了，還好剛才我吩咐下人，各位都是江湖豪傑，不需要整治什麼精緻酒菜，只顧這般大塊肉，大碗酒的端上來，現下看來，倒也合適，各位千萬不要以爲我待慢才好。」

眾人初聞張偉說聽到腹叫，便各自扭捏不安，面紅過耳，待聽到張偉後面的話，心內皆是大爲感動，均想：「這龍頭倒是不錯，又肯陪俺們喝酒，還知道我們吃肉也愛大塊的。」

馮錫範慚愧道：「張大哥，是小弟沒有管束好部下，請大哥責罰。」

「這是什麼話，人哪有不餓的道理！不需客氣，大夥兒放量吃吧，別的不敢講，一定管飽！」

張偉在外奔波了半日，也是餓了，雖然對眼前拳頭大的肉塊有些犯怵，不過見眾人都在等他先動筷子，一咬牙，挾了一塊五花肉，放在口中大嚼起來，一邊嚼，一邊含糊不清的向眾人道：「各位，別愣著了，邊吃邊喝，我只管吃肉，酒是不飲的，你們自便，喝醉了睡他娘的。」

眾人歡然大笑，至此方放下心來，一齊開動大吃起來，原本就是精豪漢子，再加上餓得很了，於是一時間筷子如雨點般亂飛起來。

待各人吃飽喝足，張偉便安排人領著各人尋住處睡覺，本想著將馮錫範編入周全斌屬下，卻想到要與施琅商議成軍的事宜，便只吩咐馮錫範靜待安排，將其打發出去後，張偉只覺全身酸痛，不過內心喜樂，倒是沖淡了這分疲倦。

一時衝動下回到古代，若說沒有後悔也是假的。不論是言語，伙食、衣服穿戴、建築樣式，全部與現代不同。放眼看去，只覺得孤獨寂寞。有時晚上獨自一人回房，看到那些古時的陳設，竟然只想放聲大哭一場。與父母兄長在一起時還未覺得有何難捨難分，現在一晃經年沒有見面，心裏對親情的渴望令他十分難受。還好來此時日不久便認識了何斌、施琅，兩人與張偉雖脾氣稟性完全不同，交情卻是頗爲牢固，閒時與何斌下幾盤棋，以言語調笑一下施琅，也有趣得很，若非如此，縱然胸懷大志，意在天下，只怕這人生也是十分無趣了。現下這台灣基業已是一片興旺景象，又有英雄豪傑主動投效，眼看心中大計有望，張偉醺醺然上床，將被一拉，也不寬衣，便這麼沉沉睡去。

第二天一早醒來，胡亂抹了把臉，用青鹽擦了牙，便吩咐人傳召所有鎮首及施、何、周、劉等人一同至鎮北鎮上的官衙議事。

待張偉用過早飯，帶著陳永華施施然乘馬車趕到衙署議事時，所召眾人卻已到齊，正在大堂內靜坐等候，那何斌悠然飲茶神情自若外，施琅卻是沒好氣，向張偉橫了一眼，以示抗議其第一千零一次會議遲到。

張偉訕訕一笑，厚著臉皮到主位坐了，咳了一聲道：「大家既都來了，咱們今兒便商議一下，這台北已然有數萬人之多，雖內有捕盜，鎮丁，不致生亂，但若遇有外侮，則難抵敵，所以今兒召大夥來，就是商議一下，如何建立一支百戰雄師，以抗外敵。」

張偉話畢，除施琅微微點頭，以示贊同外，其餘若何斌、鎮首諸人，皆沉默不語。

張偉急道：「何斌，你現在怎地越來越陰險了，有話便說，有屁就放，何苦在那裏裝模作樣，小心我回頭去你家裏，將你那什麼雨前一次喝個精光。」

何斌苦笑道：「志華，你這毛躁脾氣什麼時候能改一下！我只是在思索現下正式立軍會不會招鄭老大的忌，還有，現下這台北庫存銀尚有五六十萬兩，看看能拿出多少，招多少人，你看你就急了！」

其餘鎮首也都陪道：「我們也只是在思忖看看這四鎮之中能有多少可用之人，不是要反對的意思。」

張偉被何斌弄得臉色通紅，臊眉搭眼道：「廷斌兄，對不住了。我以爲你心疼銀子，不捨得出錢養兵。」

何斌將手中茶碗一頓，說道：「志華，你亦太小瞧我了。我豈不知若是無人保護，咱們這局面

大好，誰知道會有什麼人眼紅，想來分一杯羹，只是眼下卻是不能大張旗鼓，小心招鄭老大和荷蘭人的忌。昨日台南荷蘭人已派了人過來，說是要讓咱們報去田地人口帳簿，以備他們徵稅。」

「什麼？這些紅毛鬼現下就想來摘果子了？」

「正是。不過，就算是咱們現下有衛隊千人，再招募一些，也絕不是荷蘭紅毛鬼的對手。這一年多來他們來了上千的軍隊，在台南也管轄了十餘萬人，實力遠在咱們之上，眼下翻臉，只怕這台北就此不能消停了。」

「依廷斌兄的主張，該當如何是好？」

「我看，眼下只得派人過去，與他們打打馬虎眼，好在台南到台北並無道路，這紅毛鬼要來只得坐船過來，亦非易事，這邊的情形，可能他們也只是耳聞罷了，少花些錢，買個平安罷了。」

何斌說完，抿了口茶，只待張偉決斷。

張偉此刻，心內卻是翻江倒海，是戰是和，卻要好好思忖一番。

「廷斌兄，我只怕應了這一回，日後就難免要受制於人了。」

見何斌要辯駁，張偉又道：「自然，我亦知現下不是與那紅毛鬼翻臉的時候，就算是咱們能打敗他們的陸地軍隊，那紅毛鬼把戰船開來，將咱們海路一封，那咱們就是完了。現下咱們沒有火炮戰船也沒有火器，只憑大刀長槍必然不是紅毛番的對手。所以我的意思是，廷斌兄你辛苦一次，去與荷蘭鬼交涉，能少給些銀子，自然是要少給些。也不必太示敵以弱，個中關節，廷斌兄自個兒把握吧。」

何斌長嘆，默然不語，顯是已應了這一樁差事。張偉見狀，知何斌心內不悅，轉而安慰何斌道：「這荷蘭人來的比咱們早，身後實力又很雄厚，咱們暫且低頭，也不是什麼丟臉的事。」

又見廳內諸人情緒低沉，張偉乃笑道：「大傢夥兒別像死了老子娘似的，都打起精神來。那勾踐連大便都吃得，咱們不過賠些銀子，又何苦做這般苦臉。待咱們練出一支強軍來，到時候連本帶利討回來便是了。」

施琅問道：「那麼咱們先招募多少人？」不待張偉回答，又接著說道：「依我看，咱們多多買些鐵來，雇一些鐵匠，拉起風箱練上幾萬件精良兵器，再練上數萬精兵，那紅毛鬼能多少人，咱們淹也淹死了他！」

張偉道：「此事絕不能如此。我且問你，咱們大明在遼東屢戰屢敗，卻是爲何？」

施琅尚未答話，周全斌便沉聲道：「女真人善騎射，又是重甲裝備騎兵，衝起鋒來悍不可當，故老相傳：『女真滿萬不可擋』，咱們大明皆是步兵爲主，一遇韃子騎兵便被衝垮。屢戰屢敗，也是無奈。」

施琅卻道：「全斌說的一半對，一半不對。女真人是騎射精良，甲冑也遠比明軍厚重，不過咱們屢戰屢敗，主因卻不是爲此。一則本朝歷來是文人爲帥，武人爲將，文官統兵而不知兵，掣肘武將，太監監兵而掣肘文官，上下掣肘，安得不敗。二則歷來出關討伐，總是分兵進擊，咱們人數比女真人多，可總是要分兵進擊，薩爾滸一戰，咱們每一路人馬都與努爾哈赤的八旗軍相當，可偏偏分成

數路進擊，結果被一一擊潰。其實遼東兵馬歷來是明軍精銳，努爾哈赤起兵前還是由遼東出兵擊敗了倭人，倭人在朝鮮亦有十餘萬大軍，女真人當時不滿六萬，若是選將得當，戰法以步步為營，齊推並進，女真人安能不敗！」

張偉點頭道：「施琅這話說得近了。那努爾哈赤原本是遼東總兵府中一家奴，原也不敢造反，若不是覷準了朝廷腐敗，他安敢如此。其實遼東明軍最精銳處，施琅卻是不知。歷次女真人進攻，吃虧都吃在明軍的火器上。朝廷由徐光啓由澳門向葡萄牙人買佛朗機，買紅夷大炮，又仿製了一大批，盡數運往遼東。那明軍神器營每五人便有一鳥銃，十人一抬槍，皆是霰彈擊發，雖攜帶不便，但每次一接仗，殺傷女真人大半都是由這些火器立功。遼東糜爛，若不是關內外都由紅衣大炮和火器擋著女真人重騎兵的衝擊，只怕他們早殺進關內來了。」

施琅問道：「那朝廷為何不乾脆全用火器，多鑄大炮，那不是就能蕩平女真了？」

「哪有這般容易。明廷火炮，皆是用青銅鑄成，工藝落後，鑄造費時。且是三輪運動，行進緩慢，一門炮在明廷來鑄，最少花費數萬銀兩，那朝廷入不敷出，每年要有一半的銀子給各地藩王，剩下的還要養全國一百多萬的衛所軍，還要養官，百姓固然被搜刮的苦，但朝廷收入卻有大半落入貪官汙吏之手，哪來的銀子改良火器。」

「呸，朝廷養這麼多廢物藩王有錢，卻不知道拿錢來蕩平外侮。當真是無可救藥。」

何斌聽到此處，也道：「吏治腐敗，軍制何嘗又不腐敗。那衛所軍人皆是軍戶出身，老不能挑擔，少不能扛槍，面黃肌瘦，走路都沒有力氣，平日裏還要被都督們搜刮剝削，還要給達官貴人看門守戶，打仗？那是想也別想。唉，我看這明朝，可能是要亡國啦！」

陳永華原本只是閉目養神，雖每次會議張偉都帶他來旁聽，但此人立定主意不理會台灣的事，故而每次人雖到，魂卻是神遊萬里。此刻聽諸人說得這般熱鬧，又都是自己平時所思所想，雖然仍做著不理不睬的模樣，耳朵卻是支愣的老高，漸漸覺得，自己堅持去考進士爲明朝效力，是否太過愚蠢。卻說何斌施琅等人由議論遼東戰事轉而攻擊整個明朝政府，言辭激烈，唾沫橫飛，張偉開始聽得倒也有趣。畢竟聽當年的明人非議明朝，更加的直接和貼切。不過眼看諸人擦槍走火，越罵越起勁，渾然忘了身處何地，所議何事，張偉只得大喝一聲：

「成了，大明亡不亡國，那是明朝皇帝的事，咱們這裏完不完蛋，可得自個兒操心。」

見眾人不再說話，張偉又道：「既然大家都明白火器之利，依我的意思，咱們且不必大張旗鼓的招人，先派人過去葡萄牙人那邊，學一下人家的火器是怎麼弄的，然後重金請幾個工匠過來，咱們自己造槍鑄炮，身處海島，沒法兒練什麼騎兵了，以後，咱們手下的軍隊，就是要以火器爲主。至於軍號軍制，我也想好了，軍號就叫鎮遠軍，下設金吾、神策、龍驤三衛，每衛先各募兩千軍士，我自任鎮遠軍統領，施琅、周全斌、劉國軒任三衛統領，咱們現在不能自稱什麼將軍，免得朝廷聽到了，又生事端。」

周全斌問道：「那原來您身邊的衛士們怎麼安排？」

張偉道：「原來最早跟我的那批人還留在我身邊，這一年來後募集的，就分散到三衛去做些小官兒，什麼哨長，把總的，就由他們當中聰明點的來做。」

眾人見張偉想的周到，安排的妥貼，又見事情商議已畢，於是盡皆諾了一聲，除張偉吩咐周全斌暫且留下，其餘諸人各做鳥獸散，那何斌自去打點行李，準備船隻，準備去台南與荷蘭人交涉。

張偉招手將周全斌叫到身邊，吩咐道：「全斌，此番去澳門買槍炮、招募工匠、學習鑄造的事情，就交給你辦了。你為人謹慎細心，性子內斂好學，雖表面上不言不語，但我知道你比那些嘰嘰喳喳的人聰明多啦，你最早跟著我，我最信任之人也正是你，好生去做，可不要讓我失望。至於建金吾衛的事，先交給一個剛投效我的好漢，此人姓馮名錫範，我看他人品尚好，做事也很穩健，特別有大哥風範，這一點，你還要好生向人家學。讓他做你的副手，一來他是個老江湖，凡事你不懂可向他請教，二來，你也給我好生看著他，此人現下是這般，將來如何尚未可知，不過人才難得，我還是要用他，防人之心不可無，此事你要放在心上。」

周全斌素來不愛多話，聽張偉如此推心置腹的說話，也只是用力多點了幾下頭，以示完全照辦。

張偉見他眼眶發紅，笑道：「全斌，你只比我小幾歲而已，切不要學這孩童模樣，大丈夫，流血不流淚，切記切記。」當下擺擺手讓周全斌退下，張偉便去尋何斌，在堂上不好商量細節，何斌臨走時向他使了個眼色，張偉心領神會，見此地再無別事，便出門上車，向何斌住所駛去。

到得何府，甫一進門便有何府家人將他領到何斌平日處理帳務的書房中去。張偉曾笑何斌，書房內半本書也欠奉，倒是帳簿票據之類，堆了滿滿一屋，何不乾脆改書房爲帳房，更爲貼切。

何斌正埋首於帳薄之中，見張偉來了，也不招呼，只略抬了抬頭，又繼續將頭低下。張偉與他熟不拘禮，知他正在算帳，也沒有打擾他，自顧自在何斌對面椅子上坐了，等著何斌看完。

直到午飯時分，張偉肚子餓得咕咕叫將起來，何斌方抬頭笑道：「志華，差不多了，咱們去吃飯，連吃邊聊吧。」

張偉擺手道：「算了罷，小弟可不敢在你府上吃飯了。別的也罷了，只幾位嫂嫂一直吵著要給我做媒，便教小弟無法消受。」

「這你可以放心，今天咱們要論正事，就在這書房外室擺桌，隨意吃一點便是。」

見張偉不再反對，何斌便吩咐下人將酒菜送上，又送上銅盆來與張偉兩人洗了手，張偉拱拱手道一聲：「叨擾」，便自入了坐。

何斌失笑道：「志華，你現下怎地也會這些，這可真是轉了性了。」

「嘿，入鄉隨俗，還不是你到我府上吃飯時常用，現下我學會了，你倒奇怪起來。」

兩人先不說話，專心對付桌上的酒菜，一直到菜過三巡，飯吃了半碗，張偉方撫著肚皮道：「廷斌兄，此次赴台南，心裏可有打算了？」

「有何打算？見步行步罷了。聽說那西洋紅毛鬼不收賄賂，也不知道是真是假。」

「西洋之人大多是貴族出身，自身就有封地田產，商行船隻之類，若是受賄賂，對其名聲有

損，是以大半不會收的。不過，除了那揆一總督之外，他身邊的那些紅毛鬼總不會都是貴族，一個個試，總會有人貪財，這倒是可以放心。」

「總督不收，底下人收了只怕效果也不大。不過有內線總強過沒有，我省得了。」

「廷斌兄，此次咱們上繳的底線可定爲每年五萬銀子，若是過了這個底線，寧願和他們打上一場，損失個十萬八萬的，也不受這窩囊氣。」

「這我曉得，咱們就是圖省錢，若是他們獅子大張口，那就十分對不住了。」

「建軍所費的銀子，按每個月餉銀五兩算，還需五兩的伙食費用，再加上採買槍枝，鍛造槍炮，所費不少哇。」

「我剛想好了，不管怎樣，咱們不能任人欺凌，志華你志向非小，我一直是明白的，現下咱們庫存銀兩約有五十五萬，除了大規模種甘蔗需用的銀子，手頭上再少留一些，全拿出來讓你建軍便是了。」

「如此甚好，小弟就留在這台北建軍，廷斌兄去應付紅毛鬼，咱們兄弟一定要打拚出一番大事業來。」

放下心來的張偉又與何斌略商量了幾句，便興沖沖的告辭。

何斌見他高興，心內也頗愉悅，只是看到張偉的背影拐了個彎向大門處行去，方嘀咕了一句：

「志華，你這軍隊花錢也太厲害啦，這麼多銀子，在內地足夠招募十萬八萬人啦……」

第九章　整兵強軍

營內眾將見張偉親來查閱，便由施琅帶頭，身後劉國軒、馮錫範等人魚貫而來，向張偉屈膝行軍禮，諸將與兵士不同，皆是身披三四十斤重的鐵甲，天氣悶熱，眾將身上鐵甲叮噹作響，跪在張偉面前，揚起一陣陣的塵土。

會議後，何斌與周全斌便各自去了台南與澳門，張偉自從庫中撥付了銀兩，交給一群台北衙署的吏員們去內地招募人來種植甘蔗，又派施琅帶了劉國軒及馮錫範，親去內地沿海招募壯丁，充實軍隊。

一忙活便是大半月過去，那何斌早已自台南回來，他卻是閒不住，與張偉簡單交代了幾句，便自坐船去查看招募種蔗農夫的情形如何，在閩南直待了月餘，暗中將人數募齊，待他自閩南返回，施琅等人也將諸事辦妥，早他數日返回了。

卻說這沿海地方雖民風不以出海爲恥，民眾只要是生計困難，便唯有出海一途，故而募人卻是極易。自萬曆中期後，明廷朝政腐敗，民生日漸窮困，是以福建出海下南洋謀生之人甚多，何斌施琅等人招人故而也極是容易。可惜招人容易，出海卻難。明朝一向反對民眾出海，凡出海者，皆被視爲叛離中國的無君無父之徒，商船出海，尙且要出據堪合，逾期不歸者，要拿辦船主，追查責任，出海多少人，回來也要多少人，管束極嚴。因而台灣島上數萬人，無一不是偷渡而來。此次又是招人種蔗，又要壯勇之士建立軍隊，動靜極大，何斌施琅光是花在賄賂官員身上，便用去了好幾萬兩白銀。

春去夏來，恍惚數月，十萬畝甘蔗田已然開墾播種，上次收穫的數千畝甘蔗早就榨成白糖，送往台南去了。原來荷蘭人一向對白糖生意頗感興趣，原本要何斌每年上繳十萬白銀以爲賦稅，何斌左右打點，又是好話說盡，總算是以四萬白銀談妥，但在總督揆一知道台北尙種有甘蔗田之後，又下令何斌每年需上繳萬畝甘蔗田所榨白糖，何斌瞠目結舌之餘，深悔自己多嘴，只得告訴揆一，現在台北一共種了不到五千畝的蔗田，揆一無奈，只得令先全數上繳這些，待明後年，便要繳足萬畝。

張、何、施三人又召集會議數次，深恨自身力量不足而致人勒索，便決定今秋甘蔗大熟後，所得銀兩盡數用來打造炮船，待時機成熟，好向荷蘭人連本帶利討回。

這一年按西方曆法，是一六二五年，中國歷史上的天啓五年，張偉來此已是一年有餘，目前諸事都算得上是一帆風順。何斌自內地返回後，又勸說張偉暫不計較西班牙人在馬尼拉屠殺華人，將兩人所有的小型商船都換成了「馬尼拉大帆船」，將兩人的商業線路由中國——印度——巴達維亞（現印尼雅加達）——倭國的航線轉為中國——澳門——馬尼拉——南美洲，西班牙人向來是由澳門購入中國貨物，如生絲、絲綢、茶、瓷器等，由馬尼拉再運往南美，自一五八〇年以來，南美的絲製業，織布業早就崩潰，中國貨物美價廉，南美市場早已被中國貨占據。只是一向由於路途遙遠，其間航線又被西班牙人控制，中國商人無法涉足罷了。即便如此，由於西班牙人無法用低級的香料來換取中國的高檔產品，只在數十年間，便有價值四億比索的南美白銀流入中國南方，張偉深知，其間十餘年內，在滿清斷絕所有海外貿易之前，由南美、倭國流入中國市場的白銀將占有世界白銀存量的四分之一還多，如此數量的白銀流入，張偉自然不會錯過機會。此次與何斌共同自西班牙人手中購買了十艘吃水千噸以上的「馬尼拉大帆船」，直航南美，在交給西班牙人一定的海上貿易費用後，在澳門裝滿貨物，遠航而去。

兩人在賣掉小型商船前，計議了一番利弊。何斌原想留下小船，繼續在中國南洋之間賺銀，但張偉堅持賣船，而且從西班牙人手裏買船的事，也要對所有人保密。兩人對話放出風聲，只說是要專心在台灣發展，海上貿易決心放棄。

果然不出張偉所料，鄭芝龍聽聞兩人如此，卻是放下一塊心病，原本忌憚兩人在台灣基業穩固後要爭雄海上，現下兩人賣掉商船，他心頭一陣輕鬆，購買張偉賣給他的台灣土產時，也分外客氣許多。

楊帆原要將張偉買遇害荷蘭商船之事透露給荷蘭人知曉，鄭芝龍權衡再三，止住楊帆，令其不得

多生事端。至此張偉在台灣，暫且消弭了外患，短期之內，算是沒有人再打他的主意了。

諸事順利，張偉原也該輕鬆些時日。可惜周全斌赴澳門後已有數月，卻是一直未歸。其間派人去澳門尋訪了數次，卻是全無消息，澳門地方皆云沒有此人來購買武器。

周全斌攜帶鉅款，身邊有十餘人跟隨保護，若說是被人打劫，張偉卻是不信。他耳邊成日都有人嘀咕，都說那周全斌與其他諸人見財起意，帶著銀子躲到內地，或是跑到南洋做富家翁去了。張偉起初不信，後來時間過的久了，心裏也有些焦躁起來，只是心底到底還有些不敢置信，若說他全然看錯了周全斌此人，張偉是打死也不能認同的。

這一日已是立秋，但台灣天氣炎熱非常，立秋時分人稍微一動便是汗流浹背，張偉來自現代，享受慣了空調冰茶等降暑物品，原也是極怕這酷熱天氣。去年夏天他尚在澎湖，便整日躲在房內，用買來的冰塊放在銅盆中，擱在屋中四角降溫，仍然是熱得不行，要說這耐熱的功夫，比之施琅何斌等人差得遠了。今夏人已是在台灣，台灣卻是比澎湖熱得多了。但張偉卻是一日未歇休，整日冒著酷熱與諸人各處巡查，儘管穿著薄綢長衫，也是終日未曾乾汗。何斌施琅見狀，想起此人去年躲在屋內避暑的情形，各自皆佩服不已，均各自感奮，做事更努力多了。

張偉早上便去了蔗田巡查，這數月來，張偉皆是安置新來人口，規劃蔗田，佈置建設糖廠，忙得不亦樂乎。因已有四鎮，那種蔗之人離四鎮較遠，只是與寧南鎮相接，張偉佈置人手，將木柵牆又拉長了數里，新來人口盡住於其中。現在條件卻是比張偉剛來時好得多了，台北瓦匠、木匠甚多，雖要新蓋數千間房屋，卻也只是月餘的工夫便告完備。因這批人是因種蔗而來，所種甘蔗又是新品種竹甘，因而張偉將此鎮命名爲：新竹。

眼下台北已有五鎮，人口十萬餘，人來人往，皆面色飽滿，不復在內地時面有菜色，無精打彩之狀。張偉上午巡視新竹鎮與蔗田，見雖然天氣炎熱非常，但各人仍在田間忙碌，鎮上也很少見到遊手好閒之人，心裏大是滿意。

午飯之後，本想睡個午覺歇休一會兒，後一想，那三衛士兵最近皆是交給施琅訓練，自己沒有過去查看一下進度如何，現下突然想起，卻是有些不放心，那施琅一向重視個人武力，忽略整體訓練，雖交代給他訓練大綱，只怕他未必照辦。張偉若是想不起來也罷了，突然想到此層，立時便坐立不安，當下就召了車夫，乘車向鎮北鎮外的兵營駛去。

這兵營在鎮北鎮外約十里處，吸取了當年雞絲衛士訓練擾民的教訓，特地將兵營建設的離城鎮稍遠，十里距離不足以擾民，若是鎮上有警，又可以快速趕到，當初張偉選址時，也是頗費一番工夫。

待行近兵營，便可看到一排排綠色營房間疏有序的排列於前，營房四周，亦是用青磚建起圍牆，按施琅的意思，隨便搭些帳篷茅舍便足以爲營房了。

施琅云：「兵士原本便是要吃苦，若都是住起大瓦房，吃的大魚大肉，還打的甚仗?!大明的兵士，食的都是豬食，住的也只是草舍，人家可不是一樣能打仗。」

張偉嗤笑他道：「施倔驢，我且問你，大明的軍隊戰力若何？遇財可搶劫麼？遇色可強姦麼？」

施琅無言半晌，方答道：「這些都是爲將者的責任，若是軍令森嚴，誰敢犯禁？」

張偉又道：「無賞且可言罰？兵士若窮，打仗時自然要劫掠，方能養家糊口。你當明朝的大將都是傻子麼，放縱士兵大掠百姓，只是爲了讓士兵發財，然後才能管好。若照你的意思，將咱們的兵弄得跟乞丐似的，將來若有戰事，你施琅能管得住才有鬼。若是一味地殺人，只怕你也難以服眾。」

施琅至此方無言，見張偉流水般的銀子花將出去，只是暗暗心疼。要說明軍的餉銀每月也是有數兩不等，不過中間上官扣點，下發的時候成色不足些，再摻上幾塊假的，每月能拿上一兩二兩，便已是燒了高香。那還是明初時事，明太祖見眾官員剋扣兵士，曾道：「那小兵每月只領了幾兩銀米，還有一家老少要奉養，你們這般剋扣，當真是喪盡天良……」，到了明末，朝綱吏治敗壞，想領到現銀早就不可能，便是打了勝仗，朝廷說每人賞上十兩二十兩的，能拿到手的，不過是十分之一罷了。每月只能領一些摻了石子的祿米，吃不飽，也餓不死罷了。小兵唯一的出路，便是打仗而不死，不死又能搶掠，那樣才能弄幾個現錢。

施琅沒有帶過兵，雖然頗有將才，這內裏的關係卻是不懂。張偉熟讀史書，自然知道其中的利害。於是這台北五鎮的兵士，每月足銀五兩領著，還有五兩的伙食費用，比明軍不知道高了多少，上頭還有話，若是打仗，不計首級計功，只要參戰，便各有賞賜。訓練出力者，一樣可計功。每月從訓練高手中選出頭三名，各賞白銀若干，於是本來只是想混口飯吃的五千新兵，吃得舒服、住得愜意，拿得滿足，各人都是心悅誠服，施琅每月向張偉報告情形時總說，這些新兵在訓練上當真出力得很。

此番張偉若不是擔心施琅在方法上出錯，倒也不需要來視察。待張偉進了營門，正見數千軍士們列隊排操，正在分別訓練張偉交代的正步、踏步、列隊、立正等步兵操法，還有的在持槍默立，練習持槍，亦有一群人渾身泥土，正在訓練匍匐前進，跨越障礙，張偉一見之下便即放心，想像中的施琅領著一群肌肉男苦練舉磨盤的景象並未出現，當真令張偉長出一口大氣。

雖是周全斌遲遲未歸，但張偉裝備新軍火器決心已下。因銀子大半支付給了周全斌使用，只好先放棄火炮和自己鑄造的打算，又另派人去澳門買了五千支西洋撞擊式燧石槍，比之當時明軍裝備的鳥銃，這種歐洲最新式的火槍更輕便，擊發速度更快，雖然射擊的距離與明軍鳥銃一樣不能超過五百米的距離，但射擊精度和火藥殺傷力，卻是比明軍鳥銃大上許多。原本這五千支槍還配有刺刀，但在施琅的強烈要求下，取消了刺刀，而是配上自倭國購買的倭刀。比之中國式的大刀，這種倭刀鋼火更好，刃口更薄，使用起來輕便，配合火槍，無論近戰遠射，張偉手下的這支軍隊，應該是配備了當時世界上最好的冷熱兵器裝備了。

即便如此，張偉仍是很不滿意現在的火器裝備，其實在遼東明軍步兵中，也早就是全火槍裝備，明軍一營五千人，三千六百人爲步軍鳥銃手，四百名爲操作野戰火炮的炮手，還配備一千騎兵。雖然鳥銃裝塡不如張偉鎭遠軍的新式燧石槍方便，擊發速度與射擊精度也遠遠不及，持歐式火槍又經過訓練的士兵能在一百步內準確地擊倒敵人，而明軍鳥銃的有效射程只是在五十步內，而且面對敵軍重甲

便全無辦法。儘管如此，十餘萬配備鳥銃的步兵竟然對六萬的女真騎兵全無辦法，而且當年薩爾滸一戰，與努爾哈赤交戰的全是關外精兵，且剛剛戰勝倭寇，每一路兵力並不弱於女真，然後全數裝備了火器的明軍四戰全敗，殺傷女真騎兵更是萬中無一。這充分說明，火器不強，只能守而不宜攻。後來明軍火器及大炮全數用來守城，這才暫時遏住後金的攻勢。

張偉玩過《太閣立志傳》，知道當時日軍的「三段擊」是怎麼擊潰武田家的騎兵，但所謂武田重騎，因倭國鐵礦匱乏，大半只是在身上包些鐵片罷了，卻如何能與重裝鐵甲達數十斤的女真重裝騎兵相比？

擺在張偉面前唯一的辦法，就是尋訪當時歐洲最好的工匠，將前發槍改爲後發裝彈，將實心火炮研發升級爲開花彈，否則的話，將來面對凶猛的女真鐵騎，究竟能否一戰而勝，還難說得很。

營內眾將見張偉親來查閱，便由施琅帶頭，身後劉國軒、馮錫範等人魚貫而來，向張偉屈膝行軍禮，諸將與兵士不同，皆是身披三四十斤重的鐵甲，天氣悶熱，眾將身上鐵甲叮噹作響，跪在張偉面前，揚起一陣陣的塵土。

張偉見眾人從額頭流下雨點般的汗滴，心內對施琅如此做法甚是不滿，不過倒也不好當面駁斥他，只得淡淡一笑，命眾將起身，卸下戰甲說話。

眾將如逢大赦，當下不顧施琅眼色，各自將身上鐵甲脫了下來，一陣微風吹來，各人都覺得輕爽許多。

張偉向施琅道：「施琅，現下你做了鎮北軍副統領，又兼任金吾衛統領，事務煩重，可不要累壞了，快將鐵甲除下。」

施琅無奈，只得也脫了甲，雖是心內不滿張偉命令，身上也舒服許多。

張偉見場中軍士未敢因他來而有懈怠，讚道：「諸統領，你們帶的兵不錯。如此，我放心多了。你們定的軍令細則，我不干涉。各人有各人的規則，將要知兵，方能帶好兵。諸位放心，我不會對你們的具體做法多加管制，我管你們，你們管兵，大家省事。」

見眾將臉有得色，又因自己說不干涉而做鬆了口氣的模樣，張偉卻豎起手指來警告道：「令行禁止，這一條無論如何馬虎不得。咱們的兵小節上可以不管，但只要敢違抗上官命令的，無論如何不准寬怠，這是原則。若是讓我知道你們帶兵有鬆懈軍紀的，丟官罷職都是輕的！」

見有人呈上茶水，張偉啜了一口又說道：

「當年戚繼光戚大帥為什麼能打敗倭人？還不是他練了一支強軍出來。軍強強在哪兒？就是強在軍令上。百姓都傳，當年戚大帥為了嚴肅軍紀，連自個兒子都砍了腦袋。為什麼會有這種傳言，那自然是因為戚家軍的軍紀好。那一年戚大帥調往薊門做總兵官，帶了六千浙兵去上任。那北兵驕縱慣了，連將軍們都管不了。戚家軍早晨到城外，天忽降暴雨，六千人站在雨地裏整整一天，雖有體力不支而暈倒者，但無一人敢亂走亂動，也無一人敢開口抱怨，那北邊將軍們都驚呼：『將軍之令可至如此乎？』，連自己人都懾服於戚繼光的軍令威嚴，還有什麼敵人是他打不敗的？」

見眾人諾諾有聲，張偉一笑：「今日就說到這兒。我也不看會操了，咱們不弄這些虛的。」又豎起兩根手指，道：「今日我來，一要看士兵跑步的速度與耐力，二要看士兵槍法，你們各自去準備。」

眾將皆聽令而去。張偉見眾人都走遠了，方端起茶碗狂飲了一大碗，又示意身邊親隨繼上涼茶，遞上濕毛巾擦汗，他也是熱極了，只是當著眾將的面，努力克制罷了。

在施琅等人的命令聲中，一隊隊士兵排列整齊，準備接受張偉的檢閱。

眾將將令一傳，那操場上頓時是雞飛狗跳，塵土飛揚，眾軍士亂紛紛跑做一團。張偉皺眉，這古人就重視正規的訓練，雖然張偉再三強調，要重視戰場上的突發性，要加強訓練內容的突然性。照目前的狀況來看，施琅顯然沒有做到這一點。

一直亂了十幾分鐘，數千名軍士方全部列隊完畢，掌旗官一打旗令，六千人沿著石子鋪底的路面長跑起來。張偉給施琅下達的標準，就是後來陸軍的越野跑步標準，每周這些軍士皆需負重在山上跑五公里，現下是在平整的路面上跑，且又沒有負重，只是身上背了一支槍而已，於是一個個跑得腳底生風，都想在張偉面前表現得好一些，沒準第一個跑到的當場還能升官呢。

不到半個小時，所有士兵皆已跑完全程，張偉暗讚一句：「這些傢伙可都比老子跑的快多啦。」表面上卻是一副波瀾不驚的樣子，只微微頷首，又令士兵不得休息，隨機抽出一百名來打靶看槍法。

眾將也不知他是喜是怒，也不敢在人選上搗鬼，於是各自在自己屬下中指指點點，挑出人來。雖盡力選了幾個平時槍法好的，卻仍是各自抹了把汗。

這些兵士在家時皆是耕地的農夫，要麼也是些小商販之類，明朝雖不禁私人擁有火槍，但貧苦人家，又無處射獵，沒事使那火槍做甚？故而當兵之前大多從未摸過火槍，更別提瞄準打靶了。「砰砰砰」一陣槍響過後，大多打靶的士兵都成績不佳，甚至有幾個人脫靶不中，看看遠處坐著的張偉，又看看臉色鐵青的直屬上官，那些士兵一個個害怕起來，只恐張偉一聲令下，把他們拖出去砍了。

張偉心中其實很是不滿，他知施琅等人到底在心裏無法擺脫冷兵器時代對火槍的偏見，在施琅等人眼裏，火槍兵還是做爲一種輔助兵種才是正道。固而在士兵刀法訓練上更肯下功夫，而對火槍的使用和訓練上，就不肯多費心力。當然，現下沒有好的火槍教練也是士兵槍法不佳的主因，畢竟自己練得再苦，也沒有高手點撥一下效果更佳。

心頭無奈，表面上卻不好太過斥責諸將，只淡淡吩咐幾句一定要加強訓練，張偉便離營而去，臨走吩咐施琅，晚上到他府中，有事相商。

施琅自任了鎮北軍副統領，又兼管金吾衛，成日奔波於鎮北鎮與軍營之間，後來事情越發繁雜，每日忙得他頭暈腦脹，無奈之下，只得不顧老婆的阻攔，帶了行李睡到軍營裏來。

他做事便是如此，要麼不做，要麼就非得做好不可。這支軍隊如何訓練，如何發展，這些時日來他也考慮的頗多，見張偉召他去議事，施琅準備一下，便準備去說服張偉，放棄現在這些華而不實的東西。

至傍晚無事，施琅吩咐劉國軒等人加強戒備，不得懈怠，自騎了一匹馬，也不帶親兵，打馬自向張偉府中奔去。

一進鎮北鎮外木柵圍牆，施琅就感覺今日大不同往常，全鎮上下塵土飛揚，包括幾個鎮首在內，所有人等都在大街上打掃，幾十輛三輪小推車來來回回，將鎮上的垃圾推向鎮外的垃圾場而去。

施琅拉住鎮首一問，原來是張偉從兵營回來時，突然有閒情逸致打量鎮上的風光，原來心情還不錯的張偉一見鎮上污水橫流，垃圾處處，蒼蠅成片地亂飛，還有豝豬、牛、狗、雞到處都是，這數月裏一直在鎮外忙著種甘蔗的張偉卻不知這台北五鎮自人口日多後，衛生情形卻也是越來越差。

中國人號稱世界上最勤勞的民族，若說是賺錢吃飯，倒也是名符其實。但若說是收拾身邊的這些不乾淨的東西，卻是懶得要命。張偉原就對隨手亂丟垃圾，亂擠亂撞，大聲喧嘩等沒有公德的行爲很不喜歡，他現在雖立志要改變歷史，但是對如何改變中國人的思想卻是無從著手。

去年張偉曾想下令不准女子纏足，立時引起所有鎮民的不滿，就是何斌、施琅，也表達了強烈不滿。面對現實，只好作罷。現下見鎮上如此髒亂，張偉乃大發雷霆，立時下令召來所有的鎮首，命令在鎮上所有人等立時打掃，若是在天明前環境仍是如此，便要挨家挨戶的檢查，遇到不符標準者，立時驅逐出台灣。在此嚴令之下，所有人等不敢馬虎。於是待施琅到得鎮上，便見到這狼狽景象。

施琅嘆一口氣，也不好多說，只得向鎮首道一聲辛苦，便向張偉府中而去。

施琅到得張偉府前，令門前管事的好生照料好馬匹，也不待傳報，便自昂然直入。

張偉地位漸高，平時裏來求見他的人絡繹不絕，張偉平時的宗旨又是公事不入私門，若說是私事，他又沒有幾個朋友，固而凡是來府求見的，多半要吃閉門羹。施琅自然不在此列，若說張偉還有真心相交的朋友，只怕也只有這施琅與何斌二人了。

自那看守顏宅的鄭府家人帶頭叛亂被張偉押回澎湖後，鄭芝龍見張偉在台灣的勢力坐大，雖不情願，仍將這宅子低價賣給了張偉，張偉因愛顏宅後園佈置精巧，便將原來鎮外的宅子送給了施琅，自己早就搬了回來。平日裏便住在當日鄭彩撤台時住的那廂房內。

施琅自然知張偉平日住處，也不待下人引路，在門房處提了一盞燈籠，自向那廂房行去。待行至竹林盡頭，果然看到那廂房內燈火通明，透過白色窗紙，施琅看到房內有兩人對弈，隱隱約約看不大清，但盤算著應該是張偉與陳永華。

施琅在門外咳了一聲，道：「屋內可是志華兄與復甫兄？」

「正是，你直接進來便是，偏如今這麼多禮數。」

施琅搖頭一笑，將門一推，卻見房內擺著數十盞油燈，原本天氣便炎熱，房內卻偏要擺這些燈，讓施琅很是不解，不過好在屋內四周又擺有冰塊，兩下抵消，此處四周皆是樹木，原本就比別地涼爽，施琅進屋後也不覺得如何炎熱。

「志華兄，何苦一定要點這麼許多油燈，兩三盞便足夠看書，更何況兩位只是下棋，你們也不嫌

刺眼。」

陳永華在棋盤上移了一子後，方向施琅笑道：「尊侯兄說得極是，我亦是如此說，可惜他不聽勸。要說，此人棋力之臭，海內無雙，就是用燈來晃我的眼，我亦有何懼？」

張偉恨道：「復甫，你平日裏除了教書之外再無別事，我卻是成天忙得腳不沾地，若非如此，以我的大智慧，怎麼下棋會輸與你！」

施琅與陳永華一起撇嘴，以示蔑視之意。

張偉此時棋藝自然比初來時高了許多，他人不笨，在此地唯一消遣只能是下棋，不過半年多些，何斌便已不是他對手。正好又來了陳永華，他棋藝可又比何斌強了許多，正好能與張偉棋逢對手，可惜這半年多來陳永華雖不能說是諸事不管，但最多也只是去官學中教教書，偶爾寫一些勸學的告示之類，而張偉卻忙得頭頂生煙，此消彼長，張偉現下卻也不是陳永華的對手了。

兩人說張偉借亮光來作弊，倒也是當真冤枉。張偉自幼便習慣了強光照明，古人那一盞兩盞見鬼的油燈在他看來，直如鬼火一般，是故張偉自手頭有錢後，走到哪兒，這油燈在房內至少也要點上十盞八盞的，即便如此，他還嫌不夠亮。一想起再過兩百多年才會有電燈，張偉當真是痛苦異常。

三人調笑一陣，陳永華知施琅來有正事商談，便不顧張偉阻擋，硬是將棋盤攪亂，施施然告辭去了。

施琅看著陳永華的背影，說道：「志華兄，你待復甫可真是沒有話說啦。當年劉備待孔明，最多也不過如是了吧。」

張偉微微一笑，道：「復甫此人自幼受孔孟之道影響，忠義之心到底不易去除。更何況還有他家老爺子攔在其中，他現下能幫幫我的小忙，去官學教書，就是看在我一直沒有難爲他的情分上了。」又笑道：「就算是他不去做事，能每日來陪我談談說說，下幾盤棋，我亦知足矣。」

施琅也是一笑，便自寬了外袍，令人取濕毛巾來擦臉。

天氣著實炎熱，只站了這麼一會工夫，臉上便全是熱汗。張偉見狀，忙令人滅了大半的油燈，將冰塊添了一些，又命人切上西瓜來，亂哄哄鬧了好一會子方才靜下來。

施琅啃著西瓜，漸漸覺得舒適許多，向張偉笑道：「大哥，在這裏可比兵營強上許多，那裏我的住處沒有遮擋，每日那房子四周被那西山太陽烘得火熱，白天也罷了，晚上仍是熱得不成，我又不敢學士兵在外面赤膊乘涼，可是苦死我了。」

張偉仔細瞄一眼施琅，笑道：「尊侯，你最近可瘦多了，又曬的黑，跟個猴兒似的。明日且不必回去，自己回家讓老婆做頓好吃的。不然，哪一日弟妹見了我，可是不依的。」

施琅心中一陣感動，思忖再三，乃鄭重向張偉說道：「大哥，我今晚來，是有事要和你說。」

張偉笑道：「我自然也是有事與你說，方要你來。既然你也有話說，那麼做大的讓著小的，你先說吧。」

施琅沉吟一陣，方道：「大哥，我考慮至今，覺得你建軍的方法，著實是有問題。……」

「喔？有何問題，不必隱諱，你如實講來。」

施琅見張偉並無不悅之色，又得了鼓勵，便將手中西瓜向身邊茶几一放，說道：「大哥，恕小弟直言。咱們的鎮北軍若是照現在這般弄下去，將來打打小股海賊和紅毛鬼也罷了。若是遇到大股明軍，或是關外的女真人，咱們絕不是人家的對手。」

張偉啃了一口冰鎮西瓜，笑道：「何以見得？」

「大哥你想，咱們台灣孤懸海外，人疏地廣，這數年內都無法發展起大規模的軍隊……」

張偉點頭，道：「你這話說得是，是故我才決定以精兵之道以火器制敵。」

「大哥不要插話，且聽我把話說完。咱們地處海外，便決定咱們很難發展精銳騎兵，這一條也極是要命。破敵，追敵，掠敵，非騎兵不可。咱們無馬，怎地建騎兵？就算是將來攻入大陸，那時候建騎兵，只怕也很難形成氣候啦。我知大哥你素有大志，志向絕不僅僅是做一個海盜而已，割據台灣，只怕也並非能令大哥滿足。是以大哥想用紅毛鬼的火槍、大炮，加上這些紅毛鬼的練兵方法來訓練一支與明軍、女真皆有所不同的軍隊來——依小弟看來，這著實是不大可能。兵者，國之大事，兵器，乃兵士之魂，大哥你想，那紅毛鬼肯把他們最好的兵器賣給咱們？就算是他們肯賣，槍若是壞了怎辦？這炮若是打不響了怎辦？讓人去學，終究不大可能學到最好的。而且大哥你也知道，女真人重甲鐵騎，現下的火槍離得遠了打不到，離得近了只打一發，人家便衝到眼前來了，咱們的軍隊若全是火槍，女真人的鐵騎衝到跟前怎麼辦？憑倭刀怎麼與人家在馬上的大刀長槍拚鬥！現下大哥你教導的操法小弟倒是沒有意見，軍士們每日練長跑，負重，這都挺好。不過這槍法……老實說，我看這火槍兵臨陣接仗，幾千人站成一排，一起放槍，這槍法準不準有什麼打緊的，不向天空放槍，直面對著敵人開火，也就是了。大傢夥兒都練得百步穿楊，也沒法兒多打死幾個。有這時間，倒不如練練刀法，以補火槍之不足。」

施琅一口氣便說了這麼許多，喘一口大氣，拿起茶几上的西瓜猛啃了幾口，見張偉還在沉思，臉上露出愁容，便道：「大哥，你甭急，我的話若是有不妥，咱們哥兒倆再商量……」

張偉心內卻正在翻江倒海般的折騰，對施琅的安慰之語並沒有聽在耳裏。原想著讓施琅過來是要訓斥他一番，令他去掉將士身上的鐵甲，專心操練火槍槍法，不過聽了這施琅一番話後，他反是懷疑起自己的決斷來。

張偉當然深知現在的火槍技術根本抵擋不住大規模的重騎兵衝擊，他最大的希望就是能雇傭到西方的工匠來改良槍枝，將前裝火藥改爲後填實彈，以提高射速與殺傷力，不過思來想去，這後裝實發的技術在西方也要兩百多年後才有，自己在沒有回到明末時又不是槍炮專家，對如何改良槍枝一點概念也沒有，是以對如何改良槍枝，他本來就一點把握也沒有。現在這樣裝備軍隊，也是沒有辦法，畢竟眼下這支鎮北軍打打海盜和荷蘭人是頗有優勢了。至於威力更大的火炮，張偉倒是很有把握買到並仿製，但只有大炮沒有更先進的火槍支援，張偉建立一支熱兵器軍隊打敗游牧民族騎兵的夢想，必將破滅。至於連續劇裡中國先於西方發明了機關槍，一戰便打死了清軍上萬的騎兵，張偉只能是瞠目結

舌，豔羨不已了。

張偉心中大恨，爲什麼自己回來時沒有把《槍械知識》、《艦船知識》這樣的書帶幾本回來，弄的現在好槍沒有，戰船沒有，依現在的火器裝備，將來怎麼與北方騎兵較量?!

左思右想，張偉也覺得無奈，只得向施琅問道：「死驢，你說了這麼一大通，可有什麼好的辦法，若是沒有，罰你不到年底不准從兵營中出來。」

施琅老老實實答道：「我哪有什麼好辦法。其實不戰而屈人之兵最好了，大哥忌憚女真人，其實咱們也未必和女真人打仗啊。孔子不是說了麼，只要咱們好好的修好內政，這外人自然便會來投……」

「呸呸，孔子那時候的外國也是中國之人，而女真是異族，非我族內其心必異，聽說過麼?女真人在關外讓漢人都剃髮易服，你施琅幹麼?」

施琅搖頭道：「身體髮膚，受之父母，不敢毀損。若是有人讓我剃髮，除非是先殺了我。」

「那你說怎麼辦!」

施琅見張偉有些惡狠狠，無奈道：「其實打騎兵，也不是全然沒有辦法。這個，築城立營防守……」

見張偉又要發火，施琅忙道：「三個臭皮匠還湊成一個諸葛亮呢，大哥在軍令軍制上的安排都很妥當，我想抽空兒咱們把國軒，還有那個馮錫範、何大哥、復甫兄都找來，商量一下，看以後的鎭北軍到底該當怎麼發展爲好，大哥，這樣總成了吧？」

張偉嘆一口氣，擺手道：「你也累了一天了，快快回府去歇著吧，今晚不准回軍營去了，好生去侍候一下你老婆。」

「咳咳，那我聽大哥你的。」

施琅拿起毛巾抹了抹嘴，站起身來便要離開，一直待行到門口處，方回頭向張偉說道：「大哥，我聽說最近島上有些族長對你很是不滿，咱們雖然不怕他們做亂，不過你總歸還是要小心些處事，遇事不可太急躁了，比如今晚讓人掃街的事……」

「怎麼，讓他們把路邊弄得乾淨一些，也有怨氣？」

施琅頭也不回，只道：「這些事情，你問一下廷斌兄吧，我也只是道聽塗說。只是大哥，你不分三六九等，將人一律攆上大街，得罪的人可不在少數……」

施琅漸漸去的遠了，張偉胸中卻有一股悶氣瀰漫開來，從周全斌遲遲不歸，到陳永華至今不肯歸順，施琅今日又打擊他建軍的自信，又言語含糊的說他得罪了不少家族族長，每一樁事都在心口衝突，直堵得他難受異常。

張偉在門口愣了半晌，方冷笑道：「成，誰有不滿，去找我的鎭遠軍說話吧。」

當夜草草睡了，只覺得煩悶異常，睡得很不踏實，做了幾個惡夢，不是被清兵打敗死於馬蹄之下，便是部下造反，砍了自己的腦袋。……

第十章 宗族壓力

心中暗想：「日後斷不可讓這些陳腐落後的思維影響了自己。這些族長現下殺不得，老子暗中也要挑起他們內鬥，一批批的逮，一批批的殺，若是不破壞這些最落後的宗族勢力，還談何中興中華？」

一早驚醒後，令下人送上毛巾擦了臉，雖是一清早，卻是比正午時仍悶熱非常，窗外天色也是晦暗不明，那親隨僕人向張偉陪笑道：

「爺，這天氣是要下雷雨了，今兒個還出去麼？」

「先不急，你去將我府中的三個飛騎衛士百戶都叫了來。」

「爺，全部叫來？」

「你那耳朵若是沒用，一會叫人割了去餵狗吧！」

那長隨見張偉今早情緒不佳，嚇得不敢再囉嗦，忙不迭去傳喚去了。

張偉身邊原也留一些武勇之士，但因台灣人口漸多，品流複雜，何斌、施琅等人力勸張偉多加防備，只得又多挑了一些留在身邊，因這些衛士皆身佩繡春刀，騎馬飛馳於張偉身邊左右戒備，故張偉仿唐制，將這三百餘名衛士命名鎮遠飛騎衛，不受任何人節制，只聽命於張偉本人。

飛騎衛共三百人，設百戶官三人，分別負責隨身護衛，警備五鎮及張偉宅第，三人都是張偉精心挑選的睿智果敢之士，又是最早跟隨張偉的貼身護衛，張偉對這三人，當真是信任非常。即便如此，也沒有把飛騎衛單獨交給一人執掌，將權力分散，彼此掣肘，方能令張偉放心。

那長隨去了不久，張偉便聽到有皮靴聲橐橐而來，稍近些又聽到鐵甲的圓環撞得叮噹作響，張偉便揚聲問道：「來的可是張鼐、張傑、張瑞？」

「正是屬下！」

三人一同齊聲回答，倒是整齊劃一。

張偉在房中笑道：「把你們的鐵甲去了，別一身汗就往我這房內撞。」

三人聽令去了鐵甲，又在房檐下用毛巾擦了汗水，方才進去。

甫一進門，三人便跪地向張偉道：「給大哥請安。」

張偉擺手道：「快些起來，這天熱得教人受不了，你們這麼鬧騰，我可怎麼個安法呢。」

三人一笑，便聽命起來，分長幼依次坐了。

這三人皆是張偉在福建辛苦尋得的勇武之人，且又特地挑了同姓，投奔張偉不久，張偉便與他們序了宗譜，雖張鼐與張傑都比張偉大上幾歲，卻仍是認張偉爲大哥。三人與張偉的關係，果然立時拉近了不少。張偉雖心厭中國這數千年來的宗族關係，卻也只是無奈。

張偉見他們坐定了，先隨意問了一下飛騎衛的情形，那三人都是好生奇怪，均想：「這飛騎衛成日跟在你身後，還向我們問什麼。」

張偉見三人詫異，只得向最年長的張鼐嘆道：「我今日頭腦有些犯暈，著實是糊塗了。張鼐，最近可聽到這台北五鎮有什麼異常？」

張偉此言一出，三人更是詫異，這飛騎衛成天跟隨張偉左右，即便有甚異常，飛騎衛見了，張偉自然也見了。若說是散值以後，這飛騎衛也是住在張偉府中，甚少與普通民眾接觸，現下問張鼐這台北有何異常舉動，可不是問道於盲?!

那張鼐又不好不答，只得吞吞吐吐道：「回大哥的話，弟每日都跟隨左右，散值後也在府中不敢亂走，這鎮上的事情，弟實在是不大清楚。若是大哥想知道，小弟現在便去傳五鎮鎮首及捕盜官來。」

張偉將手中茶杯一頓，怒道：「若是能問他們，我何必找你們來！」

見三人面露難堪之色，張偉嘆道：「是我一向疏忽了這些。特務政治，我深恨之。不過眼下看來，沒有這些我實難放心！張鼐，你年紀稍大些，日後查探民情，偵察官員，都是你的責任。以前我沒有交代，不怪你。若是日後有什麼事我該知道而不知道，同宗的情誼，到時候也顧不得了。」

張鼐自然聽令不提，那張傑、張瑞卻問道：「鼐哥管了這些，飛騎衛這邊又怎麼處置？」

「我已想好，飛騎衛要擴大規模，添加人手，由現在的三百人擴充到一千人，你們三人任千戶官。此事你們一定要辦好，要選一些武勇之士，也要選一些積年老吏、辦案高手。張鼐管飛騎左衛，專查平民、官員；張傑管飛騎中衛，專查敵方動靜。張瑞掌飛騎右衛，仍然負責我身邊安全。」

三人無話，對張偉此舉並無異議。歷來的特務政治早就深入人心，大家也沒有覺得張偉現下這些處置有何不妥之處。

張偉又好生叮囑了一些細節，方令三人退下。

那張瑞出門後，向張鼐、張傑問道：「兩位哥哥，老大他只說要監視百姓和官員，這鎮遠軍可比這些人重要的多，他怎地不派人去監視？」

張鼐笑道：「這你便不懂了。老大自然不可能將所有事情都擱在咱們肩上。軍隊那邊，他自然也會有安排。」

風雨欲來，三人行至前院，已是狂風大作，沙石飛揚，眼看一場大雨便要從天而降……

張鼐三人甫一出門，張偉便叫道：「來人，備車，我要去何爺府裏議事。」

那長隨眼見風起，顯是這場大雷雨就要降下，卻因剛被張偉訓斥過，耳聽得張偉吩咐備車，當下也不敢勸，自去備了張偉新打造的四人坐圓蓋方軫馬車。

原也用不著這乘馬車，只因這馬車規制龐大，可以遮擋風雨。這駕四馬拉乘的馬車是張偉備下與陳永華共乘時方用，因規制皆是張偉按《明朝典制》裏皇帝所乘的玉輅打造，和紫禁城裏天啓皇帝乘坐的那輛差不了多少，陳永華最遠不過到過福州省城，又哪裡知道這其中的關節，若是他知道這馬車僭越如斯，殺了他也不敢乘坐。

當下張偉坐了這馬車出門，剛剛行到街角，那積緒了半天能量的暴雨便鋪天蓋地般下將起來，黃豆大的雨點夾雜著手指頭大的冰雹，稀瀝嘩啦向車頂打了下來。

張偉心中有事，原也沒有注意天氣，直到此時方覺得自己太過著急，這種天色衝到何斌家去，怕是又要惹他埋怨。

頂風冒雨到了何斌家，自有何府家人打傘相迎，張偉徑自去了何斌書房，卻發現何斌不在。因問道：「你們何爺呢？」

那何府家人陪笑道：「回爺的話，適才鎮上幾位德高望重的老人家相請，何爺去吃酒去了。」

張偉將懷錶掏出一看，原來已近午時，自己當真是來的孟浪了。又見外面雨下得越發大了，也不好就此回去，便吩咐道：

「你們派人去知會何爺，就說我在這兒等他，讓他儘早回來。去吩咐廚房，給我弄點吃的來，我就在這屋裏吃中飯，等你們爺回來。」

那家人答應了，自去吩咐人給張偉備飯，他不敢怠慢張偉交代的事，自己親自打了雨傘去尋何斌。在那鎮北鎮街上找了數家酒店，左右不過是些「太白樓」「醉仙居」之類，雖說張偉令人在這鎮上鋪了青石板，到底是雨天行走不便，酒樓大多生意冷清，那家人遍尋不得，只得怏怏然往回。

剛行到何府門前，卻見那何斌坐著馬車向府門前駛來，那家人大喜，衝上前去稟報道：

「爺，張爺來咱府裏了，現下正在您書房裏等您，吩咐我找您回府說話，我尋了好些個酒樓都沒尋到，怎麼爺這會子便早早回來了？」

何斌冷著臉，也不回那家人的話，自下了車，撐傘向書房行去。

那家人還要囉嗦，跟隨何斌出門的長隨卻已跟了上去，向那家人做了個噤聲的手勢，那家人嚇得不敢再說，只在心內想：「怎地今天這張爺與何爺兩個，都似吃了火藥一般。」

何斌回到書房門前，卻見張偉正坐在書房外間吃飯，只四碟小菜，張偉正吃得不亦樂乎。何斌一見，便向書房內侍立的家僕問道：「怎麼你們都是死人，就讓你張爺吃這幾個菜？」

也不待那兩人答話，便又冷冷喝道：「掌嘴！」

聽到那兩人劈哩啪啦打得山響，何斌方吐出一口悶氣，坐到張偉身邊，向跟來的親隨說道：「看著這兩人，不打腫了不准停。還有，叫廚房多送幾個菜來，我也沒吃，就在這兒和你張爺一同吃了。」

張偉心情原也不好，但見何斌如此作態，反是「噗嗤」一笑，將口中肉片也吐了出來，向何斌道：「廷斌兄，一向是你勸我不要暴躁，你看你今日倒是吃了火藥了。這菜式是我點的，這些下人怎敢怠慢我，讓他們住手吧。」

何斌卻是不笑，只吩咐兩人住手，長嘆一聲，進內間將略濕的外袍換了，方出來吩咐道：「你們都出去，一會兒飯菜送了進來後，便不准任何人進來。」

當下兩人不再說話，只開著窗子吃飯。窗外風雨大作，一陣陣涼風吹了進來，兩人這頓飯吃得倒是暢快非常。

一時飯罷，兩人擦了臉，何斌與張偉進內室坐定，張偉方笑道：「廷斌兄，你今日可有些反常，平日裏從未見你發這麼大的火。」

何斌沒好氣道：「志華，你不提我還不想說，你提了，我可要告訴你，現在可不是我一人說你暴躁，現下有好些人說你處事太過急切，人家都說：治大國若烹小鮮，你這般孟浪行事，會把台灣的事情弄壞的！」

「我倒要仔細聽聽，我是如何暴躁，又是如何孟浪了？」

「你設官學，資助貧苦無依人家的孩童上學念書，這原也沒錯。不過這學中教的卻只是些史書，詩經，唐詩宋詞，學了卻有何用？當今科舉考的四書五經，你全然不顧！」

「這當真是笑話！這些小孩全是貧苦人家，若是沒有我資助，將來一個大字也不識，我令人教一些史記，漢書，不過是讓孩子們知道咱們中華的歷史，將來不致忘本，教詩詞歌賦，不過是讓孩子陶冶情操，將來不致只知稻粱，不識風月。還有，縱然我令人教四書五經，他們又有錢去應考麼？我又准他們去應考麼？難不成我培養人才，是去爲大明效力?!」

「可是人家父母到底想讓孩子有個正途出身，這些人自己苦了一生，總指望兒孫輩不繼續土裏刨食。志華，你是好意，但咱們畢竟還是大明子民，大夥兒想讓孩子去應試，求個功名，也是沒錯。」

「我看他們純是放屁！若是沒有我，這些小孩終日裏追雞打狗，又識得什麼字了？現下我好心反成了惡意，這人心當真是永無滿足之日！」

「好，這且不提，你讓男孩去識些字也罷了，何故要強迫女孩兒也去讀書識字？還有事沒事跑去鼓動她們不要纏足？你可知你此舉令多少人不滿麼。陳復甫的父親原本也說這台灣諸事都好，但你自從讓女孩入學，他老人家一氣之下，再也不去教書。後來男女分班，我又再三相勸，打了圓場，他這才又回心轉意。你這樣做，有違聖人經傳，大逆綱常，我，我也是看不慣！」

「哈！何廷斌，原來你也跟著人反我。」

「張志華，你不要血口噴人，我何斌行得正，坐得直，平日裏幫襯你受了多少冤枉氣，你現在竟然敢如此說我？」

兩人如鬥雞一般互瞪了良久，張偉方退讓道：「廷斌兄，你繼續說吧，我不急就是了。」

何斌恨道：「志華，我何嘗不知道你是好意，這女子纏足諸多痛苦，難道我又不懂麼？只是自南唐以來，中國女子纏足已久，你想憑一己之力改變，除非人有非議你便殺人，不然的話，你休想改

變。」

何斌頓了一頓，又道：「還有，你上次倡議要辦什麼報紙，你也不想想，這識字的才有幾人，大多是四書五經看多了的，腦子都迂腐不堪，你讓他們寫字登報，給那市井小民看，這如何使得？那些愚民村婦，倒是對這些家長裏短，是是非非感興趣，可他們一百人裏未必有一個識字的，你讓誰看？至於你其他一些奇奇怪怪的想法，比如什麼股份，銀行，公司，這些玩意兒大多聞所未聞。就說那股票，咱們做生意，也一樣立憑據，分股份，何苦要發行什麼股票？那些小民，手頭有幾個錢，買股票也不過是想投機，你要想集資，還是得靠錢莊！志華，何苦呢，咱們現下不是發展的很好，不要急著把你從海外學到的東西全數用上，又傷神，又勞民，何必，何苦！」

張偉恨道：「廷斌，你這便是在翻舊帳了吧。你剛剛說的，我只是隨口提提罷了，我也知道現在辦這些太早，只是想讓大夥兒知道罷了，何必抓著不放呢。」又向何斌道：「今天來找你，就是聽說外面情形有些不穩，好多人看我不順眼，彼想取而代之麼？」

何斌苦笑道：「我今天火大，正是爲此。那些個家族長老今日宴請我，我當有什麼好事，原來是把我請去倒苦水來著。說什麼你花樣太多，昨兒個又不容分說，強令眾人掃街，大傢夥兒累了一天了，你也不體諒。又把前話重提，好生埋怨了一氣。這也罷了，還有幾個族長拉著我，說你比我年輕，辦事毛躁，問我能不能讓你少管民政的事，把這一攤交給我得了。言下之意，就是勸我奪你的權。」

張偉聽到此處，不怒反笑，向何斌笑道：「原來這些不知死的貨真想造反，也好，我便派兵將他們盡數抓了，看是鋼刀硬，還是他們的脖子硬。」

說罷，便要起身安排人去拿人，何斌卻將張偉一把拉住，沉聲道：「志華，你又要魯莽了。咱們台灣十餘萬人，你知道最大的幾個姓是哪幾個？」

張偉愣道：「這我如何得知？」

「咱們福建的大姓，不外是林、黃、蔡、鄭幾姓，今日宴請我的，正是這幾姓中大家族的族長，他們雖不致於一呼百應，抗拒官府，但你若是悍然捕殺了他，只怕在這台灣將會人心盡失！」

張偉疑道：「我給他們田土，房屋，農具，他們肯會爲了一些老頭與我翻臉？」

何斌嘆道：「志華，你自海外歸來，不知道咱們中國之人不會爲什麼朝廷、大義與人拚命，倒是身邊的田地財產才是最重要的。除此之外，便是血親。別看你給了大夥兒這些活命的東西，若是開罪了血親，就算不致有人造反，但暗中罵你也是免不了的，反正他們翻不起浪來，你又何苦一定要殺人。」

張偉想起早上自己還以宗親之義部置張鼒三人做自己的耳目，想到這三人若是自己親兄弟，哪怕是堂兄弟，只怕自己對他們的信任，還要在何斌、施琅之上吧。想到自己還腹誹過鄭芝龍只信鄭氏家族的人，現下也是如此，當真是教人哭笑不得。心中暗想：「日後斷不可讓這些陳腐落後的思維影響了自己。這些族長現下殺不得，老子暗中也要挑起他們內鬥，一批批的逮，一批批的殺，若是不破壞這些最落後的宗族勢力，還談何中興中華？」

張偉心中有了計較，卻也不便與何斌明說。何斌此人雖聰明，但性格中有懦弱猶豫的一面，縱是交情與利益都迫使他必需站在張偉一邊，也難以使張偉完全放心。

待風雨稍小，張偉方告辭出來。何斌怕他衝動，又叮囑了幾句，方放他出門。

張偉滿懷怒火出門，至此時卻已是冷靜非常，他身為首領已非一日兩日，脾氣性格與剛來時已大為不同，此刻張偉心中所思所想，只是一個問題：「如何才能打破古人的宗族勢力？」

秦大一統前，中國是天子與貴族共治天下，那時候的百姓連姓也沒有，什麼宗譜，族長之類，更是無從說起。自秦取消封建，漢代舉賢良方正為官，所薦者，大多是官員親屬子弟，乃形成世家門閥，西漢時世家勢力尚不明顯，漢法嚴酷，貴族世家動輒犯罪族誅。自漢光武厚待豪強，允許世家豪強擁有大量的土地部曲，門閥世家乃成為左右東漢政治的最大力量。漢末三國之亂，諸路豪強大多是擁有大量私兵部曲的地方豪門，無論曹、孫本人，還是其屬下，皆以宗族為最得力臂助。

至東晉南北朝，家族親疏關係愈加重要，血緣近者高官厚祿，疏者雖賢才不得進用。後唐宋時雖打壓門閥勢力，能在朝堂影響皇權的大家族固然是消失無蹤，但家族為大的思想早已深入人心，中國之人無論是婚喪嫁娶，田土財產，皆與家族共有。寡婦再嫁，官不問而族長問，祠堂私刑皇權亦不得干涉，財產分割，也是請族中長老公議，一族族長往往比當地縣官更能控制地方。到明朝皇權雖前所未有的加強，士大夫代表的儒家文化早已成皇權附庸，宗族勢力便成為民間唯一能與皇權相抗者。

張偉遷民來台，大半是從福建而來，閩南之人更是占了多數，這些人大多是林黃鄭蔡等姓，來台之初地域較散，宗族影響尚且不深，現下台北已有十幾萬人眾，又有不少老者隨兒女輩後至，原本同族的便多，現下有人主持，更是按宗譜將大多數人序了進去，前一陣子，這數姓公議，選了德高望眾者任了族長，於是在張偉之下，第一次出現了可以左右台北方向的勢力。

張偉身為現代人，宗族思想原本便很淡薄，張姓在福建又不是什麼大姓，同族之人原本就少，來台的就更加少了，故而無人尋他立什麼祠堂，選什麼族長，這數月來他又忙碌不堪，故而眼皮底下出了這般龐大的反對勢力他竟然一無所知。唯有何斌施琅知道利害關係，兩人雖早知各族老人對張偉都有些不滿，卻也料不到事情會發展到有人暗中試圖推翻張偉的地步，張偉更是料不到自己出錢出力，讓這些貧民過上好日子，卻仍然有人對他這般不滿，現下他雖說是憤怒，但傷感更重。加上對明時中國人對異族入侵的麻木不仁，對公眾事物持事不關己高高掛起的態度，對革新事物的抗拒，對一些愚昧傳統的固守，皆讓他感覺理想與現實的衝突，感覺自己憑一人之力改造民族的困難，現下的他漸漸明白，若是僅憑一些現代理念，西方民主的思維來進行他的事業，只怕是失敗的多！但如果走獨裁打壓異己之路，他也委實不願意，不管如何，獨裁改變的東西，只有靠強權才能維持，若是哪一天張偉翹了辮子，還不是一切又回原點？

「他媽的，還真是不知道怎麼辦好了！」張偉坐在車中自言自語道。苦笑一下，又想道：「原本打算先從小孩子改造起，待老子鶴駕返回，只怕也就差不多了。卻不料沒有這麼簡單，改造小孩子的思想現下只不過是剛開始，他們的老子娘便開始叫喚了，若是過上幾年，老子開始聘請歐洲人教授物理化學，西方哲學之類，他們還不立刻拎馬鋤頭來和我拚命了?!不成，眼下看來只能是採取高壓統治的辦法，將這些愚民完全控於掌下，順我者倡，逆我者亡，言論和自由集會的自由，老子統統不能給，在沒有取得絕對性的思想改造成果前，只能是獨裁政治了！」

乘車回到府前，張偉見雨下得小了，便吩咐道：「一會雨停了，我還要去這鎮外巡視田地，這馬車先停在外面。」

話音未落，便聽到有人在身邊輕輕說道：「爺，您回來了？」

張偉猛打一個激靈，顫抖著嗓音道：「說話的可是周全斌？」

當下也不等家人將雨傘送上，猛跨一步，跳下車來。眼角一掃，那車旁含笑站著的，不是周全斌卻又是誰？

「好你個周全斌，一去便是杳無音信，現下回來了還不跪在門口等我發落，竟然還笑嘻嘻的站在這兒……」

「哎呀，好威風，好殺氣，阿斌，我看你真是選錯了主子，怎麼挑這種小心眼的上司！」

張偉正待出語反駁，轉頭一看，頓時如中雷擊……

那門房房檐下，正俏立著一位少女，黑而明亮的大眼正盯著張偉，嘴角雖是仍掛著笑，現下卻又彷彿帶了一點怒氣，見張偉又傻盯著自己，嘴角一撇，做不屑狀。正是那日張偉在泉州城外錯認的少女。

周全斌雖被張偉斥責，卻也明白張偉不會當真讓他去跪地認罪，當下見張偉癡癡呆呆盯著那少女看，周全斌倒覺得不好意思起來。他出門歷練已久，也不會再動輒臉紅，當下只是眉毛微皺，向著張偉猛咳了幾聲。

當真是一咳驚醒夢中人，張偉聽到咳聲方才醒悟，想起自己又是失態露醜，他臉皮雖厚，也微微泛紅。自咳了一聲，便向那少女笑道：

「適才又失態了，只是小姐妳實在是像極了在下某位親人……」

那少女展顏一笑，豐潤白皙的臉上露出兩個小酒渦，向張偉答道：「聽阿斌說起過，我是像你的十三姨，嘻嘻，你不妨叫一聲來聽聽，沒準我聽你叫的好聽了，便認了這個親戚。」

張偉大是尷尬，又不好明說那十三姨並非自己的十三姨，見周全斌也笑嘻嘻站在一邊，想起他膽敢出賣自己，又這麼久才攜美而回，聽那少女語氣與他極是親熱，張偉心中泛酸，向周全斌冷冷說道：「全斌，倒也不必讓你跪，現在與我進去說說這幾個月你幹了些什麼，若是你膽敢出去浪蕩，我決計不輕饒你。」

周全斌見張偉如此說話，不慌不忙，向張偉一笑道：「全斌怎敢，爺先進去寬衣，全斌還有幾位朋友要介紹給您。」

張偉從鼻子裏嗯了一聲，向那少女略一點頭，便自先向內院而去。隱約間聽那少女對周全斌說

道：「怎地他如此小氣，這麼對你，好神氣嘛……」

張偉心裏一陣鬱悶，快快不樂的回房寬衣去了。因一會兒還要見客，也不便換上短衣，將濕衣去了，仍是穿了一身月白綢衫出來，腳踏一雙木屐，手持摺扇，向會客的正廳而去。

還未見門，張偉便聽到熟悉的英文對話聲，心頭一陣激動，自從回來沒有美國片看，這南洋的英國人又極少，只是這些洋鬼子的對話極其紳士，張偉熟悉的那些：FUCK、SHIT之類的粗口並未出現，讓他大大的遺憾一番。

因此番周全斌帶來的皆是洋人，飛騎右衛不敢怠慢，房內房外都佈置了不少人手，若是那洋人心懷不軌，張偉一聲令下，便可用繡春刀將這夥紅毛鬼盡數砍翻。

張偉見張瑞親自侍立在房門外，手操腰刀如臨大敵，覺得好笑，向張瑞道：「你也太小心了，他們敢來這台灣便肯定不敢心懷惡意，不然的話，這四面都是海水，他們便是有什麼不利於我的舉動，到時候卻往哪兒逃？更何況是全斌帶來的，更可放心。」

張瑞板臉一笑，道：「這屬下可不敢不管，您的安全在我身上，若是疏忽了，這一百多斤只怕也不夠剮的。」

張偉聽了也不好再勉強他，只在他肩上輕拍兩下便推門入房。

因雨天天色晦暗，這房內點了不少油燈，比外面明亮的多，張偉乍一進門，倒瞇了一下眼。待停下腳步定一定神，方發現這房內或坐或立整整十幾個英國鬼子，見張偉進來，一時都停了交談，只待張偉說話。

張偉的英文自大學畢業後便盡數還給了老師，認認單字還行，若讓他用英文會話，還是藏拙的好。當下擠出一絲笑容，向諸鬼子環視點頭，然後徑直走到廳內左首椅子上坐下，笑著對周全斌說道：「全斌，你帶回的這些朋友，可都懂中國話麼？」

周全斌卻沒有坐，見張偉坐了，自去侍立在他身後，聽得張偉問話，乃躬身答道：「爺，他們都聽不懂咱們的話，不過有這位艾麗絲小姐在，她是這些洋人帶來的翻譯，您有什麼話，她自然會翻譯的。」

張偉自此方知那女孩名叫艾麗絲，心下詫異：「怎地她又懂漢語，又通曉英文，還取了洋名，看她的衣著打扮，也是十分洋氣，莫不成現下英國便有華僑居住了？」

見那艾麗絲正坐在自己對面，睜著大眼四處張望，顯是對這純粹的中國富貴人家的陳設很是好奇。

張偉咳了一聲，道：「艾麗絲小姐，請問貴上來此，有何貴幹哪？」

那艾麗絲聽得張偉發問，方回轉頭來，張著大眼向張偉道：「我們是阿斌請來的呀……」

周全斌在張偉身後笑道：「爺，是我沒有說清楚。這些洋人，是來幫咱們打造武器的，他們還說，想和咱們貿易。」

「喔，怎麼個貿易法呢？」

第十一章 英國來客

張偉一聽說對面的英國人要與自己開展貿易，腦海裏頓時浮現出清末鴉片戰爭時中國受盡英國欺辱，被迫簽訂《南京條約》的場景，他表面上是不露聲色，心裏卻道：「今兒只要這些英國人敢提半個鴉片字眼，爺爺立刻命人全數砍翻了你們。除了這美貌小妞兒，一個也別想活了。」

張偉一聽說對面的英國人要與自己開展貿易，腦海裏頓時浮現出清末鴉片戰爭時中國受盡英國欺辱，被迫簽訂《南京條約》的場景，他表面上是不露聲色，心裏卻道：「今兒只要這些英國人敢提半個鴉片字眼，爺爺立刻命人全數砍翻了你們。除了這美貌小妞兒，一個也別想活了。」

周全斌笑道：「這些洋人想購買咱們的土產，也想賣給咱們印度的香料等物，還想賣給咱們槍枝彈藥、大炮戰船，只要是咱們想要的，他們都能和咱們貿易。還有，他們可以免費教給咱們技術，也能提供他們國內熟練的工匠……還能提供軍官幫咱們訓練軍隊。」

「喔，是麼？他們會如此好心，沒有什麼附加條款麼？」

「這個……」

「除了咱們得將白糖的獨家貿易權交給他們，將來台灣若是有什麼好的特產，他們擁有優先的購買權，還有，咱們要每年保證提供一定的生絲和土布給他們……」

「沒了？」

「還有，咱們要幫他們對付荷蘭人，先將荷蘭人趕出台灣，然後最好是將荷蘭人趕出整個南洋。」

張偉不再問周全斌，只盯著那艾麗絲問道：「艾麗絲小姐，請問這幫英國人中誰是頭兒？」

艾麗絲將小嘴一努，張偉看到自己斜對面正坐著一個滿臉大鬍子的英國軍官，見張偉看他，便向張偉點頭微微一笑，轉頭對著艾麗絲說了幾句話。

艾麗絲專心聽完後，扭頭向張偉道：「這位是大英帝國的海軍上尉勞倫斯先生，他向您問好。並保證只要您遵守協定，大英帝國一定會幫助您成爲南中國海的霸主。」

「喔？貿易當然沒有問題。不過，把貨物只賣斷給你們，價錢上我未必能接受。還有，我記得，就在天啓二年，你們英國人還和荷蘭人穿一條褲子，一共出動十五艘戰船，十三艘荷蘭船，兩艘英國船，你們夥在一起一同去攻打我大明的澳門，那一仗可是打輸了吧？聽說是荷蘭人走漏了風聲，你們雙方死了幾百人吧。那麼多戰艦，一個小小的澳門也打不下，還真讓人好生奇怪。怎麼，現下又

要和荷蘭人翻臉打仗了，這一次，你們英國人打算出幾艘戰艦幫我成爲海上霸主哪？兩艘？三艘？」

那勞倫斯聽了艾麗絲翻譯後，臉色憤怒，揮舞著雙拳大喊一通，張偉見他臉色漲得通紅，顯是極爲憤怒，心中暗笑：「還幫我成爲海上霸主，現下的英國自個兒還算不上是真正的海上霸主呢，想來騙我，當我是傻子麼。」

那艾麗絲見勞倫斯毫無英國紳士的風度，反觀對面的海盜頭子，倒是笑咪咪的沒有發火，雖然那眼神總是若有若無的朝自己瞟上幾眼，不過愛美之心人皆有之，也早就習慣了。當下無奈，只得向四周的英國軍官望去，指望有人出來勸解，誰料那些人一個個將臉別轉了去，只當沒有看到，直到勞倫斯發完了火，艾麗絲方向張偉一笑，以示歉意，張偉原也沒有生氣，又見美人含笑，當真是色授魂與，不知身處何方了。

那艾麗絲卻無暇去管張偉神情如何，自顧向張偉說道：「勞倫斯上尉對您的言辭表示極大的遺憾，並代表大英帝國向您提出嚴正的警告……」

張偉自此方聽清艾麗絲在說些什麼，心頭一陣火起，當下也冷著臉道：「對勞倫斯上尉適才的舉動，我也表示極大的遺憾，如若再有類似的舉動，本人將請你們立刻離島！」

艾麗絲聞言大是尷尬，偏偏剛才又卻是勞倫斯失禮在先，她雖恨張偉不留情面，卻也不好反駁，當下只好裝做沒有聽到，繼續說道：

「勞倫斯上尉可以向張偉先生保證，英國政府一定會根據市場行情收購張偉先生提供的商品，同時也代表駐紮在印度的英軍艦隊向張偉先生保證，隨時可以提供必要的援助。至於我們與荷蘭人的關係，這應該並不在閣下的考慮範圍之內。」

張偉低頭沉思：「貿易的事情好辦，我正頭疼將來的白糖、樟腦之類如何出口。南洋這邊我不能再買商船，交給商行代賣，價錢又吃虧得很，這些英國佬定是聽了全斌的遊說，要將這些物品運去印度，這是瞌睡送枕頭，周全斌此事辦得不錯。不過協助他們打荷蘭人，最少先得把我的實力提上去才行，要不然前腳打跑了荷蘭人，後腳就來了英國佬，這些人現在都是殖民者，哪來的什麼好心。」

想到此處，便問道：「關於協助我們整頓軍備，不知道貴方有什麼具體的措施方案？」

「我們知道閣下在澳門買了不少槍枝，那些槍枝在歐洲也是極好的了，在槍枝上，我們現下也幫不了什麼忙，只能提供一些好的射手教官給閣下。若是閣下想自己造槍，我們也可以提供工匠。」

「若只是如此，那也太簡單了吧。我到澳門花些銀兩，一樣能尋得好射手，好工匠。」

「但閣下尋不到好軍官，我們可以向閣下提供歐洲最好的步兵教官。」

見張偉露出不屑的神色，那勞倫斯又急急說了幾句，艾麗絲又道：「當然，我們英國士兵的強項是在海上，步兵教官若閣下不想要，我們可以提供最好的海軍軍官，協助閣下建立一支強大的海軍艦隊。當然，第一步將是協助閣下擁有戰船。」

「聽起來還不錯，還有呢？」

「我們將幫助閣下建立起如澳門波加勞鑄炮廠一般規模，不，甚至還要大上許多的炮廠……還會給閣下提供最好的鑄炮技師和炮手！」

張偉聽到此處，心中終於下定了與英國人合作的決心，豁然站起，向那勞倫斯伸出手去……

雙方將手一握，便是宣告協議達成，四周的英國人便劈哩啪啦鼓起掌來。若依英國人的意思，鼓掌之餘，最好還要開幾瓶香檳，只可惜台灣沒有。

張偉暗笑，向諸人說道：「這什麼香檳，本地是沒有的。不過若是中國白酒，諸位要喝多少都沒有問題。」

又向勞倫斯說道：「上尉先生，雖然我原則上同意與貴國合作，但如此大事，我還要與我的合作夥伴們商量一下，才能最終確定。諸位稍安勿躁，便請在些休息等候，若是無聊，這院子有中國式後花園，諸位可以隨便遊玩。」

也不待那勞倫斯回話，吩咐下人好生招待後，張偉向那艾麗絲點頭一笑，便帶了周全斌出門向後院行去。

因雨勢已小，兩人皆未打傘，在那房間內悶久了，英國鬼子一身的汗臭味道，兩人被那小雨滴星星點點的打在頭臉上，都覺得清爽異常。

兩人一路無話，待回到張偉書房，張偉吩咐人去通傳何斌、施琅後，方向周全斌笑道：

「全斌，你很有出息啊，不稟報我，便私自把這些英國人帶了來，還有，私自挾帶鉅款數月不歸，交辦的任務置之腦後，還拐帶了美貌良家少女……全斌，跟我一年多，本事大大的見漲呀。」

張偉這番話雖說是笑話，骨子裏卻也是當真不滿周全斌此番所爲。臨機決斷自然是沒錯，不過事後一點消息也不送來，這數月間令張偉擔足了心事，若不敲打敲打這小子，誰知道他會不會膽子更大，做出一些更離譜的事來。

周全斌倒是機靈，張偉話一出口，他便往地上一跪，向張偉請罪道：

「爺想必不會怪我不請示，但事後沒有派人來通知，是全斌的不是。不過當時事情緊急，全斌在澳門巧遇艾麗絲小姐和那夥英國人，正在洽談合作的事，卻不料走漏了風聲，駐澳葡人來拘捕我們，當晚全斌就帶著人隨那夥英國人坐船到了印度。後來被艾麗絲小姐領著與一群英國人談判……他們英國人長得都差不多，我也認不清那麼許多，只知道後來都是那個勞倫斯負責，待談的差不多了，他們便和我坐船來台灣了。全斌先斬後奏，未經請示便與外人私下勾結，請爺重重的治罪！」

「這不能怪你，事出突然，你臨機處置的很好。只是私下裏有人對你這次失蹤數月有很大意見，所以我才發作你幾句，既然如此，這件事在我這兒就算處理了。全斌，你很好，起來吧。」

周全斌偷看一眼張偉神色，見張偉確無怒色，方才站起。又笑道：

「全斌在外與人溝通，全憑艾麗絲小姐之力。艾麗絲小姐是華人之後，祖上一直在巴達維亞居住，前些年英國人到了那裏，她家人都學了英文，充做通事，這幾年艾麗絲小姐年歲漸長，也跟著出來做通事，她倒是能幹得很呢……只是全斌覺得，女子還是在家相夫教子的好，這樣出來亂跑，到底不合女孩子家的身分……」

張偉肚裏暗笑：「這傢伙見我對那艾麗絲有些好感，故意來撇清關係了。我沒有這般小氣，只是怕你被人灌了迷湯，暈頭暈腦的出賣台北利益，現下這般，總算不枉我調教你一場。」

當下也不明說，也當沒有聽到，又問了周全斌好多細節，直待何施兩人趕到，張偉便令周全斌將此事從頭到尾又向兩人說了一遍。

施琅頗爲贊同，對英國人肯提供炮艦戰船興趣頗濃，反是何斌有些沉吟，向張偉道：

「此事我自然贊同，於我們有百利而無一害，只是這幾年洋人越來越多，海外中國人也很受他們的欺負，前些年在呂宋一下子幾萬華人被殺，其中多半都是咱們福建人，台北之人未必其中沒有這些人的親屬宗族，大夥兒原本對這些洋人就很不喜歡，現下他們要來台灣和咱們合作，勢必要長住於此，我怕人心不穩，會起亂子。」

「那是西班牙人，又不是英國人。」

何斌笑道：「我自然也知道。不過這老百姓哪知道洋人還分多少個國家，反正他們都是高鼻白皮藍眼的，看起來是一個模子刻出來的，怎麼能分得清。」

施琅與周全斌也笑道：「確實如此，我們也都分不清這西洋之人到底有什麼分別。」

張偉頭痛道：「先不管這些事，他們就是要來，也需要一些時日。咱們先不安排他們住進鎮裏，將碼頭擴大一下，便於停船和住人，也就是了。」

「如此甚好，一會兒咱們宴請這些番邦蠻夷，讓他們見識一下中華美食。」

「廷斌兄，你家裏的廚子最好，還是到你府上去吧？」

「這自然使得，咱們現在就去會會這些英國人！」

何斌以爲解決了一樁麻煩，不必爲五鎭百姓的反應而發愁，他卻不知，張偉心中暗暗冷笑：「廷斌，一味的寬容只能是事倍功半，我是耽擱不起了，從今日起，非要想辦法解決這些掣肘不可！」

當下幾人請了那十幾個英國人至何斌府中，擺下了兩桌酒席。當時西方除了貴族之外，哪有什麼飲食文化，一群軍官成天啃麵包抹黃油，弄點雞啊牛的，也只管吃些糙肉罷了。哪有中國飲食那般豐富多彩，不但有味，還講究色香形。

那何斌最愛享受，家中資產無數，聘的廚子都是省內有名的名廚，做出來的菜精緻可口，色香味俱全，吃得一群洋鬼子鬼哭狼嚎，連聲讚好。

那勞倫斯與艾麗絲自坐在張偉何斌等人一桌，因與主人一桌，那勞倫斯卻比手下收斂了許多，儘管如此，仍是手中揮舞著張偉特地令人準備的湯勺，風捲殘雲一般大吃大嚼，何斌初時還想與此人拉拉交情，見他吃得如此投入，也只好作罷。只得頻頻舉杯，向諸英人邀飲，心中直覺得這些洋人實在是蠻夷之邦，身爲軍官連頓好吃的也吃不上……

張偉其志不在吃上，一門心思想與美女搭訕，可惜艾麗絲亦是一心享用美食，見張偉說話，便

只嗯哼幾聲，弄得他氣悶無比，心中無奈，也不敢太過勉強，若是弄得美女生厭，那可得不償失了。

一席飯吃得賓主盡歡，直到子夜時分，方才興盡而罷。當下就在何府安置了這些賓客，張偉向何斌道一聲有勞，便自出門坐車回府，自有那飛騎右衛隨扈跟從，鮮衣怒馬護衛張偉而去。

張偉雖只小酌了幾杯，這會兒頭倒有些暈，半倚在車內座位上，心下不住盤算：「外部的事情現下還順利，這些英國佬知道大明政府不會與他們合作，像劉老香、鄭芝龍這樣的巨盜也不會把他們看在眼裏，也只有我這個新興勢力會與他們合作，幫他們進入南中國海，打下地盤。哼，沒準將來他們勢力穩固了，第一個想剷除的就是老子，不過到那時老子羽翼已豐，誰剷除誰可就說不準了……只是這內務，現下可是糟糕得很。難怪後世有言，一個中國人是條龍，一群中國人是條蟲，原本這台北人少，也沒有什麼事端可生。現下人多繁榮了，麻煩也隨之而來。看來之前的有些設想還是太過理想化，中國人在公事上懶而自私，不肯出頭，不肯出力；在私利上倒是勇字當頭，悍不可當，往往兩個村子為了地界就能出動數百人械鬥，可是國家面臨侵略，人人都成縮頭烏龜，要不然一億多人的大國，怎麼就讓一個百萬不到的小民族侵略成功了呢……」

想到此處，張偉腦中猛然一亮，「械鬥！村與村，族與族的械鬥……」

「呵呵……」張偉在車內冷笑幾聲，如何剷除盤根錯節的宗族勢力，心中已有定數。

「不過此事不可太過操切，若是做的太過明顯，讓人察覺了，那還不如調幾隊鎮遠軍，直接捕來殺了乾脆……人才難得啊，這種事情要是有一個陰狠毒辣的傢伙幫我來做就好了……陳永華這類人不好招用，不過找一些陰毒小人用來做耳目打手，應該不難，便尋幾個積年老吏，來操辦此事……」

想到此處，車子陡然一震，張偉正想的入神，卻是不曾提防，人被震得猛然跳起，頭頂撞在車頂，頭部頓時劇痛不已，將手往頭頂一摸，已是撞起一個老大的疙瘩。張偉怒道：「老林，你要死麼，怎麼駕的車！」

那車夫老林委屈應道：「爺，不是小的不小心，這轉角處突然竄出來一個醉漢，小的只得將韁繩一拉，撞了爺的頭，小的實在是該死。」

張偉心中一陣氣惱，自從這台北人口漸多，種種無賴遊民、醉漢流氓也隨之而來，這些人在內地來台之前，也信誓旦旦要來台墾荒，來台之後卻將劃給的田畝拋荒不理，自己只顧每日胡混，給來台的富商做打手，幫閒，每日混些活錢便跑去胡吃海喝，也有不少混不到錢，整日睡在街邊的，還好這台灣氣候溫暖，凍不死他們。

張偉與何斌早就對這些人頭疼不已，不過這些人又不作奸犯科，平時裏小打小鬧，也犯不了什麼大罪。捕了又放，放了又捕，就如那肥豬肉一般膩人，卻一時又尋不到好辦法解決。若說將他們運回內地，卻又怕他們在內地生事，日後再去招募人手又起麻煩，當真是頭疼之極。

當下聽說又是深夜不歸的浪蕩醉漢，張偉氣不打一處來，怒道：「來人，將這傢伙拖下去用鞭子狠狠地抽，直抽到他清醒爲止。」

身邊的飛騎衛一聲暴諾，將那倒楣鬼拖了下去痛打，耳聽得車窗外傳來一陣慘嚎，張偉面無表

情，心道：「二十餘年後國家將亡，秦淮河上仍是夜夜笙歌，無心無肺至此，打死也是活該。從今而後，我的心該當狠起來。不如此，恐無法蕩滌這數千年來形成的頹風！」

回到府門前下車後，張偉一隻腳踏進大門，方想道：「只不過是一個普通醉漢，我想的未免也太遠了，不過教訓一下，也總歸是好事。倒是該如何將這些傢伙治好，值得好好考慮一下……」

當夜無話，第二日張偉早早至台北官衙，與何斌施琅等人商量定了，決定由施琅帶著劉國軒，以及數十名有志於海上的部屬，隨著那群英國人去購買他們的戰艦，並隨船帶回一些製炮工匠，海軍及炮兵教官。

因施琅來台後還是第一次出島，張偉何斌一起親赴碼頭送行。兩個叮囑半日，方看著施琅微笑登船而去。

何斌瞇眼看著那帆船揚帆而去，嘆道：「尊侯脾氣很倔，他獨自出門，我很是擔心他與人起什麼爭執。」

張偉笑道：「他年紀也不小了，眼看已是秋天，待過了年又大了一歲了。更何況施琅自小便離家在海上闖蕩，論起來，他也是歷練出來的，也不比你我差什麼。」

何斌將手中摺扇在掌心輕拍兩下，嘆道：「話雖如此，這一年多來他曾離我們這麼遠，不容易啊！我心裏甚是不捨。」

「廷斌兄，我來給你說段故事。卻說我那老家甚是落後，總是受周圍國家的氣，因那些賊都是從海外而來，卻說有一年，我國有一個大臣就奏請了土王，決定派一群少年去那海外求學，學兵法，學技術，學造船，以期有一日學成歸來，能打敗欺負咱們的那些惡人。」

「喔，後來怎麼樣了？」

「咱們那兒卻是與福建這兒不同，這邊的人肯出海，敢出門。咱們那邊都說父母在，不遠遊，又說那海外棄聖絕智，是蠻夷化外之邦，讓孩兒出門，等於是羊入虎口，一去便回不來啦。因此那富貴人家打死也不肯讓孩子去遊學，一般的小戶人家也捨不得將孩子送到萬里之外，那大臣原打算招些好人家的孩子，最好是讀過書知道禮義的，誰知道竟然招不到！」

「志華，你有所不知。咱們閩人雖然肯出海，敢出海，也是生活所逼，活不下去才想到闖南洋，志華，闖啊！闖不好，便是死！」

「廷斌兄，所以後來那大臣放低標準，專找一些貧苦無立錐之地的人家。那些人家的父母也心疼兒子，只是大筆的銀子拿上前來，一想兒子在家待著是餓死，現下有機會出門闖蕩，倒也是個好機會，雖心痛不捨，也肯放兒子出海。後來終於招到數十名少年，出海那一日，那些父母皆到碼頭相送，一個個淚眼漣漣，心痛萬分。可是終究心裏明白，闖出去生死未卜，坐困家中，卻是必死無疑！」

「我明白了，施琅也是家中貧困，自小便出來在海上討活路。現下咱們這台北五鎮也是要闖，

不然的話，也是坐而待斃。」

張偉將掌一擊，道：「正是如此！廷斌，你人極聰明，需明白我們現下雖是一派繁榮模樣，不過若不奮發圖強，將來遲早有一日會受制於人，這大好局面，沒準哪一天就斷送在不思進取上了。不管對錯，咱們都試上一試，就算敗了，也敗他個轟轟烈烈才好！」

何斌笑道：「我只是有些不捨施倔驢，又不是說他出去不對，你倒是這一番大道理來對著我。好了好了，日後你有什麼舉措，我總是跟隨你後便是了。」

兩人相視一笑，離了碼頭向馬車處行去。

張偉雙腳踩在海沙上，只覺舒適異常，眼見這一片海灘即將大變，忍不住捧起一掬，向何斌說道：「廷斌兄，一粒沙便是天涯，眼見得這海邊就要換一個景象，這捧沙也不知道將何處去。數千年後，這沙或許還在，咱們肯定是不知何處去也。只盼咱們能做番大事業出來，也不負好男兒一生數十年。」

何斌大笑道：「志華今日感慨當真是不少！」

兩人登車，張偉正吩咐人駕車回府，那何斌在自家馬車上突然問道：「志華，你說那些少年後來怎麼樣了，你們後來可是憑藉這些少年領兵打敗那些欺負你們的國家了？」

張偉一怔，想了一下方苦笑答道：「那些少年學的當真不錯，一個個都本事不凡，文可安邦定國，武可決勝千里……」

「那後來到底怎麼樣啦？」

「國家腐敗，這些人回來後不得進用，一個個分散安排，雖有幾個做出了一些事來，卻無濟於大局。後來咱們還是一直受人欺負啊……」

何斌在車上嘆口氣：「和咱們大明差不多，國家腐敗，賢人不得進用，小人盈朝遍野，這是什麼世道！」說完不再作聲，悶聲進了車門，吩咐車夫駕車而行。

行得數步後，忽聽那張偉亢聲念道：「邊城兒。生年不讀一字書。但將遊獵誇輕口。胡馬秋肥宜白草。騎來躡影何矜驕。金鞭拂雪揮鳴鞘……」

何斌凝神細聽，聽那聲音漸漸遠去，便在心裏暗念道：「儒生不及遊俠人。白首下幃復何益。」

那車夫將馬一打，車輪轔轔，揚起一陣沙土，向那台北方向而去……

張偉一回府中，便下令傳召台北五鎮鎮首，宣布取消各鎮鎮首，事權皆歸台北衙門署理，立村正、保甲，直接對台北衙門負責，各鎮捕快、鎮丁數百人亦直接劃歸新成立的台北巡捕營。

其後數月，張偉又有意去廣東沿海招募了數千粵人來台，又特地將台北附近的肥沃熟田盡數分給了這些後來之人，凡粵人與閩人之間有爭執，又令台北巡捕營偏袒粵人，打壓閩人。因張偉本人素

來不管官司的事，這些人倒也怨不到他頭上，只不過在背後說他用人不當。這數月來尋何斌訴苦的人絡繹不絕，弄得他頭疼不已，無奈之下，藉口去福建查看生意，溜之大吉，任憑張偉施爲。

何斌一走，彈壓閩人暴動的中間勢力宣告消失，剩下的，便只等各族間暗中的運作陰謀了。

北港碼頭早便募集了數千民伕日夜趕工，原來的漁村小港經過數月來一點一滴的建設，已然成爲能停靠數百戰艦的大型港口，其餘的輔助設施亦已齊備，只待施琅回來，便可使用。

諸事順利，張偉心情自然愉悅。只是每日需到衙門坐班，實在令他有些痛苦。可惜苦無可以代勞之人，也只得每日早起晚歸，勞累不堪。

這一日，張偉處理完甘蔗榨糖的事宜，又下令將樟腦裝箱，好生看顧，正伸了個懶腰打算回府，卻見台北巡捕營統領高傑步入大堂，向張偉屈膝行了一禮，道：「爺請慢走，屬下有事稟報。」

張偉笑道：「可是又有打群架的?上次就吩咐你只管捕人便是了，何必又來回我。」

那高傑是陝西米脂人，原是李自成手下悍將，身材高大，相貌堂堂，因與李自成是同鄉，出入內堂李自成都不曾提防他。誰料李自成的老婆尹氏看上了高傑，那高傑也是膽大，就與李自成的老婆私通款曲起來，綠油油的一頂帽子，就那麼戴在未來的大順皇帝頭上。後來因怕李自成發覺，乾脆便投降了明軍。

他人品雖是不堪，作戰倒是勇猛非常，累次立功，官越做越大，到明末時已是做到了總兵。與黃斐、劉澤清、劉良佐並稱江北四鎮，統兵三萬，受史可法節制。與其餘三鎮總兵一樣，高傑也是驕縱不法，縱兵荼毒鄉里，後來在徐州被人刺死，一生之中可謂臭名昭著，死後還遺臭萬年。

張偉數月前便尋訪一些歷史上知名的暴虐陰險之輩來做爲鷹犬，仔細思量之後，便派人去陝西尋訪招來了羅汝才與高傑二人。這二人此時尚未隨高迎祥造反，只是米脂一個普通農夫，見有人捧著白花花的銀子來尋他們去做事，當下心花怒放，哪有不願意的道理。來台之後，張偉便委派高傑去和那些積年老吏學習刑民捕盜之術，只不過兩月有餘，便委了高傑做台北巡捕營的統領，那高傑感激涕零，對張偉交辦的事情盡心使能，十分賣命。張偉對他也極是滿意，只是交代何施各府，不得讓高傑進入內堂，到時候一不小心給誰戴上頂綠帽子，那可就賠本得很了。至於李自成、張獻忠之流，張偉是絕對不會招用的，將來大旱，就指望這些人攪亂腐朽的明朝江山，現在就招了來，誰知道沒有這兩個災星，那些農民起義軍是否能攪起大浪來。

那高傑雖身高體壯，一張國字臉稜角分明，又是濃眉大眼，人顯得極是忠實可靠。不過到底是本性有些問題，見張偉問他，便側身一飄，碎步移到張偉耳旁，就要側耳說話。

張偉哭笑不得，說了這廝數次，不要這麼鬼祟，可此人當真是骨子裏帶來的陰險作風，每遇要事，便要張偉「附耳過來」，見高傑的嘴唇嚅動，就要與自己的耳朵做親密接觸，張偉一扭頭，喝道：「所有人等都給我下去！高傑，你也下去。」

高傑見張偉如此舉措，心下十分委屈，只覺得眼前這位爺平時裏出手大方，辦事果斷，眼力手腕無一不是一代豪雄風範，只是不肯讓人近前親近，卻是有些娘娘腔。又立法下令所有人必須用青鹽刷牙，高傑自小就不知什麼是刷牙，心下也對這刷牙之令十分不滿，不過，拿人錢財，爲人賣命，每日裏高統領也不知道刷了多少人的牙齒，早就習慣每日刷牙，口臭早已不見蹤影，張偉卻仍是如此排斥，唉！當真是白璧微瑕，令人遺憾。

張偉卻不管高傑肚子裏正在腹誹，見堂上諸人都已退下，乃問道：「高傑，又是什麼事情，要這麼惺惺做態。」

「回爺的話，前兒個向爺稟報過的事，已經有了眉目。」

「哦，他們忍不住啦？」

「是啊，昨日和今日閩人與粵人又打了幾架，屬下一律責罰閩人，寬縱粵人，他們很是氣不過，屬下安排在閩人中的細作已發覺那些大族族長們聚會了好幾次，眼見是要動手了。」

「羅汝才那邊怎麼說？」

「今天正是才哥派人來向屬下通報，平素裏鎮遠軍內與台北鎮上同族來往較多的，這幾日情緒不穩，行爲異常。」

「很好！這差事你們兩人辦得不錯，將來爺不會虧待你們。現下要記住，一定不能打草驚蛇，待他們同粵人動了手，咱們再去彈壓。切記，此次不能寬縱粵人，要兩邊一同辦理！」

「是，屬下明白，這就下去安排人手準備。」

張偉揮手令高傑退下，心中暗道：「畢其功與一役，此次事件過後，這台北再也不能有人對我掣肘了！」

「秦法嚴苛，禁民私鬥。又賞軍功以爵，制度嚴明，上下垂一，是以人民勇於公戰而怯於私鬥。秦軍之強，甲於天下矣……

秦法縝密，民者借官家之牛，要稱其重量，還牛時若牛瘦，則民比價賠付。農時耕種，何時播種，何時施肥，皆有律令施行，無有敢違者。律令所定，無不正合農時，是以秦土之肥沃，秦稼穡收穫之豐，遠過於六國……

秦法尚廉，律令官不得受民禮，概因無法確定自願與被逼，官一旦受民禮，不論禮之輕重，一律受罰，是以秦國無貪吏……

漢室之後，法紀廢弛，雖說天子犯法與庶民同罪，但儒家又有親親之說，於是王侯貴戚除造反外，其他皆可議也。後世有八議：議功，議爵，議親……，是謂王子犯法，不與庶民同罪。千載而下，未有不滅之朝，未有不敗壞之吏治，歷朝歷代，皆先治而後壞，其興也忽焉，其亡也勃焉……律令之壞，壞在用人，而人不治，則歸於有法不依，如此循環，國家安能不敗？民心安能不亂……」

張偉在窗外聽著陳永華的語調越來越高，語氣越來越激烈，便大笑道：「復甫兄，別把孩子們嚇壞啦！」

陳永華轉頭一看，見是張偉在外，也一笑道：「志華，這一說課，想起大明的現狀，由不得不

氣，語調便一下子激烈起來，這可怪不得我。」又向台下一群年紀十三四的孩子們揮手道：「散學啦，回去好好想想，今日的課題便是：爲何中國無強盛過百年的朝代，寫下策論，明兒交上來。」

說完將手中書本一拋，先行踏出門來，向張偉笑道：「志華，你這大忙人怎地有空來尋我，怎麼，又是手癢想來輸棋了？」

張偉鼻中一嗤，冷哼道：「復甫，上次好像是你輸了吧？」

見陳永華還要辯駁，張偉將手一擺，道：「復甫，咱們不爭這個，今兒來尋你，可是有事要與你商量。」

「什麼大事值得你這大當家的跑來？」

「又取笑我！好了，不和你生這閒氣。此次我來，是要與你商議這台北官學的事。」

「喔？這官學怎麼了，現下不是辦得好好的麼。」

台北官學由張偉首創，何斌施琅等人全力贊同，在台北諸事未定之際，便開荒製磚創建官學，所有在台之人，皆可送子入學。古中國人是世界上最重教育的國度，蓋因科舉制度可使貧門小戶一躍成爲統治階級的一員，讀書等於發財，教育自然成爲重中之重。富貴人家有家學，有私人教授，中產之家可以去知名的書院負笈求學，於是各種書院也大行其道。至於貧門小戶，也可以少花幾個錢，去宗族合力辦的小私塾中求學。

來台之人儘管皆是閩粵最貧困的農民，對於讓孩子入學讀書卻是相當開明。雖說窮人的孩子早當家，十來歲的小孩也頂半個勞力，但念書求個出身，將來就算中不了科舉，到底也算留有一絲希望。只可惜張偉辦學的宗旨著實讓人失望，一不講四書五經，二不念千家詩百家姓，成日除了認生字，就是史書，律令，要麼就是詩詞歌賦，有用的東西一樣不講。後來居然還開了算術課程，這百姓家裏銅子兒也沒有幾個，要學算術做什麼？學那麼久算術，還不如去商號裏做學徒，又能學做生意，這算術也自然學的會。最大逆不道的居然是張偉鼓勵女子入學，雖說是男女分班，到底有礙綱常，百姓雖窮，卻也知道男女授受不親，故而這官學人數越來越少，張偉雖採取了種種措施，現下這官學也只留有少數學生，都是最早隨張偉來台的下屬，實在拗不過面子，家裏又不缺孩子做事，便只當讓孩子來官學嬉笑遊樂罷了。

張偉在前一陣子手頭稍微寬鬆後，便撥了數萬銀子擴大修葺了台北官學的校舍，整個官學占地數百畝，有上好水磨青磚搭建的校舍數百間，又花錢從內地購買了上萬冊的書籍，便是當時最著名的白鹿書院，在規模上也比不上張偉這台北官學了。只可惜學生越來越少，整個官學內空落落的，除了十餘個聘請來的老師，就只有大小不一的百餘名學生。

張偉與陳永華此時漫步在官學操場內的草坪上，夕陽西下，照得草地一片金黃，現下正是孩子們散學回家時分，寬敞的學校大門稀稀落落跑出了百來名高矮不一的學生，其間有十來個女孩，一晃眼的工夫，便自都不見了。

張偉苦笑道：「復甫，現下的模樣，怎麼能說這官學辦得不錯？」

第十二章　興建官學

「我先向你透個風。過一段時日，待我從內地請的老師都到了，這台北五鎮所有七歲以上，十五以下的孩童，不論男女，都得給我來上學。至於說孩子在家能幫忙做事，我也不虧待大夥，凡家中有子女來官學念書的，五年免賦的租約，都給延長一年，這總說得過去了吧？」

陳永華沉吟片刻，答道：「這也是沒法子的事。這農家一個半大小子也是個好勞力了，你這官學又不肯教人八股，讓孩子識些字，不做睜眼瞎子，也就罷了，這也強求不得。」

看了一眼校舍，又笑道：「志華有心，弄了這麼大的校舍，現下明珠暗投，有些惱火倒是真的。只是這辦學又不是拉壯丁，沒聽說過強迫的，也只好如此啦。」

張偉冷笑道：「復甫，這千古聞所未聞的事情，此次我也要做上一回了！」

陳永華吃了一驚，急道：「志華，你不會想強令學生入學吧？你有所不知……」

張偉打斷陳永華的話頭，道：「我知道，現下已有不少人對我不滿。眼下這閩粵之人內鬥，也說我用人不當，那個高傑處事不公，把兩邊爭地界、爭田土打群架的事都一股腦的推到我頭上。」又恨恨道：「復甫，我現下是明白了。民智未開，人心自私，得利時皆言你好處，一有不足，你縱是有萬般好處，便斷然將你罵得狗血淋頭。振臂一呼，萬民擁戴，那純是狗屁！」

「志華，你這般說卻也是偏激了。這台北之人提起你來，大多數皆念你好。縱是有小小不滿，也只是嘀咕幾句就罷了，你何苦如此生氣。」

「哼，復甫，有些事你不知道，現下也不方便和你說，咱們只提這官學之事吧！」

「也好，志華打算如何辦理？」

「我先向你透個風。過一段時日，待我從內地請的老師都到了，這台北五鎮所有七歲以上，十五以下的孩童，不論男女，都得給我來上學。至於說孩子在家能幫忙做事，我也不虧待大夥，凡家中有子女來官學念書的，五年免賦的租約，都給延長一年，這總說得過去了吧？」

「嗯，如此一來，這很說得過去了。只是這強迫入學，若是人家不依，志華你總不能派兵到人家裏硬搶吧？」

「哼，這倒不必。凡不聽令者，從即日起交納田賦便是了。若還是不願，收回田畝，自謀生路去吧。」

「我怕你這一來，日後無人敢來台北謀生，你這大好基業，有斷送的危險！」

「笑話，復甫兄，何廷斌也是如此說。你們卻不知，這大明朝政日漸腐爛，大陸饑不擇食之民將越來越多，我這裏有上好田產，不收賦稅，又沒有差役地主整日上門欺凌，世外桃源不過如此吧？放心，若是現下我能去內地大舉招人來台，一年數十萬民可得。只是現下有鄭一在澎湖，荷蘭人在台南，我不便如此大張旗鼓罷了。發展太快，恐招人忌啊！」

「如此我便放心了。只是這官學日後教課，仍是如此麼？」

「不，復甫，現下咱們教課的課程都太隨意啦。我的意思，按唐朝的先例來辦。咱們分進士、明經、明算、明律、明史、明射分科，選擇專人分類教授，可以收事半功倍之效。」

「這進士、明經我明白，明算想是學習算術之學，明史明律，想必是史書和律令條文，這明射是什麼？我記得，唐朝科舉，沒有明射這一科吧？」

「嘿，復甫兄，這明射是我後加上去，偽托唐朝而已。孔子當年，六藝中，駕與射他老人家學的一樣不錯。聽說孔聖本人也曾趕過馬車，射術和劍術都差強人意。孔門弟子中，子路也是劍術高強之士。漢唐至宋，都不曾禁國人攜帶刀劍，北宋時曾有禁百姓攜帶刀劍之爭，後來那宋朝皇帝還是遵六藝之說，不曾禁止，是以漢人並非柔弱之族，直至蒙人侵入中國，因怕咱們中國之人謀反，是以禁止民間擁有武器，大明趕出蒙人之後，卻沒有去除舊弊，是以嘉靖年間，數百人一股的倭寇都能橫行數州，殺害我大漢子民數萬人，乃至攻州掠府，朝廷竟然沒有辦法！若是在漢唐之時，隨便召些武勇之士，也能將這些倭人盡數砍翻了事。是以我私下計議，一定要辦這明射一科，倒不是射箭拉弓，我給這學校送來幾十桿火槍，讓學生學習火槍之術，還要跑步，強身，學習技擊，總之，不能讓中國之人都是些只會捏鋤頭不問外事的病夫。」

張偉一口氣說完這麼許多，心中激動，臉頰漲得通紅，只是將雙眼看著陳永華，看他是如何說法。

陳永華卻是沒有接話，只將眼看著遠方，張偉一陣失望，以爲他不贊成自己的說辭，心中嘆一口氣，暗道：「人道陳永華是明末諸葛，想不到見識也不過如此。」因如此，便意興蕭索道：「復甫，我知你一時想不通，咱們日後慢慢商量吧。」

陳永華聞言，奇道：「志華，誰說我不贊同了？我只是在想，你這番話大有道理，明朝軍隊疲弱，固然是將不知兵，文官領軍，但這兵士不強，也是主因。現下你有這般的妙想，爲何不辦一學校，專授這技擊、槍術，排兵步陣之法？若是如此，將來過上幾年，這鎭遠軍就是沒有岳少保那樣的蓋世名將，卻也是濟濟一堂的能征善戰之士，豈不妙哉？」

張偉聽得陳永華如此說，心中大喜，握住陳永華的手笑道：「復甫，你真乃當今臥龍也！」

陳永華連聲遜謝，道：「我怎敢當此美譽！志華，你當真是羞殺我了。這台北五鎭舉凡種種措施，哪一樣不是你首倡而成，我與廷斌兄、尊侯兄一提起你來，都是佩服得很。」

張偉倒是不敢謙虛，只嘿嘿一笑，便轉移話題，說道：「復甫，你適才說的那些我確實也想過，不過眼下還不能做。」

「那又是爲何？」

「目前鎭遠軍的幾員大將，都是我精心挑選出來的將才。將軍是打出來的，不一定要念書。不過，日後鎭遠軍規模擴大，這中下層的人才，卻是難得的很，這便需要軍校教養了。不過這鎭遠軍內的軍士大多是年紀已大，現下再讓他們讀書識字，學習兵法，已嫌太遲。還是要從台北五鎭中的少年子弟中選取人才最好，是以現下在教這些孩子讀書之餘，就讓他們學一些，待過上幾年，選取其中人才送入軍校，那就是水到渠成啦。」

見陳永華面露讚許之色，張偉又笑道：「復甫兄，你不願出頭露面爲我辦事。我也能理解，你那老父還是一門心思想讓你去大比，現下復甫能幫我來教書育材，我已是感激不盡啦。更何況復甫兄的課講得當真精彩，今日一講，只怕那些孩子的眼前已是另一番天地啦。」

陳永華笑道：「這些還不是日常咱倆閒聊，你斷斷續續同我講的。我只不過整理一下，販賣的還不都是你的貨色。」

「復甫，我也不兜圈子啦，這官學擴大，必得有人負責。別人我難以放心，復甫兄大才，可否願意爲這數千學子盡一下心力，待將來桃李滿天下，復甫你居功至偉，可遠在我這只出錢不出力的土財主之上了。」

張偉原以爲陳永華必然要推辭遜謝幾句，誰料張偉話音一落，陳永華雙目放光，兩掌一合，道：「志華，我這一生不求聞達於諸侯，也不要在廟堂上勾心鬥角，教書育人，爲華夏造英才，吾有何憾，吾有何恨？此番不需你相勸，我也要擔當這個責任，只盼上不愧天，中不愧你，下不愧這些學子，庶幾如此，便不是草木一秋。」

張偉心中感動，一時卻說不出話來，只得將雙拳抱住，向陳永華深深一揖，自今日起，他方明白中國文人中偉大樸實的一面，只是在心裏暗嘆道：

「太少了，太少了啊，想起洪承疇，錢謙益，在清軍大軍壓境，仍然內鬥不休的江南復社眾才子……相差的太遠，太遠了。」

陳永華在原處向四周眺望一圈，方回頭向張偉道：「志華，按你的設想，現下這校舍卻又嫌小，住得近的，散學自然回家，可現在這台北五鎮方圓也數十里了，若是離得遠了，還需提供住處，那學習火槍和強身術的操場，需要和讀書的校舍隔開距離……」

「一切都依復甫兄歸劃，我這裏是要錢有錢，要人給人，教育乃國之大事，一切都拜託復甫兄了！」

見陳永華再無異議，張偉又道：「只是要提醒復甫兄，這官學要的是人才。那明經科是為了培養學術人才，我送復甫兄一句話：強健之體魄，自由之思想，身不強人隕身，思想鉗制則人失其魂。請復甫兄牢記。」

陳永華點頭稱善，讚道：「志華，你這話說得太過精彩！若一切都依聖人經傳中所言，那萬世如一就如一潭死水，有何生趣可言，自由之思想，此語精妙之極！」

「還有，進士科由明經科升上，學習的都是時務，寫的是國事策論，我送復甫兄一句話，做為進士科的訓導格言罷。」

「謹受教。」

「懷疑即一切。」

「此話何解？」

「懷疑聖人，懷疑政府，懷疑父母，懷疑師長。懷疑道德標準，懷疑這世間一切的約定俗成的行為規範。」

「這又是何解？」

「一件事情在你我看來，可能是正確無誤的。比如這婦人纏小腳，但在洋人看來，就是殘忍不人道的。一件事物很可能會有無數種看法，任何人都會認為自己的看法是正確的。所以進士科的學子們，首先要知道，並不是眼前看到的東西以及自小受到的教導便是正確的。用懷疑的眼光看一切吧，然後用自己的心體悟，最後才堅持自己的結論。復甫兄，我要的是人才，不是奴才，即便是這些學子將來連我也懷疑了，也是值得的。」

張偉在心中暗嘆：「自己為了創基立業，不得不在這島上實行鐵腕統治，孩子們卻要接受最自由最民主的教育，這倒也矛盾，不過為了將來中國不至於走回老路，現下播下火種，以待將來吧。」

兩人談談說說，不知不覺出了官學大門，眼見天色已晚，張偉正要邀陳永華去自家用餐，卻見那高傑與羅汝才快步飛奔而來，神色惶急，見張偉與陳永華正站在官學大門處，便如同見了救星一般，面露喜色。

那高傑三兩步跑到張偉身邊，低聲向張偉道：

「爺，消息來了，他們今晚動手，林、黃、蔡、鄭四族動手，出動了一百多個村子的健壯男丁，足有一萬多人，現下人已慢慢聚集在新竹鎮外，待人齊了，便要和客家佬狠狠火拼一場。」

張偉向羅汝才問道：「汝才，鎮遠軍那邊情形如何？」

羅汝才答道：「回爺的話，有百多名兵士想持槍去助戰，汝才已將他們監控起來，只待一有異動，便可捕拿。」

「很好，你們做得很好！」

張偉轉頭向身後隨從的張瑞令道：「派人去知會張鼐，張傑，令他二人率飛騎左、中兩衛禁蹕台北鎮，張瑞，你親回我府裏持我的將令，隨同羅汝才一齊去令施琅率金吾衛兩千人肅清東安西定寧南等三鎮，施行宵禁，一定不能讓鎮上起亂。令周全斌劉國軒等人帶神策、龍驤兩衛，隨同飛騎右衛與我一齊去平亂。」

「是！」

張瑞等人領命打馬狂奔而去，張偉自領著高傑等人匆匆向台北官衙去了，只留下滿腹疑雲的陳永華，見張偉胸有成竹，指揮若定，陳永華不禁在想：「怎地他好似早已知道會有這場大械鬥？」

張偉與高傑匆匆回到台北衙門，卻見那張鼐張傑也正自帶兵趕來，兩人對高傑的人品很是瞧不起，見張偉與高傑同來，只跪地向張偉請了個安，臉上便再無表情。

張偉卻也無暇顧及手下部將是否暗中不和，急步到堂上坐了，便問那高傑：「高傑，此次暗中煽動械鬥的各族族長和那些平日裏不安分的，都掌握行蹤了？」

「是，他們都不會在場，想撇開干係，屬下早就查的一清二楚，各人躲在哪兒，屬下都暗中派人圍住了，只待一會兒爺下令，便可一網成擒！」

「很好！」

張偉面無表情，只是嘴角略緊了緊，便命道：「現下我就發下牌票，你領著巡捕營的人去一一捕人，不可有一人漏網，若是跑了一個，你高傑便頂上去！」

從現代回來明末兩年，此番他首次下定決心要大開殺戒，亂世用重典，雖然心內仍有些不忍，卻也顧不得了。

高傑自然將胸脯拍得很響，他對這差事是欣喜得很，當下領了牌票，帶了人去拿人去了。

張偉見高傑與沖沖出門，方向張鼐、張傑二人道：「過一會兒便是雞飛狗跳，無數百姓家中會衝進兇神惡煞般的捕快，吆三喝五，鐵鎖拿人，於是老者慌，少者哭，原本是安樂祥和之家，瞬間便成人間地獄……」

見二張面露不忍之色，張偉將嘴一撇，嗤笑道：「你二人也是從刀頭上滾出來的，怎麼，現下聽了這些，便狠不下心來了？」

張鼒辯解道：「爺，倒不是狠不下心，只是你一刀我一槍的，張鼒絕沒有二話。現下去捕殺這些鄉親父老，張鼒著實是……」

「你們昏聵！」

張偉惡狠狠地盯著張鼒，咬牙道：「你們可知有多少人覬覦這台北富饒之地？又有多少人想趕跑我們，然後自己稱王稱霸？你道這些原來的鎮首，族長，都是因爲不滿粵人占地才發動械鬥的麼？呸！他們一直不滿我張偉，又眼紅我這大好基業，你當他們身後沒有人支持麼，這鎮上有多少富商成日裏就做著白日夢呢！我有種種善政要施行，偏他們鼓動鄉民不滿，成日在我背後搗了多少的鬼，這些人，好比是膿包，不擠，我身上不得安穩。」

說完無所謂地一笑，又向二張道：「自做自受吧，各人的帳，各人自個兒來填，你們不管抓人的事，這種事，自有高傑去辦。你二人帶著飛騎左中兩衛，鎮壓這台北一鎮，無論如何，這鎮上不能亂，若是稍有差遲，我想饒你們，軍法卻不容情。」

張鼒與張傑對視一眼，向張偉躬身諾道：「末將只聽將令行事，若有疏怠，願以項上人頭贖罪！」

張偉知二人尚難釋心結，當下也不管不顧，只是低頭沉思，堂上燈火一明一暗，各人臉上都是

陰晴不定，猛然有一隻貓跳過，竟然將堂上三人都嚇了一跳。

直待聽到街上傳來橐橐靴聲，數千人的皮靴踩在地面，張偉竟覺得面前木案有些顫抖，顯是那兵營中的鎮遠軍大隊已然到達，待那靴聲停止，裏面卻聽不到一點聲響，數千人於外列隊，竟然無有一人敢私語者。

眾人又聽到有皮靴聲向大堂而來，行走之人顯是身披重甲，身上的鐵甲環片撞在一起叮噹作響，不一會，便看到周全斌前行，身後眾將緊隨其後而來。

周全斌見張偉端坐堂上，便將身一跪，雙拳緊抱，向張偉大聲道：「末將周全斌，奉將令而來，願受調遣！」

身後諸將亦隨同周全斌跪下，聽到此處，也一同喊道：「末將願受調遣，萬死不辭！」

張偉大笑道：「有諸位將軍襄助，這台北還有人能做得了怪來？周全斌聽令！」

「末將在！」

「命你速帶神策衛隔斷閩粵兩邊民眾，不准他們接近鬥毆，非不得已，不准開槍！」

「末將遵令！」

「劉國軒，命你帶龍驤衛埋伏兩邊，不帶火槍，各人手持木棍，待我令下，便衝散閩人鄉民。」

「這……末將遵令！」

「其餘各人，待神策衛隔斷兩邊，隨我一同率飛騎右衛先去勸退粵民。」

周全斌領命後，率神策衛先往新竹方向趕去，張偉卻不動身。直等了半個時辰，劉國軒等人正在詫異，只見那高傑疾衝入堂，向張偉一抱拳，道：「事情全辦妥了！」

張偉聞言，將雙手在案上一撐，一振而起，道：「諸位，現在可動身了，大家打起精神來，今晚之事能否善了，就看大夥的了。」

眾將聞言暴喝一聲，隨張偉一同出門，投入那無盡的黑暗中而去……

台北冬季的夜晚尚有些寒意，周全斌卻在夜風中流著冷汗。兩千名的神策衛軍士在這一萬五千人的推擠大潮中，著實算不得什麼。原本堤岸只需防一邊的潮水，現下被一萬多閩人和四千餘粵人擠在中間的神策衛，只消浪花稍大一些，便足以被沖垮。

若是張偉允許周全斌開槍大殺，這些手持鋤、耙、叉的農人們，只消神策衛兩千桿火槍的一次齊射，便足以嚇跑。只是張偉適才下令，非萬不得已，不准開槍。這「萬不得已」的標準爲何，張偉卻是沒有明說，周全斌只得自由心證。好在他明白張偉只是不想多殺，畢竟這些農人是辛苦從內地帶來的，殺得一個，便少了一人墾荒，於是只有適才有十餘閩人不聽警告，竟欲衝上來搶槍，周全斌便下令開火，打死了這些不知死活之人。

只是在數千支火把照射之下，那靜靜躺在地下的十幾具屍體更加激起閩人一邊的怒火，若是不

忌憚火槍的威力，只怕這萬餘人在激憤之下發一聲喊，便可在瞬間將兩千軍人組成的薄弱防線衝垮。

饒是如此，仍不斷有小股的閩人試圖向前，稍微靠近軍士的便用閩南語大聲勸這些同為閩南人的士兵不要向鄉親開火，周全斌眼見屬下軍心開始不穩，心頭惶急，面上卻是不露聲色，只不停傳令，凡有接近者一律鳴槍示警，不聽者仍然擊殺，暫且算是穩住了陣腳。

周全斌端坐馬上，面沉如水，看著四周如潮水般的亂民，心中只是在想：「今晚之事，恐難善了，只怕我這雙手，要沾滿百姓的鮮血了。」

待張偉率人趕到新竹鎮外，離人群尚有數里便可聽到鼎沸的人聲，朦朧月色下隱約可見不遠處的火光，張偉向身後諸人笑道：「好大的陣仗，想不到我的鎮遠軍第一仗不是和外人打，竟是用來彈壓內亂。」

見身後諸人面色尷尬，張偉又道：「這也沒有什麼，內亂不止，何以攘外。大家放心，今晚與前番平鄭氏遺民之亂不同，這些鄉民都是我的子民，老子辛苦從內地把他們弄來，不是用來讓你們練槍法的。該殺之人一個跑不了，不該殺的，我也不會胡亂殺人，你們當我是董卓麼。」面色一沉，又道：「這些人便是都殺了，也不足惜。現在拿槍弄棒的十分威風，要真是有什麼外患來襲，只怕溜的比誰都快。」

當下不再多說，雙腿一夾，縱馬向那火光盛處馳去。

身後的飛騎右衛皆是精選的武勇之士，張偉又不惜血本從內地買了馬匹，這些飛騎身著仿唐明光鎧，手持繡春刀，數百騎隨著張偉一齊向那火光處奔馳而去，馬蹄聲如雷，刀光在月色下映射出無邊的寒光，聲勢遠比兩千神策衛更加懾人。

轉瞬之間，這三百騎便已衝到場邊，張偉一馬當先，向周全斌將旗處騎去，因見情勢危急，便轉身向身後張瑞令道：「你們不要跟來，各人縱馬繞騎一周，將離得近的趕開，若有抗拒者，立斬！」

張瑞一聲暴諾，自領著三百飛騎飛奔向那靠近的閩人而去，鐵蹄陣陣，帶著排山倒海般的威勢向那些衝在前面的鄉民衝去。

張偉卻是不管張瑞等人，自顧衝到周全斌身前，那周全斌見張偉趕來，直如皇恩大赦一般，喘了一口大氣，向張偉道：「爺，您總算來了。全斌眼看就要頂不住了。」

張偉冷哼道：「全斌，你也是見過世面的人。怎麼這點場面你就慌了？」

「爺，您下令不到萬不得已不能開槍。全斌知道您是不想多殺人，但這閩人現下情緒激動，全斌又不敢下令全部開槍，只怕不一會兒工夫，場面就控制不住了。」

「以暴制暴不好，不過有的時候，暴力實乃治亂之不二良方，全斌你看，那些愚民可不是退了。」

周全斌轉頭一看，果見在那三百飛騎衛的衝擊下，叫囂著向前的鄉民已被迫退後，有那些腿腳稍慢的，直接便被馬蹄踩踏在地，拖拽之下，慘叫連連。眼見得就是不死也去了半條命，那些適才還勇不可當的鄉民見得如此慘狀，心內大駭，往後逃的腳步卻又加快了幾步，不消一會工夫便跑回了大隊。只是在靠近神策軍士的場邊又多躺下了十幾人，也不知是死是活。

張偉讚道：「張瑞這差事辦得不錯。沒有動刀便嚇跑了這些人，很好，很好！」

又聽得那些跑回大隊便開始破口大罵的鄉民，嘴角一撇，笑道：「難怪人都說人多膽壯，這些人適才還嫌爹娘少生了兩條腿，現下又是勇字當頭了。」

待張瑞領著人返回，張偉便吩咐周全斌道：「現下這邊暫且無事，他們一時半刻不敢再向前了，你穩住陣腳。我先過去將粵人勸退。」

「全斌知道，爺請小心。」

張偉縱聲大笑道：「有這些虎賁之士在我身側，我有何懼？」又向面露自豪神情的飛騎衛們道：「隨我來！」

那數百人一齊暴喝道：「聽爺的號令！」

張偉將手一揮，當先而去，身後馬蹄聲隆隆，三百飛騎又轉向那數千粵人方向馳去。

那粵人原本也不敢與兩倍於己的閩人爭鬥，只是這數月來一直得到官方明裏暗處的支持，氣焰漸長，又知道後退必吃大虧，是以雖人數遠少於閩人，仍是喝呼叫囂，聲勢也是不凡。

待張偉衝到近前，那些粵人因見張偉身後的飛騎衛適才踩踏閩人的殘酷，各人均嚇得臉上變色，雖張偉身邊的衛士大聲呼喝，令人上前來答話，一時半會兒竟然無人敢靠上前來。

張偉頗是不耐，乃吩咐左右不要跟上，自縱騎又向前一點，喝道：「你們中推舉幾個能說話的，快上前來。」

那粵人面面相覷，因知張偉是這台北之主，見他一人孤身上前，眾心乃安。當下講議一番，卻上來了幾個五十左右，面目黝黑之人，張偉見各人手上都是老繭，心中暗嘆：「貧苦至此，還要內鬥，當真是……」面上卻是不露聲色，只向那幾人問道：「你們幾人，可做得了主？」

那幾人都陪笑道：「這台北自然是您老做主，小的們怎敢。」

張偉笑道：「你們倒會說話，不過現下可不是賣嘴皮子的時候。一會兒耽擱久了，那邊衝了過來，我可護不你們了。」

「爺說的哪裡話來！難不成在這台北，還有人能翻得了天，只要爺一聲令下，這些個賊還能活得過今晚？」

張偉一眼看去，卻見是那五人中個子最矮的一位，正在舌燦蓮花，口口聲聲勸張偉下令大軍平亂，殺光那些鬧事的閩人。

張偉見他唾沫橫飛，嘴巴一張一合間，露出滿嘴的黃牙，心頭一陣厭惡，也不好發火，乃笑道：「這老者，你這幾天沒刷牙吧？」

那老頭兒一愣，顯是沒料到張偉會如此說，半晌才吭哧道：「回爺的話，小的這幾天太忙，又沒有到鎮上去，卻是忘了。」

「忘了？我下令的事你們全然不當回事，正事都忘得一乾二淨，現下殺人的事，你倒是忘不了！人家沒有父母妻兒了，你倒滿嘴殺殺殺，很好，現下就把你架到那邊去，讓你去殺個痛快！」

那幾個見張偉如此發落，各人均嚇得魂不守舍，一齊撲通一聲跪下，求饒道：「求爺饒恕，小的們再也不敢不刷牙了。」

張偉哭笑不得，只得擺手道：「都起來都起來，咱們還是說今日之事。現在我的意思，你們粵人都退回去，各人關好門窗，都睡覺去。你們可依？」

那幾人半晌方爬起身來，聽張偉如此說，各自都面露難色，許久方有一人大膽道：「回爺的話，我們自然是願意的。只是這閩人欺人太甚……」

張偉怒極反笑：「當真是混帳話。這平日裏對你們照顧還少麼？怎麼，現下得了便宜便賣乖了？很好，我這便令神策衛讓開道路，讓你們兩邊打個痛快，死上幾千人，你們便舒服了！」

那幾人聽張偉又大發雷霆，又見那三百飛騎在張偉身後虎視眈眈，無奈之下只得回話道：「小的們自然願意息事寧人，現下就去勸大夥兒回去便是了。」

張偉卻又道：「平日裏對你們關照太多，反弄得你們恃寵生驕起來。你們仔細聽了，我知那高傑對你們多有照顧，現下我告訴你們，日後凡閩粵之人再有爭端，不分誰對誰錯，我一概處置，傳話下去，都給我小心了！」

見那幾人唯唯而退，回到大隊中大聲勸解一陣，那粵人隊伍便開始後撤，張偉方又回頭，向閩人陣前馳去。

卻說那閩人因見粵人後退，卻又重新鼓噪起來，待張偉調馬趕回，卻又見大隊閩人向前湧來。張偉怒道：「當真是不知死活！周全斌，令所有神策衛軍士向天空放槍！」

待周全斌一聲令下，兩千名軍士皆將火槍抬起，就那一眾閩人正往前衝的當兒，卻聽得山崩海嘯般的槍聲響起，當下各人都嚇得魂膽欲裂，只以爲對面的軍士們得了命令，正在向自己開槍。雖不見槍子飛來，各人卻都趴倒在地，雙手掩耳，如入阿修羅獄中，心中直盼能過得了這一劫。直待槍聲平息，尚且都不敢亂彈。

張偉冷笑幾聲，乃策馬向前，這一次飛騎衛卻不敢怠慢，半步不離的跟在張偉身後保護。

「你們聽了，我是這台北之主張偉，知道你們受了矇騙才來此鬧事，我也不與你們計較，現下就都退下，我既往不咎！」

一時間竟無人答話，張偉也不意外，這些閩人中做主的人此刻正被押來，卻如何有人能回話？當下也不再多言，只騎跨在馬上，傲然看著身下的這些農人，只待高傑押人前來，到時便可消解這場亂局。

第十三章　殺人立威

場中諸人如遇雷擊，怎地也想不到張偉會下此辣手，竟然要將他們處死。當下便有數名後來台的富商喊道：「張老大，咱們不在這台北便是了，現下就回去收拾細軟……不，我們什麼都不要了，只求你放咱們一條生路，我們立時便動身離台，不敢在此礙事了。」

張偉喊一通話後，見無人理睬，便冷笑一聲，退回神策衛陣內，只留下張瑞帶著三百飛騎鎮守在前方，以防這些閩人靠近。

周全斌見那些閩人陣中突然有數人往新竹鎮內方向狂奔，便急忙策馬至張偉身邊，道：「那陣中突然有人跑了，不知道出了什麼亂子，要不要全斌帶人去追？」

張偉笑道：「他們去尋主事者去了，放心罷，尋不到自然會回來的。」因見不遠處有火光閃動，又笑道：「高傑這廝若早來片刻，人家也省得跑腿了。」又向周全斌吩咐道：「高傑立時便要押人過來，需得提防那些人衝上來搶人，派人去向劉國軒發令，一見到有人向前衝，龍驤衛立時上去阻擋。」

周全斌應了一聲，便自去派人傳令，張偉瞇著雙眼，看著那高傑帶著巡捕營的兵士押送著上百人逶迤而來。

那些閩人也發現事有不對，一時又不清楚就裏，只是兩眼盯著高傑過來的方向，驚疑不定。待隊伍稍近一些，眾閩人頓時發現不對，鐵鏈鎖來的正是各自族中的族長、平時裏受敬重的老人，當下眾人大急，發一聲喊，便向高傑處衝去，一時間數千人手持各式農具衝上前來，聲勢頗為驚人。

堪堪衝了百餘米遠，卻正迎上劉國軒帶領的龍驤衛的兩千兵士，身後又有如雷的馬蹄聲而來，顯是適才兇神惡煞般的飛騎衛也追襲而來，眾人慌了手腳，和粵人械鬥還算是民間爭鬥，若是和這些兵士打將起來，那可便是造反了，一時間，各人手足無措，卻不知道如何是好。

劉國軒卻不待這些閩人主動進擊，一聲令下，兩千名訓練有素、身強力壯的兵士舉起事先備好的粗長木棍，劈頭蓋臉的向跑在前列的閩人打將過去，一時間棒子如雨點般揮舞下去，一時間便有數百閩人頭破血流，「唉呀」一聲，被打倒在地。

後面諸人眼見這些兵士如虎似狼，凶橫得緊，各人都嚇破了膽，轉身向後跑去，卻只得叫一聲「苦也」，原來是飛騎衛趕到，馬蹄處處，又是踏倒不少時運不濟的倒楣鬼，眾閩人這才息了救人的

心，忙不迭自顧逃命，饒是如此，仍是被打翻了上千人，一個個頭破血流，只躺在地上，卻是分毫不敢動彈了。

那高傑卻是十分機靈，眼見這邊打得熱鬧，他卻率巡捕營的兵士拐了個大彎，總算是趕到神策衛陣中。見張偉正在陣中，快步竄到張偉馬前，稟道：「屬下高傑，帶全部人犯趕到，無一漏網！」

張偉點頭道：「很好，將這些人帶到陣外，我要訓話。」

高傑聽命吩咐下去，一幫巡捕立時又拖又拽，將一干人犯拖到陣外百米處，那對面的人雖看到，卻剛剛被打得灰頭土臉，如何敢來相救。

「你們大都是德高望重的老人，也有鎮上有頭有臉的大商人，今晚的際遇，自己在被逮之前，沒有想到罷？」

有一黃姓老人見張偉問話，梗著脖子道：「正是，就是在內地大明皇帝治下，也沒有這般對待不曾犯罪之人。」

見他開口，其餘眾老者便也紛紛開口：「正是，派兵士不問究竟，不分青紅皂白拿人，哪家的皇帝都沒有這麼幹過！」

「暴虐之人，必無好報！」

「手中有刀，便可隨便殺人麼，也太不講道理了！」

張偉見場面混亂，咬牙笑道：「周全斌，全體鳴槍！」

一聲令下，兩千神策軍士又一齊舉槍射擊，「砰砰」一陣巨響後，那些適才議論紛紛的已不敢作聲。

張偉笑道：「適才有人說的一句話，一半對，一半不對。手中有刀，便有資格不講理，便可以隨便殺人，這話對了一半。不對的一半是是爺要和你們講理，今晚逮了你們來，還是要先把道理說說，看看你們為什麼會站在這兒。」

見眾人無話，張偉又道：「你們之中，有好幾十位是老者，有各族的族長，長老，說話都是有分量的，有時候比我這台北之主還管用，你們說說，為什麼今晚會有這麼多人來械鬥？」

「嗯？沒有人回答麼？以為躲在家裏便可以推避責任了？平時你們的威風哪裡去了，怎麼這麼多人持刀弄棒的來打架，你們這些家族長老們全然不知？」

見張偉逼問，適才首先開口的黃姓老者又接話道：

「來打鬥是我們的不是，不過這數月來粵人一直欺負閩人，官廳中人又回護著粵人，待閩人不公，此番私鬥，卻也是你逼出來的。」

「哈，當真是笑話！我逼出來？我在這台北說話算麼？但凡我有什麼舉措，你們這些人無不在背後議論，百般不妥，千樣不是，就差把我公然攆下台，讓你們來當家做主了！」

「爺如此說話，我們無話好說！」

「很好！我便給你們一些真憑實據！」

火光下，鐵青著臉的張偉開始逐一點名，列舉這些族長暗中搞的活動，使絆子的，說怪話的、暗中聯絡軍士圖謀不軌的；還有一些來台經營產業的富商，覬覦張偉何斌的成就，陰謀不軌，暗中藉由農人不滿而拉攏人心者；收買閒人打手的；暗中收買那些不思墾種懶人地契者。舉凡種種，張偉一一點名道出，只不過半個時辰光景，便一一清算的清清楚楚，一眾人等面色死灰，開始還有打算抵死不認的，現下也只能希冀張偉從輕發落，好在張偉在這台北一地尚未開過殺戒，或許此次只是責罰一通了事吧。

張偉見眼前諸人各自垂頭喪氣，卻都用乞憐的眼神看著自己，心中冷笑一聲，嘴上語氣亦慢慢變得柔和：「這台北雖由我做主，到底沒有設官立府，說得難聽點，我只是個強盜頭兒，你們不服我，倒也算不上什麼造反、謀逆。」

見眾人精神一振，張偉又道：「不過，國有國法，家有家規，諸位沒有觸犯國法，卻違了我的家規，這處罰卻是免不了的，有什麼遺言，現下就和那邊相熟的人交代一下吧。」

場中諸人如遇雷擊，怎地也想不到張偉會下此辣手，竟然要將他們處死。當下便有數名後來台的富商喊道：「張老大，咱們不在這台北便是了，現下就回去收拾細軟……不，我們什麼都不要了，只求你放咱們一條生路，我們立時便動身離台，不敢在此礙事了。」

張偉冷笑道：「若是以前，我定會放你們走，現下卻是休想了。放你們走，在內地造我的謠言，說我的不是，壞我的名聲麼！放心，你們的家產我一個子兒也不要，你們的家人我也不會為難，只是寸板也休想下海！」

又咬著牙笑道：「你們說我心狠也罷，說我冷血也行，總之我現下的章程就是，我的話便是天理，我的話便是人欲，順我者生，逆我者亡，你們若是有本事，便是我死，現下我擒了你們，對不住得很，各位都別想活命了。」

那黃姓老者慘笑道：「大夥兒去找族人留話吧，這位爺是要殺咱們立威了。殺我們一人，可比殺一百個普通人還管用呢。」

張偉讚許的一笑，道：「這話說得也算有理，諸位，請快行吧。」

因見有半數人驚惶過度，癱軟在地，張偉便下令神策軍士過來攙扶，向閩人大隊那邊稍近了些，稍頃，便聽聞得那邊哭聲震天，張偉雖是努力收斂心神，仍是心頭大震，差點便要狠不下心來。

又稍過一會兒，張偉在馬上向高傑擺擺手，道：「動手罷。」

火光下，注定要被處決的人又被拖拽而回，在場中空地依次排好，巡捕營的士兵們開始舉槍瞄準，張偉在馬上揮揮手，槍聲響起，各人身上迸出血花，倒在地上，抽搐了一陣，自有巡捕營的兵士上前補上幾槍，高傑待屬下報告後，確定全已死盡，乃跑到張偉馬前，報道：

「一百零七名人犯皆已處決完畢……」

「好了，不必說了。將屍體交給那些人，令他們帶了回去吧。明兒巡捕營宣諭佈告，將他們的罪行公報四方。」

當下打馬而回，不忍再聽身後那些哭喊，心內也極爲矛盾，不知此事過後，這個歷史分支會給自己什麼樣的評價。只是以眼下看來，若要施行自己的主張，就非得行威權之道，不殺人無以立威，張偉此番殺人，縱有百般藉口，自己心裏卻明白，所殺之人大多罪不致死，只是現下要建立威權獨裁，也只能如此。

心中雖鬱鬱不樂，卻不得不打起精神向眾神策及飛騎軍士們訓了幾句話，褒獎一番。又令周全斌不可回營，就帶著人輪班在新竹巡邏，整個台北五鎮近期內實行宵禁。

第二天，張偉至台北衙門頒佈法令，嚴禁私立族長，禁買賣田土、禁軍人參預民政、禁誹謗官員、禁非議政策法令……

舉凡種種，皆是集權獨裁之舉，因昨晚大開殺戒，全台北震怖，見官廳之人四處張貼佈告，又是那些被處死之人的罪行，又是種種禁令法條，原本對張偉施政方法一直有種種議論，現下佈告下來，官廳之人打鑼宣告，旁邊雖有無數民眾傾聽，卻再也無人敢發一言，自此而後，凡張偉下頒之政令無有不暢行者。

在壓抑和不安中，又是一年除夕來到，張偉在明末度過了第二個春節。

此次過節卻與上次不同，去年除夕張偉整日被人邀請，每日喝酒喝得頭暈，現下他威風凜凜，殺氣十足，尋常人見了他腳都軟了，哪敢邀他。除何斌外，一個年節竟無人敢邀張偉，便是施琅，也是音信全無。

這一日眼見是元宵佳節，張偉心中納悶，無奈之下只好借賞燈名義，邀了何斌，又下帖子請了施琅，令人在後花園整治酒席，只待眾人前來。

眼見天色已晚，夜色蒼茫，張偉令人在後園點了數十盞燈籠，將場中照得如同白地一般，家中僕役穿花蝴蝶般上菜，不消一會工夫，一桌酒菜便已整治停當。

張偉見眾人尚未到來，便向府中家僕道：「你們派幾個人去催催。」

那長隨諾了一聲，便待出門，卻聽得不遠處有人大笑道：「志華這後園，在台北要算是最精緻的……」

現下敢在張府大門外稍做停留者都是少之又少，更別提敢在張府內大聲喧嘩，正是那何斌與陳永華攜手而來。

張偉迎上幾步，笑道：「廷斌兄，你這話說得可不地道，你府中的花園新近花了幾萬銀子修繕，小橋流水，鳥語花香，你當我不知道麼，前幾天你請我過府喝酒，居然捨不得讓我去享用一下，可真是小氣啊。」

何斌向陳永華笑道：「你看這人，好心請他去喝酒，當時他不說要去花園看看，現下卻拿這個來堵我的嘴，好生沒勁。」

陳永華笑道：「花園再好看，也不過是人工雕鑿而成，哪有那自然野趣來的真實可愛，兩位，

若閒暇時不妨到那台北各處轉轉，比窩在這小花園裏強多啦。」

張偉何斌兩人卻似早料到陳永華會如此說，也不與他爭論，只都一笑，便各自入席。

張偉向陳永華道：「復甫，自從你將內地家眷接來，可就沒有邀我去你家中一次。這年酒也不請我喝，真是小氣得很。」

陳永華笑道：「不是我不想請你，實在是你身高位尊，我家中又甚是窄小，哪容得下你這大人物。」

張偉喟然一嘆，道：「也罷了，施倔驢也好似與我生分了似的。從印度回來後，他忙碌得很，便很少與我見面，上次械鬥亂子起後，更是很少與我沾邊，大概是我身上有血腥氣，他怕聞到吧。」

陳永華不便答話，何斌只得安慰張偉道：「志華放心，尊侯不是那麼小氣的人。你彈壓內亂，壓制這些宗族勢力，也是迫不得已。日子久了，他會理解的。」

張偉嘆一口氣，不再抱怨，心頭卻甚是不悅。何陳兩人見他如此，也各自氣悶，三人不再說話，只是悶聲喝酒。

酒過一巡，何斌見氣氛沉悶，便強笑道：「志華，復甫，枯酒無趣，咱們不如來行個酒令？」

張偉卻最怕這玩意，連連擺手，正要推辭，卻聽有人在花園角門處笑道：「行酒令，那我還是趁早離場的好，免得在這出乖露醜。」

眾人回頭一看，不是那施琅是誰。何斌大笑道：「尊侯，你來遲了，又抗我的酒令，罰酒加倍，先飲了六杯再入席說話。」

當下把那青花細瓷的酒杯遞與施琅，三人笑看著施琅飲了，方才准他入席。

施琅倒是無所謂，飲完哈著酒氣坐下，向各人賠罪道：「不是我有意怠慢，實在是家裏有親戚在，非逼我喝了一巡才放行。小弟向各位大哥賠個不是，恕了小弟這一回吧。」

張偉從鼻子裏冷哼一聲，道：「尊侯，你家裏的酒難飲得很哪。非得我請你才賞光，怎地，我便不能上你府裏去了？」

施琅先是一陣尷尬，全然沒想到張偉會一開場便如此直白，抓耳撓腮半晌，卻是答不出話來。

張偉見狀，冷笑道：「尊侯，此次邀你們過來，便是要把話說清楚了。動手之前，你們也都隱約知道此事，怎地，現在都與我劃清界限，自個兒大義凜然去了？」

施琅無奈，只得道：「大哥，此次你誤會重了。此番舉措我完全贊同，這陣子之所以少見你，是因爲和英國人在商討一樁事情。事情沒有眉目之前，沒有與你講而已。」

「喔？是前次與你一共前來的那幾個英國人，他們說啥了？」

「他們對大哥這次的行動，很是贊同。另外，他們有些想法，正在與我商議。」

「什麼想法？」

「他們說，咱們中國人看似集權，其實民間掣肘的力量很強，皇權其實是貌似強大罷了。」

「此話怎講？」

「他們說，根據這些年在中國沿海的所見所聞，再加上對大哥治理台北的觀察，他們認為，在最高統治者下，有這麼幾個階層：一、儒生士大夫階層。他們是道德的捍衛者，他們是輿論導向的左右者，在很大程度上，在朝堂的儒生沒有在鄉野的儒生更能影響更多的人。」

「很對，這些洋鬼子的話聽起來很怪，不過說的是實情。復甫，廷斌，你們如何看？」

陳永華點頭道：「誠然如此。數千年下來，便是皇帝也無法改變現下儒家獨大，儒生操持經典，掌握輿論的力量，當年後唐朱溫將唐朝數百名儒臣投入黃河，曰：汝輩自號清流，今日吾讓你們變濁流。朱家天下從此臭名遠揚，短短數十年而亡，算是要遺臭萬年啦。志華，對儒生的處斷，將來你不可不慎。」

張偉沉默片刻，向施琅道：「尊侯，還有什麼？」

「二、族權在相當程度上削弱了中國政府中央集權的力量。而族權的理論基礎，便是儒家的君君臣臣，父父子子，地方官員很多時候都對地方豪族無能為力，大哥你在台北宗族一事的處置，英國人都很贊同。只是，光在肉體上消滅還無濟於事，將來若是沒有大哥這樣的鐵腕人物，只怕一切又是白費功夫。他們說，還得在經濟和理論形態上徹底剷除儒生及宗族，才能形成真正的強力的中央集權。如何在最大程度上的利用民間一切力量，這是擺在大哥你面前的命題。」

張偉在心中暗想：「這些英國佬眼光倒很精準，未來中國人提出來的君權、族權、夫權等等，他們現下就看得出來，但中國現下沒有工業，沒有真正的城市帶，沒有市民階層，一下子想割斷這些農業政治傳統中的東西，談何容易。」因向施琅道：「他們現下和你說了這麼許多，可有什麼具體的建議？」

「辦工廠。這些英國人說，咱們可以建立一些棉布廠，把小規模的手工生產變為大規模的工廠，還有絲廠，糖廠，可以在咱們公辦的同時鼓勵商人投資，一來可以化農為公，二來可以將鎮上那些遊手好閒的人都投入工廠。還可以把犯罪的人弄到工廠裏做苦役贖罪。」

「喔？」

「英國人說了，他們英國前些年就有個什麼圈地運動，大地主把土地改為牧場，於是大量的農民無地可種，跑到各處流浪。這要在咱中國，又會起亂子，有人鼓動造反了。人家英國國王下了個法令，凡流浪者第一次抓到打鞭子，第二次便砍手，第三次便是死刑。一時間這些農民不敢流浪，便都到工廠裏做工去了，一來沒有了亂源，二來城市裏得了很多便宜工人，這工業一下子便發展起來了。我思謀著這些話都有道理，這些日子裏便帶著這些人四處考察選址，看看咱們台北能不能也這樣搞。」

張偉為之愕然，想不到歷史上有名的所謂「羊吃人」的圈地運動，居然這麼堂而皇之的變相出現在台北，雖心頭一陣鬱悶，但心下也明白，這確實是改變未來台北發展瓶頸的不二良方，只有改變農業在台北產業中的比重，真正的發展起工業來，再借助海上貿易，才能使台灣富庶到可以承受自己要發動的大陸統一戰爭，而將來改變整個中國內地落後，也非得這樣從根本處著手才是最佳方案。

何斌、陳永華覺得這法子未免太過殘酷，兩人皆搖頭，何斌更向施琅道：「尊侯，還以為你對志華的舉措不滿，不想你走的更遠，小心在後世留下罵名。」

施琅將頭一扭，道：「這我一概不管，只要是有利咱們發展壯大，我都覺得可行。至於後世是什麼名聲，現下管它幹什麼。若是不幹出一番事業來，史書上哪有施琅二字可言。」

陳永華道：「即便如此，這辦法也未免過激，小心弄出民變來。」

「咱們給了地給他們，不好生耕種，卻不務正業，自做自受罷了。民變，只要火槍在手，咱們什麼民變也不怕。」

「尊侯說的話有道理。但此事不可操之過急，我想，日後募人來台，仍是以耕作為主，適量的招些不願種地的去辦糖廠和棉廠，這兩樣都是利大本小，這棉花和甘蔗咱們自個兒就能生產，週期快，見利大，就先搞這些。至於其他，先緩緩吧。」

三人見張偉拿了主意，便不再多說，只是喝酒閒聊。張偉卻在心裏想：「台北還有幾個金礦，至於罰人去做苦役之類，挖礦實乃不二之良法。但現下不能弄出動靜來，以防人眼紅。」

心下明白，卻也不好對三人明說，只是又向施琅問道：「尊侯，你上次去印度交了定銀，這軍船什麼時候能到？還有，他們說要幫咱們弄一個比澳門波加農炮廠還大的炮廠，怎地現在來這幾個人，製炮專家一個也沒有，這可不是在騙咱們麼。」

施琅笑道：「諸般事情千頭萬緒，總得一樁樁來才好，現下咱們這港口才弄好，我聽那幾個英國人說，軍艦就快來了。至於炮廠……」

施琅搓了搓手，笑道：「銀子啊。人家總不能幫咱們倒貼錢吧，現下這台北四處都要用錢，庫裏可沒多少銀子了。一個大炮廠總得幾十萬銀子才建的起來，當年徐光啓在澳門買了葡萄牙人幾門紅衣大炮，還花了十幾萬銀子呢。」

張偉心頭一陣鬱悶，道：「咱們這糖也製出來不少了，他們不來買，現在卻怪我沒有銀子。是是，我知道是碼頭太小，人家的船隻來往不便，現下這港口弄好了，告訴他們，可要加快貿易，要是沒有實力，咱們就不和他們做啦。」又向何斌道：「咱們那開往南美的船也該回來了吧？可別出什麼意外才好。唉，還是鄭芝龍賺錢容易啊。幕府鎖國，現下能和倭國做生意的只有他了，這銀子是整船的往回運，好不羨煞人也。」

何斌笑道：「羨也沒用，人家在海上經營的早，現下勢力盤根錯節，這整個閩南，誰人不知鄭芝龍？」

張偉不服道：「知道我張老大的，也不少吧？」

「是啊，官府都知道了，有空派兵來進剿才好呢。」

「官府，只怕要自顧不暇啦。」

「此話怎講？」

「天機不可洩漏。」

幾人頓時鼓噪起來，要逼張偉說出緣故，張偉卻抵死也不說，幾人無奈，只好拚命灌他的酒，誰知道張偉來者不拒，倒是喝了個痛快，待酒勁上來，往桌上一趴，便自睡去，卻是一語也不曾道出。

何斌等三人自然不知道，歷史在永曆七年將有怎樣的變化。那個木匠皇帝失足落水，不治身亡，臨終命乃弟信王由檢繼位，改元崇禎，自元年起，便是閩南大旱，災民流離失所，整個福建頓成人間地獄。越二年，又是陝西大旱，朝廷又廢除驛站，驛丁李自成將跟隨高迎祥造反，從此明朝正式踏入亡國之途。

而這福建，也將在不久後迎來崇禎年間的名臣熊文燦，他招降鄭芝龍，借助鄭芝龍之力剷除了不肯被招安的廣東海盜劉老香，鄭芝龍得以被授游擊將軍，後又官至廣東總兵，整個鄭家勢力將由海上返回大陸。至於熊文燦怎麼處置這段歷史中的插隊者張偉，現下卻是未知之數。

臉紅耳赤的張偉在被下人搬到床上後，入睡前仍在迷迷糊糊地想：「是招安要一個名分，還是造反到底……」

「尊敬的張偉閣下，您對我們的戰艦還滿意嗎？」

勞倫斯上尉得意洋洋的臉就湊在張偉耳邊，眼前正是英國東印度公司出售給張偉的四艘英國三級戰列艦。當時的英國戰船分為戰列艦及近海小型戰船。戰列艦又分為三級，一級戰艦有成員八百人，大炮一百四十門，造價昂貴之極，不是現下的張偉能奢望的，便是英國政府，也只裝備了數艦而已。第二級戰列艦成員約有九十至九十八門大炮，賣給張偉的是三級兩層中板的戰列艦，裝備長管加農洋炮六十四門，每艦要價二十萬兩白銀，使得張偉在內的台北諸人心驚肉跳。據勞倫斯稱，此價格已是照顧之極，不能再減的了。

在施琅前往印度查看後，便依台北財力定購了四艘三級戰列艦，施琅回台後，那英國東印度公司向本國彙報，因當時的東印度公司名曰公司，實則是英國政府在海外的殖民代表，連當時的孟加拉與印度都是由東印度公司託管，現下英國正與荷蘭爭奪海上霸權，見東印度公司在亞洲成功尋得了代理，欣喜之下哪有不允的道理。當下由海軍劃出新造的四艘三級戰列艦，交付給接船的東印度公司人員，又拖延了數月，直到這天啓七年三年中旬，才到達台北碼頭。

依照雙方的協定，張偉付給現銀四十萬兩，其餘欠款皆以實物抵扣，若非如此，現下讓張偉拿出這些銀子來買船，當真是當了褲子也買不起。

勞倫斯看一眼張偉神色，見張偉並沒有想像中那般的吃驚與欣喜，心頭一陣鬱悶，轉頭又看了一眼何斌施琅等人，見他們都是十足入迷模樣，心頭大喜，向張偉笑道：

「閣下，整個荷蘭東印度公司，這種戰船也不過二十餘艘罷了。現下在台灣的戰船，不過兩艘，閣下的海軍力量，已遠在台灣的荷蘭人之上了。」

張偉斜眼看一下翻譯的老林，心中不悅。那艾麗絲說是別有任務，此次英國人來台，只是從東

印度群島找了一些通英文的華人，美人不見，張偉心中正是鬱悶，又見那勞倫斯洋洋得意，便冷冷道：「勞倫斯先生，靠這四艘能打敗二十餘艘戰船麼？人家可不是傻子，台灣兵力不足，難道不能從南洋再調兵來。」

那老林翻譯過去，勞倫斯尷尬道：「是的是的……這種事情，當然是閣下做主。我們只管配合您就是了。」

張偉聽到那勞倫斯連聲：YSE，YSE，心裏覺得好笑，一想又不能把關係弄僵，便展顏笑道：「我對閣下提供的這些戰艦很是滿意，待過兩年，我要按每艦隊十二艦的實力，弄他個三四個艦隊，到時候，這南洋海面上，就是咱們兩家的天下啦。」心裏卻在暗想：「荷蘭和英國的海上霸主之爭，到底是哪一年來著……不會改在這南中國海開打了吧……」

那勞倫斯聞言大笑，道：「閣下開玩笑了，以閣下的財力，就算多募些人來種甘蔗製糖，再多紡絲織布，可能也要幾十年後才能裝備的起吧。」又傲然道：「大英帝國在和西班牙無敵艦隊開戰時，這種戰艦也不過三十四艘而已，閣下將來能裝備一半，便可以橫行四海了。」

張偉見那勞倫斯樂不可支的模樣，心道：「王八蛋，爺爺不但要買你們的，過幾年還要自造，神氣什麼！除了這些大炮現下中國人造不出來，你當你們的破帆船有什麼了不起的。當年鄭和的寶船下西洋時，你們還在地中海打圈圈呢。等過幾天老子開了金礦，一桶金子就值一萬英磅，近四萬兩銀子，到時候還怕造不起麼。」

當下不再和勞倫斯說話，只自顧著向停靠的最近的戰艦行去，身後一眾英人見他上船，也忙不迭跟了上去，施琅見這邊擁擠不堪，自帶了何斌向另一艘戰艦行去。

張偉上船，見那船上各處規劃的井然有序，各種用具都是結實耐用，連那甲板上的銅釘都擦得油亮，心下暗讚：「這英國果然是未來三百年內無人能敵的海上霸主，現在的造船業已比中國領先不少，就是這細節規置上，也比福建福船要認真合理的多了。」

身後眾英人見張偉神情滿意，心頭均是大喜，一個個笑咪咪的跟在身後，頗是爲自己國家的戰船而自豪。

張偉不理身後英人表情如何，卻在仔細研究船上那數十門大小不一的火炮，除了艦首四門十六磅長管加農，其餘都是十二磅，倒也不比現下中國使用的火炮先進多少。便向那勞倫斯問道：「這些火炮的炮彈呢？是實心彈還是開花彈？」

那勞倫斯答道：「六成的實心彈，四成的開花彈。」

「哦？帶我去看。」

張偉心頭大喜，原本是隨口一問，卻不料這船上的炮彈居然裝備了這麼許多開花彈，海戰時，開花彈用處並不比實心彈大，倒是在陸戰時，若是能大量裝備開花彈，那威力可就大得多了。

當下由勞倫斯帶路，眾人向那船上的彈藥庫行去。

當時大炮炮彈共分三種，一種是實心彈，由實心鐵丸鑄成，用於海戰時擊發敵船，或是攻城時

擊破城牆，若是野戰，則殺傷力不大。二種便是霰彈，由碎鐵塊或是碎石為炮彈，殺傷面大，弱點是射程過短，第三種便是這開花彈，內裝火藥，發射時四散傷人，狀如花朵，故名開花彈。

張偉眼前的這英國製開花彈是在鑄鐵彈體上開一個口，以木製的信管塞住，在信管內裝上緩燃火藥來引爆，原本苦於這時代實心彈遠過於開花彈的張偉，一見這下如獲至寶，當下便向勞倫斯道：「上尉，日後我的炮廠，九成的炮彈都要這種開花彈！」

勞倫斯為難道：「這些炮彈鑄造起來可比實心彈費工得多啦……」

「無妨，打起仗來，這麼一顆抵得過實心彈十顆。」

見勞倫斯眨眨雙眼做不解狀，張偉也不多說。當時歐洲人一場戰爭有那麼幾萬人參戰便是大戰役了，自然不能理解張偉將來要面對數十萬人的大戰場之所需。

待張偉下得船來，回首眺望靜靜停泊在碼頭內的這四艘英國戰列艦，想起歷史上鄭成功以兩萬五千人，四百餘艘戰船的實力，才勉強擊潰荷蘭人，在台灣立定腳根。武力及科技一直領先於世界的中國，現下便已經是帝國斜陽，想來當真令人扼腕。

又見何斌、施琅面帶笑容自另一艘戰船而來，張偉笑嘻嘻的迎上前向何施兩人道：「兩位，與荷蘭人開戰，此其時也。」

兩人一驚，施琅疑道：「此時荷蘭人實力仍遠在我們之上，開戰，不是自尋麻煩麼？」

張偉見身邊都是親信之人，乃笑道：「兩位放心，此事現下只是略有眉目，待過些時日，便可與大家一起商量。不過有一條，絕不能待荷蘭人築成堅城我們再去驅趕，那樣代價太大，咱們絕對承受不起。」

又向兩人笑道：「現下與兩位說，是要在暗地裏先做些準備。第一條，將三衛規模各自擴大一倍，六千變成萬二千人，才能夠這場戰事所用。第二條，這四艘船，每船要水手炮手共四百人左右，也需儘早募集，讓英國人好生訓練。還要鑄起岸防炮台，再造上幾十艘運兵的船，便足以開戰了。」

何斌苦笑道：「志華，你說的倒是簡單。雖說那往南美的船隻年後回來，淨利便是八十萬白銀，不過這台北四處用錢，你那六千兵士一年就得幾十萬銀子來養，這要增另一倍，將來怎麼承受得了。」

施琅慨然道：「開源節流，以理財之道也……」

「呸呸，尊侯，志華沒說話，你倒敢來多嘴。你懂什麼理財！今年台北五鎮的收入歸總加起來不到一百五十萬的銀子，募人來台要錢，日常開支要錢，開糖廠、布廠要錢，現下台北每月的開支便是十萬銀子，若不趕緊想辦法，只怕今年便要入不敷出！」

施琅見何斌發火，囁嚅幾聲，不敢再多話，只向張偉看去。

張偉卻也極是頭痛，來台之初用錢之處頗多，然而自己與何斌二人之力便足以維持，現下眼看財源廣進，手頭反而越來越緊，當真是活見鬼。思忖一下，便向那何斌說道：

「廷斌，莫急，眼看這年關已過，我已打算好了，要將那些遊手好閒之人一概發配去開挖金礦。只是這台北有金礦一事，卻是不得和任何人說起，需要派人嚴守，不能讓消息走漏。挖出金子來，咱們自己先鑄成金塊，然後以金換銀，一年數十萬銀可得，正好用來養兵，待過一陣子來台的人多了，各樣工廠辦將起來，再打跑荷蘭人，財政上的拮据便可緩解。」

何斌詫道：「志華何以知道這台北有金礦？現下在何處？」

張偉笑道：「是小弟屬下有一飛騎衛士閒逛時發現，年底便已報告給我知曉，因不知產金多少故而沒有向你們說起，現下已勘探清楚，一月約能出大半桶赤金，一年總能挖出幾十萬銀子來，只是這礦脈不深，不能做為長久之計。」

何斌點頭道：「生財之道不在於這些，到底是能讓錢生錢最好。志華有空，咱們一起去那金礦看看，安排一下如何開礦事宜。」

張偉笑道：「不急，一會兒咱們帶這些英國佬去選址，造炮廠，這才是當務之急！有了實力，不怕沒錢！」又向施琅道：「尊侯，我想令你不再管陸軍之事，專心待在這戰艦上，日後咱們的海軍，都由你來掌管。你意如何？」

施琅喜道：「還是大哥你明白小弟的心思，在陸地上打，到底不如在海上刺激，還有，這茫茫大海，將來一定要讓大哥你做主才是！」又瞇眼向那四艘戰艦看去，道：「只可惜現下船太少啦！」

張偉笑道：「就這些都是掏光了老底買的，你當容易麼。英國人若不是指望著我們幫手爭海上霸權，再多的錢人家也不賣。將來咱們還是得仿製。還有，尊侯，這幾艘船如何命名？」

「命名？船隻要命名做甚？」

「英國人的船隻都有名稱，這樣比較方便。」

「這倒也是，依我的意思，既然咱們在步兵叫鎮遠軍，那麼這靠在最外面的這艘，便叫鎮遠艦吧？」

「甚好！這四艘船便都依遠字來取名，第二艘叫定遠，然後是平遠，安遠，你們看如何？」

兩人自然無話，張偉心頭暗念：「鎮遠和定遠，你們可千萬莫再讓人擊沉了！」

第十四章　炮廠選址

張偉騎在馬上向四處眺望，但見那四處荒草叢生，直高過人膝，一陣微風掠過，那些荒草隨風搖擺，竟然能看到幾隻鹿驚惶跑開。張偉向各人笑道：「古人說大漠草原是風吹草低現牛羊，咱們台北是風吹草低現麋鹿啊。」

正沉思間，那勞倫斯帶著十餘英人笑嘻嘻自碼頭處趕來，遠遠向張偉叫道：「閣下，咱們這便去選擇建造炮廠的地址吧？這對您可太重要啦！」

張偉因見眾英人皆得意洋洋，爲防將來有囂張跋扈反客爲主之患，原本欲直接探勘大炮廠地址，思量之下，是對急步而來的勞倫斯道：

「鑄炮，只是爲將來之需，現下我台北有鎮遠軍，便是沒有大炮，擊敗荷蘭人也是易如反掌。」

見勞倫斯露出不信的神色，張偉笑道：「眼瞅著就要晌午了，大家總要吃飯，與其回鎮上，不如去兵營，也讓勞倫斯上尉開開眼。」

何斌與施琅相視一笑，知張偉想給這些英人來個下馬威，施琅便向張偉道：「現下我還是鎮遠軍副統領，我先回去，張羅些好酒菜，咱們可不能薄待了這些好朋友。」

張偉心知肚明，也笑道：「難得尊侯也通一次人情世故，很好，你先去準備吧。」又向身後張瑞道：「你也不要跟著我，去帶人幫施統領的忙，把張鼐、張傑也都叫上，大夥一起熱鬧熱鬧。」

張瑞聽命，吩咐張偉身後其餘衛士多加小心，自帶了兩人飛馬而去，施琅向那勞倫斯招呼一聲，便也騎馬先行而去。

那勞倫斯不明就裏，還以爲施琅當真是去張羅酒菜，眼前頓時浮現上次在何斌家裏品嘗中國大餐時的情形，一瞬間口角生津，將嘴抿了一抿，向張偉道：「貴國歷史悠久，種種文明領先歐洲甚多，實在是令人好生敬佩！」

張偉肚裏暗罵：「待兩百多年後，你們的後代喝中國人血，食中國人肉，享受中國人奴才一樣的款待，也是一般的說法。領先，還是讓中國人的鐵與火領先吧，這美食之類，領不領先也不打緊！」

表面上不露聲色，只微微一笑，以示對勞倫斯的恭維心曠神怡，又向他問道：「這次貴國給我帶了什麼樣的鑄炮專家？我聽說那澳門的葡萄牙人波加農，可是好生了得，大明帝國的幾百門大炮，

大多是向澳門炮廠購買和仿造的，這可當真是了不起！」

那勞倫斯將脖子一擰，道：「閣下，那葡萄牙不過是歐洲小國，他們的製炮水準算得了什麼！此次我為您帶來的幾位鑄炮專家，都是英國東印度公司裏頂尖的好手，可以滿足您任何要求！」

張偉聞言似笑非笑，道：「射程十里、爆炸彈丸、分裝彈藥、後膛裝填、有射表、瞄準具，精鐵鑄造……」

那勞倫斯身後幾名大鼻子英人聞言，皆是雙肩一聳，嘀咕幾句，答道：「這些原本就是長管加農炮的特徵，全然沒有問題。」又道：「賣給閣下的戰艦，上面的大炮除了射程略有不足，其餘皆符合標準。」

張偉冷哼一聲，道：「這就沒錯了！剛剛我說的那些，全是我中國內地軍隊紅衣大炮的標準，你們若都是這樣的水準，也強不到哪裡去。」

眾英人原待不信，卻見張偉說得頭頭是道，一時間驚疑不定，那勞倫斯勉強笑道：「閣下，請相信我們的炮師，一定會為您鑄造最先進的大炮。」

張偉不置可否，見有隨眾將馬匹牽來，便道：「先不說這個，咱們先去兵營，飯後再說。」肚裏卻在暗笑：其實直到明末，才由吳三桂在山海關首鑄鋼殼鐵芯大炮，至於射程，現下的紅衣大炮有效射程只是兩千五百至三千米罷了，開花彈麼，明末時是有了，後膛裝填，只是少數火炮能夠如此，至於射表、瞄準具云云，更是少之又少。不過，反正吹牛不必報稅，趁英國人對內地軍隊不大瞭解之機，抬高一下自己的籌碼，那又何樂而不爲？

當下各人騎了馬，向兵營馳去。

與這台北碼頭相離最近的自然是鎮北鎮，一路上都是張偉令人修的條石官道，跑起來甚是快捷，待離鎮外五六里處，轉上一個彎，跑上十餘里，便是那鎮北兵營所在。

一路上原本沒有人家，現下人口漸多，張偉又令人在沿途植柳種樹，又因知台灣所產水果好吃，便在這鎮北至兵營的路上使人一路種植了桃樹，後來時日長久，鎮上百姓便只管稱那兵營所在方向爲桃園。

眾英人尚是第一次見到如此風光，當時歐洲人在環境衛生上可沒有什麼講究，整個倫敦和巴黎都被稱爲大糞坑，當真是骯髒之極，張偉來自現代，對環境上卻是十分講究，雖然招致不滿而始終不改初衷，於是眾人奔馳在這乾淨整潔的條石大道之上，眼前皆是剛發芽露青的桃樹，眾英人始覺適才勞倫斯稱讚中國先進文明於英國，未嘗不是全無道理。

距離兵營尚有里許，便見那飛騎三衛上千騎身著皮甲，腰懸繡春刀，陣列於鎮遠兵營大門之外，見張偉等人來到，張鼐等人一聲令下，上千人於馬上將大刀抽出，舉於胸前，刀光被日頭一照，映射出耀眼的光芒，張偉等人只覺得白晃晃一片，瞇一眼再去瞧，卻見那些騎士將隊形一變，分爲兩翼跟隨在張偉一行身後。

那勞倫斯心內暗驚，要知那時歐洲雖已初步進入熱兵器時代，但重騎兵的威力卻也不是早期火

槍兵所能擋，其後若干年英國內戰，克倫威爾以兩萬騎兵橫掃英國，騎兵之威，仍在其他兵種之上。這飛騎衛人數雖並不多，但整齊劃一，訓練有素，又手持大刀，威風凜凜，令一眾英人頓生被壓迫之感。

勞倫斯在馬上乾笑一聲，向張偉道：「閣下手下的騎士當真是雄壯得很，令人好生羨慕。」

張偉只是一笑，知他尚不服氣，一千騎兵固然聲威不凡，卻也嚇不倒這離國萬里之遙的大英帝國海軍上尉，當下只是略一點首，將馬腹一夾，帶頭馳進兵營之內。

那勞倫斯見張偉如此，心道：「這麼點騎兵就想嚇倒我麼，也未免太過幼稚。」

張偉卻不知身後勞倫斯正在腹誹，縱騎馳進兵營後，眼見得六千軍士黑壓壓站滿操場，施琅周全斌等人見張偉縱馬馳入，一聲令下，六千軍士將手中火槍一舉，單膝下跪，高喝道：「叩見統領！」數千人聲調一齊，聽起來悅耳之極。

張偉心頭大喜，差點便想揮手道：「同志們好……」，不過按捺一下心神，將臉板住了道：「諸位辛苦，都起來吧。」

三衛士兵皆暴諾一聲，將身站起，正好那些英國軍人也進得營門，見了如此聲勢，倒是嚇了一跳。

那施琅策馬馳到張偉身邊，向張偉大聲道：「屬下施琅，率鎮遠三衛士兵，恭迎統領！」

張偉大笑道：「很好，選幾個人打打靶，給英國朋友們瞧瞧。」說完向施琅一擠眼，施琅自然心領神會，自去選一些槍法最好的兵士向靶場方向而去。

張偉轉頭向勞倫斯道：「我這些兵士，可看的過？」

勞倫斯看著場中黑壓壓一片持槍的兵士，只見各兵士皆身著青布小襖，頭戴圓笠帽，手持長槍，左腰間掛著三個鐵筒，顯是裝的火藥及鐵丸，右腰卻懸著細長鋼刀，雖不如大英帝國陸軍穿著的那麼紅紅綠綠，看起來卻更加威武整齊。便向張偉笑道：

「閣下當真是兵強馬壯，身爲盟友，當真是欣喜得很。」

張偉一笑，向勞倫斯道：「我手下的將軍們聽說閣下帶來的大多是職業軍人，他們身爲軍人，當然要用軍人的方式來歡迎閣下，請閣下參觀我們的兵士打靶。」

「那自然是一定會從命，非常感謝貴屬下的熱誠。」

當下由張偉帶頭，領著一群英國人向靶場而去，因怕馬驚，各人都下了馬。那夥英國人聽說要看這群東方士兵打靶，見慣東方人使用冷兵器的大英帝國軍人自然不會放在眼裏，各人神色輕鬆，說說笑笑的跟在張偉身後，只怕是對一會兒的酒席興趣倒是更大一些。

到得操場西側的靶場，眾人一看，卻有一百名士兵早已在列隊等候，見張偉等人到來，上來一位隊長請示，張偉點頭，令那隊長開始。

那隊長將小旗一揮，十名軍士一梯次，持槍趴到靶位上，對面又有人將小旗揮上幾下，那十名軍士便將扳機一扣，「砰砰砰」的槍聲響起後，各人迅速站起，身後又有兵士補上，那邊的槍靶亦不

斷更換，打好的靶便有人送到張偉這邊來，整個木靶上皆是鐵丸穿過的彈孔，大多是命中靶心，張偉先還瞧上一瞧，後來便不大肯看，只讓人把靶子遞給身邊的眾英國軍官觀看。

那勞倫斯開始尚不以爲意，只當張偉的這些兵士使用的是中國式土槍，待後來沒看到兵士打火點火繩，方知這些軍士使的都是燧發槍，只需扣動扳機撞火，便可將鐵丸射擊，至此眾英人方才仔細觀看，待看到這百名兵士槍法過人，五十米靶幾乎都可命中靶心，雖懷疑對方刻意挑選，但一下子能找出上百名如此槍法的兵士，這支軍隊的實力，不言自明。

待打靶結束，勞倫斯見張偉向自己看來，方擠出一絲笑容道：「啊，尊敬的閣下，這些士兵的表現當真是棒極了！」

見張偉不置可否，又將手向操場上列隊的兵士一揮，道：

「這六千士兵，足可橫行東印度群島，不管是荷蘭、西班牙、葡萄牙，在陸軍規模和精銳程度上，都不足以與閣下的這支軍隊抗衡！」

張偉見他刻意不提英國，心裏暗笑，卻也不好逼他，心道：「待我將軍隊規模再擴大一倍，只怕這整個南洋，沒有人在陸軍上是我的對手了。你們歐洲瑞典的國王古斯塔夫爭霸歐洲時，屬下軍隊還有一半使用冷兵器，老子已經提前進入全火器裝備，就是那明軍，所用火器現下都比你們歐洲軍隊多，你們也只能用戰艦上的火炮和一些火槍去嚇唬現下南美北美那些不開化的國家，在我這裏，還敢這死鴨子嘴硬！」又想：「不過，這陸軍使用的野戰火炮，倒是得抓緊鑄造，光憑火槍可不成。」

想起火炮一事，便不再與勞倫斯多說，將手一讓，領著諸人向施琅等人平素用餐的飯廳而去。

張偉邊行邊想：「現下荷蘭人在台灣也沒有什麼大城，攻城大炮少鑄那麼幾門就是了，但是野戰的小炮，一定要先多鑄造。記得拿破崙當時橫掃歐洲，以三營士兵為單位配備小型的野戰火炮，又是首先將火炮部隊單獨成軍的，當真是威力無窮，高科技的產品我不能造，但這些戰法先提前拿來用上一用，也不費什麼事……」

走得近了，眾人聞到飯廳裏的酒菜香味，身邊眾英人已經是口鼻直動，饞相畢露，張偉一笑，虛掌邀道：「諸位，快請入席！」

眾人應邀而進，依次入席，那勞倫斯見施琅進來，解了盔甲入坐，故意向施琅恭維道：「將軍，您的軍隊是我見過最精良的！」

張偉在肚裏罵道：「又來分化拉攏那一套了。」

施琅正容答道：「鎮北軍正是在張偉大人的領導下方有今日的成就，施琅怎敢居功！」又道：「不久之後，我就要離開鎮遠軍，去指揮閣下帶來的艦隊，還望您麾下的軍官能鼎力相助，給我們最好的海軍訓練方法。」

勞倫斯乾笑道：「那是自然，施將軍當真是謙遜過人，令人佩服。」

施琅焦黃枯瘦的臉上亦勉強擠出一絲笑容，乾巴巴答道：「如此便好！請大家舉杯共同敬我們尊敬的張偉大哥一杯。」說完，冷眼掃視了勞倫斯身旁那些將要上船執教的海軍軍官，令得那些急欲用餐的英國軍人們後背心一陣發麻，只覺得眼前這個年輕的中國男子未必是想像中那麼好打發。

當下眾人先敬了張偉，又吆喝著灌英國人的酒，若不是張偉擔心下午選址的事，只怕這些英人全都要醉臥當場，中國白酒之烈，豈是那些喝慣了普通啤酒的洋鬼子能承受的。

待酒足飯畢之後，眾人一起飲茶。當時中國出口大宗之一，便是這茶葉，可惜洋人不知飲茶之法，有在茶內加糖的，加鹽的，也有將茶葉煮上一煮，用來當菜的，真正的茶葉用法，反是很少有人知曉。

眾英人眼見張偉等人將放在細瓷蓋碗內的清茶吹上一吹，輕啜一口便放下，也只得依樣畫葫蘆，卻渾然不知這樣飲法有何樂趣，有幾個大鼻子英國佬便在心裏暗想：「怎麼這個將軍如此小氣，連糖塊都捨不得給我們放上幾個……」

張偉倒是頗為享受英國人自南美帶來的雪茄，吞雲吐霧之餘，幾乎落淚，此時中國雖有少量煙草種植，不過在現代吸慣香煙的張偉如何能忍受當時劣質煙草的衝勁，因而被迫戒煙良久，現在倚在籐椅上大吸特吸優質雪茄，當真是昏昏然，飄飄然，如墜雲中霧裏……

勞倫斯見張偉如此享受，便向張偉建議道：「閣下，您既然如此喜歡吸雪茄，不如下次我幫您弄些種子，便在這台北種上一些，吸不完的可以出售盈利，這豈不是更好？」

張偉搖頭道：「這也罷了。吸煙於人體不好，我害我自己就成了，不必再為賺這幾個錢來害我的同胞。」

何斌在一旁點頭道：「志華這事考慮的對。我就不覺得這煙草有什麼好的，活活的嗆死人！倒是茶葉，志華，我看，過一陣子弄些人多種些茶，這出口貿易，茶葉也是大宗。咱們以前糧食種的太多，現下除了白糖能出口賺錢，其他的收入真是太少了。」

張偉答道：「廷斌的話甚是有理，只是我們現下放棄了倭國和東印度的貿易路線，不知道英國朋友的孟加拉和印度貿易區能不能接受我們的產品？」

當時中國出口大宗的貨物，便是生絲與茶葉，往倭國出口還有種種文化用品，如毛筆、硯台等物，只是現下這些貿易路線都把持在鄭氏家族手中。數十年後，鄭芝龍降清，其子鄭成功起兵抗清，初始時無錢無兵，還是收拾了乃父的二十多艘海船，一年的貿易額便是一百六十多萬兩白銀，鄭成功由此收拾舊部，成功的發展起近二十萬的雄兵強鎮，海外貿易之暴利，由此可見一斑。

張偉現下在台北出口的主要商品還只是白糖，因考慮不能與鄭芝龍起衝突，故而忍痛放棄生絲與茶葉等物的貿易，現下與英國人合作，倒是不必擔心貿易衝突的問題。思來想去，當真是在夾縫裏求生存，不由得不嘆一口氣。所幸不久之後便能打跑荷蘭人，然後與之談和，以台灣爲貿易中轉地，避開鄭芝龍接手荷蘭人的貿易路線，便可在短期內積聚集大量資本，以利強兵。

勞倫斯在一旁見張偉忽而愁眉嘆氣，忽而緊咬牙關，急道：「閣下，我們大英帝國財力雄厚，印度又是很大的國家，完全可以接受您所有的產品，儘管放心好了！」

張偉心道：「把產品賣斷給你一家，價格上可吃虧死了，你當我是傻子麼。」表面上卻展顏笑

道：「如此甚好，這我便放心的多了。」

此事談妥，各人皆喜笑顏開，張偉便正色道：「大夥兒別只管喝茶，全斌，國軒，你們說說看，咱們的炮廠建在何處爲佳？」又道：「你們想好了回話，還有，這炮廠不光是鑄炮，還要仿製現下鎮遠軍使的這些火槍，規模不小，大家仔細想想罷。」

施琅在一邊答道：「硬想也不是個辦法，讓英國人說說看，這炮廠要有什麼要求。」

見眾人眼光轉在自己身上，勞倫斯轉頭與身後的鑄炮師嘀咕一陣，答道：「這炮廠麼，地方大，地勢要平，但還要有些小山用於炮廠試炮最好，需離民居較遠，還有，要有充分的淡水，最好是離河邊較近。」

眾人聞言，各自皺眉思索，約莫一炷香的工夫，張鼐先道：「若僅是這些，我心中倒有個地方。只是沒有地名，從鎮北鎮向碼頭方向的大路，走上一半，往西北方向拐，大約十里路程，便是那處地方了。」

「甚好，大夥兒這便一起動身，和張鼐去看看。」

張偉振衣而起，帶著眾人出門上馬，向張鼐所說的地方馳去。

一路上風馳電掣，各人心中皆是興奮莫名，從鎮遠軍兵士手中使的火槍，各人便知道優良火器之利，待英國戰艦一來，諸將雖大多是陸軍將領，卻也忍不住上艦察看，待看到一艘軍艦上裝備那麼許多威力巨大的火炮，想到遇有戰事那數百門艦炮齊發的壯觀景象，各人都是心癢難熬，現下張偉投鉅資興辦炮廠，將來鎮遠軍亦將大量裝備各式火炮，想到此節，自周全斌以下，鎮遠軍各將當真是興奮之極。

當下由張鼐一馬當先，帶眾人自荒野裏向那處荒地馳去，所幸這台北荒地倒沒有什麼扎人的荊棘，雖然草深過膝，也不礙甚事，各人都是急性子，除了何斌遠遠落在後面陪著一眾英國人，其餘諸人皆是快馬加鞭，只盼能飛去才好。

十餘里路，只不過奔馳了半個時辰，便聽那張鼐叫道：「到啦，前面便是一條大河，你們看，那東面還有十幾個小山包，正好可做練炮之用。」

張偉騎在馬上向四處眺望，但見那四處荒草叢生，直高過人膝，一陣微風掠過，那些荒草隨風搖擺，竟然能看到幾隻鹿驚惶跑開。張偉向各人笑道：「古人說，大漠草原是風吹草低現牛羊，咱們台北是風吹草低現麋鹿啊。」

何斌正好趕來，聞言笑道：「志華你不說我倒忘了，聽說台南那邊正捕殺鹿群，賣到倭國給武士做皮甲，利潤可是高得很。」

張偉冷笑道：「我何嘗不知這個賺錢，不過，我寧願少殺一些，給自己的騎兵裝備，也不會為了賺錢，把台北的鹿群殺光，待咱們打下台南，除了原住民可以捕獵，漢人禁獵！若是有需要，咱們自會組織人獵殺一點，竭澤而漁，這種蠢事咱們不幹！」

何斌咂嘴道：「這話算是歪論，我不與你爭執，不過日後殺鹿是免不了的。」

張偉亦知讓古人明白現代人保護動物的理論無異於對牛彈琴，便也不再多說，只用馬鞭指指前方不遠處的大河，向張鼐問道：「這河叫什麼名字？」

張鼐皺眉道：「屬下只知道有這麼一條淡水河，什麼名字倒是不知。」

張偉笑道：「這名字不是有了麼，就叫淡水河罷。」又向那勞倫斯問道：「上尉，您看這裏如何？」

「非常好的地點，只是道路不通……」

張偉將馬鞭抽向身旁的雜草，大笑道：「就這些？放心罷，十日之內，開條土路出來，三十日之內，青石鋪路，同時還會把相關建築建好，鐵，硫磺都會給你們搞來，半年之內，閣下必須給我鑄出炮來，大炮我暫且不要，只要一千斤左右重量、射程在兩千米左右的野戰小炮，三輪炮架，要五十門，能辦到麼？」

勞倫斯為難道：「閣下又何苦如此著急，鑄炮並不簡單，需要小心從事，若是著急鑄造，不小心炸了炮膛，必定會有死傷。」

張偉詫道：「咦，閣下帶來的不是全世界最優秀的鑄炮師麼，怎麼這麼點小事也辦不到？」

見勞倫斯神情難堪，臉漲得雞冠般血紅，張偉縱聲大笑道：「閣下，我是在和你開玩笑，你放心罷，我會派一些技師來和你們學習，有什麼危險，讓我的人上，你的人這麼優秀，在後面躲著就是，安全第一嘛。」

見各人臉上露出不滿的神情，張偉又冷冷說道：「我想你們不明白我的意思，我現在明說了吧，我現在要擴軍，這槍，我還是從澳門尋葡萄牙人購買，自製槍枝的事情，待日後再緩緩辦理，但是這野戰用的火炮，你們必須給我鑄出來。」

「閣下，爲什麼要這麼著急，這一直以來閣下並沒有火炮，怎麼現下卻恨不得立刻擁有一萬門火炮一般？」

張偉先令周圍護衛退下，只留何施二人，方對勞倫斯說道：「很簡單，我要在今年結束之前，攻打台南，驅走荷蘭人。海上我們兩家合作，應付荷蘭東印度公司可能的反撲，台灣這邊，我個人單獨負責，趕走荷蘭人後，他們在台灣的貿易航線，由英國接手，你們看如何？」

勞倫斯聞言大喜，細思過後卻又疑道：「閣下現下只有四艘戰艦，荷蘭人在台灣卻有六艘，若是海上力量不夠，閣下無法順利登陸，步兵強大也是徒勞的。還是等過兩年，閣下再裝備幾艘我們大英帝國的優良戰艦，再與荷蘭開戰不遲。」

「荷蘭在台灣的主力船隻是三艘，而且艦上火炮數量不及我們的戰艦，其餘幾艘都是改裝過的小船，戰力薄弱，我相信，在閣下帶來的優秀的海軍軍官的訓練下，我的水手會成爲當今最優秀的海軍戰士，完全可以擊潰荷蘭人在台灣的艦隊。況且，我還會去購買幾艘咱們中國自己的小型戰船，請上尉不必擔心。」

「關於鑄炮的事情，我們應該可以辦到，但是與荷蘭人開戰，此事殊爲重要，我得回東印度公司向高層彙報此事，請閣下耐心等待。」

「哼，你們可以不打，但我張偉一定會打！就算你們不應付荷蘭人的援兵，我也有把握利用岸上的防禦力量趕走他們。不過，到那時，你們休想在台灣撈到半點好處！」

「是的，我完全明白閣下的苦衷，我把我的助手們留下，現下就回公司向高層斡旋，並且溝通好雙方的作戰計劃，請閣下耐心等待，我最多三個月便可以返回，之前請閣下務必忍耐，不要提前計劃才好。」

「這一點請你放心，在水手沒有訓練好之前，火炮沒有到位之前，我也不會傻到用步兵翻山越嶺去和荷蘭人硬拚。」

當下與英國人計議已定，探勘好炮廠廠址，算妥了所需財力、工匠，一行人方在暮色中向鎮上返去。

各人都疲累不堪，一心只想早點回去休息，只有張偉在想：「鄭芝龍會如期與劉老香開戰麼？熊文燦有記載中那麼貪財麼……」

張偉等人回到台北官衙，自有人領著英國佬去歇息，何斌等人也是疲累不堪，只待立時便回府休息，張偉卻笑著向各人招手，道：

「我也知大夥累了，不過現下事情繁蕪，咱們打鐵趁熱，把最近的事安排好，然後大家各忙各的，豈不便當？」

何斌只呻吟一聲，人卻進了大堂，吩咐人搬了椅子坐下，方道：「志華，什麼事情這麼急？」

張偉見諸人已經坐定，方笑答道：「廷斌，我就說你平日裏早起與我一同跑步，你卻不聽，看你年紀不過大我兩三歲，精力卻是差的老遠，將來再過上十年八年，我看你連路也走不得了。」

何斌將嘴一撇，卻不答話，他也知張偉、施琅等人那般的健身辦法有效，只是積習難改，早上起來，只想讓美貌丫頭扶著散散步也罷了，讓他去跑步出一身臭汗，那是想也別想。

張偉見狀一嘆，心道：「這麼點小事也難改，更別提別的啦。中國士大夫階層的改造，可比農民更加的困難。」抿嘴一笑，向眾人道：「何大哥是文人，你們可都是軍官，人傢夥兒少跑一次，我便罰你們繞著台北五鎮跑一圈，都給我小心了。」

周全斌等人都哄然一笑，亂紛紛道：「手下的兵士都跑，我們若不跑，將來這兵都沒法帶了。老大放心好了。」

見大夥如此說，張偉笑道：「如此甚好，那麼都給我坐好了，別說累了一天便可以東歪西倒！」

各人見張偉認真，方才不顧疲累，各自在椅子上垂手端坐，只待張偉發話。

「各人都聽清楚了，施副統領即將上船統領海軍艦隊，日後鎮遠軍的大小事務，彙總了來報告我，沒辦法，我只得多管一些了。還有，新設鎭遠軍監軍司馬，由羅汝才擔任此職，諸位，凡違紀通敵者，可要小心汝才了！」

眾將又是一陣大笑，只是眼神向那羅汝才看去，卻都難免有些忌憚之色。張偉見狀，心下甚是滿意，軍隊沒有制約，始終是件不妥的事，羅汝才暗中監視已有數月，只是沒有名目，效力甚是有限，現下給他一個正式名義，也好讓他放開手腳。

見眾人沒有異議，又向張鼐、張傑二人道：「張鼐、張傑，自從讓你們監視軍民，我看你的性子也不適合做這些事，現下讓你去鎭遠軍，你們手下的飛騎左中兩衛劃給張瑞指揮，仍然做我的親衛，至於你們原來負責的那一塊，都交給高傑做。」

說完露齒一笑，向眾人道：「我知大家都不喜那高傑，不過，惡狗也有惡狗的用處，這人我是要好生重用的，各位都位高權重，現下都是赤心保我，不過將來家人親戚有沒有異心，卻是誰也不敢保證。還有內地那邊的資訊，我也需要高傑幫我打探，誰要是爲難他，便是爲難我，都記住了！」

諸人聞言，皆不敢作聲，唯有何斌道：「志華，你說這些，也不怕大傢夥兒寒心?!」

「廷斌兄，我也是醜話說在前頭的意思。我自然知道大家都隨我多年，沒有二心，不過防患於未然，讓大家多些警惕，也是我保全之意，若是沒有約束，一不小心闖出了亂子，那時候是追究還是不問？」

何斌吭哧幾聲，終究沒有繼續反駁，張偉卻又向他說道：「廷斌，你休要不悅，這特務政治我原也深恨之，不過上位者種種心驚擔憂之處，你不能全然瞭解，我若是有什麼意外，便是項上人頭不保之時，只能多養惡狗防身罷了。不過，大家請放心，我張偉絕對不是刻薄寡恩之人，只要大家不負我，我終究不負大家就是了。」

又道：「今日在場之人，都是我的心腹，說話都沒有防備你們。若是我現下的話傳了出去，你們一個也跑不了。」

眾人自是唯唯諾諾，連聲答應。

張偉長舒一口氣，伸足一個懶腰，道：「現下來說正事。鑄槍鑄炮，需要的銅、鐵、硫磺等物，我令人探勘了，這台北礦產不多，但以上各項，也還有一些。只是，這些礦都需大量人手前去開採，我的意思是，先將台北五鎮那些無地的流民無賴一併抓起，先送去採礦，其後再有犯罪之人，也一併送去，再從山中尋些原住民，給他們酒食，大概也就夠用了。」

何斌自然知道張偉現下最著急的是開採那金礦，只是怕人多嘴雜，洩露出去。凝神細聽張偉又說道：

「開礦，內地政府最忌有人在礦工中煽動是非，聚眾鬧事，故而管束極嚴。我倒不怕有人鬧事，不過究竟開礦的都是些罪人流民，還是要調動兵士去嚴加管束才是。就在三衛中各出五十人，輪班看守周邊，裏面的事，由台北巡捕廳負責，你們不必管了。全斌，你明日帶著馮錫範，去澳門與葡萄牙人接洽，咱們再買一萬支火槍，催他們早些到貨，這次可不要一去大半年！」

周全斌笑道：「除非是船在大海上沉了，不然全斌一月內準回。」

「如此甚好。大夥兒散了吧，累了一天，我還拉住你們，可別表面上笑，肚裏暗罵！」

「末將不敢！」

張偉見眾將魚貫而出，卻伸手拽住何斌，笑道：「廷斌兄，你先別走。」

何斌將臉一皺，模樣似要哭出來一般，苦笑道：「志華，又有什麼事情?!」

「廷斌兄，依你看來，將來運兵的船，還有十艘小型戰船，咱們是去福建購買，還是在碼頭弄個船廠，自行建造？」

何斌沉吟道：「按說是買合算，現下就自造的話，還需聘請工匠，搭造船廠、船塢，所費更多。不過，若是將來所需船隻較多，當是自造更好。一來可以熟手，學習經驗，二來買船總需被人盤剝利潤，價格總比自己造船來的貴些。」

張偉撫額道：「廷斌兄，此事你給拿定了主意好了，你這麼一說，我都不知如何是好了。」

「那便自造吧。我知你的意思，將來貿易要擴大規模，戰艦要狠勁地造，這些都極耗銀兩，與其受人控制，多花銀子，倒不如咱們自個兒造起來！」

「知我者，廷斌兄也！」

何斌笑罵道：「志華，別以爲我不知道你的鬼主意。你自個兒不拿主意，是怕多花錢又惹我著急，讓我自個說了，銀子不湊手那陣子，你便可以一推了之！」

張偉尷尬道：「這也是沒法子的事。我雖說是當家人，不過這銀子的事，一向是廷斌兄你更在行些。依你看來，今年咱們能承受這些大宗的用款麼？」

「炮廠一項，大概就得十萬銀子，開礦也得五萬左右，買槍又得二十萬左右，你又說今年要大規模的募人來台，再加上這筆使費也得三十萬左右，還有日常開支，你看呢？」

張偉額頭上冒起一股冷汗，直覺得背心發麻，吃吃道：「這般算來，沒有一百二十萬的銀子是打發不了的，更別提買船或造船了。」

「正是！咱們現下不收賦稅，雖說繳上來的公糧足夠百萬人食用。不過，糧食這東西值不了甚錢，今年白糖樟腦的收益又都要給英國人抵扣戰艦的欠款，估算著年前是落不下什麼錢。絲、棉、茶又沒有開始弄，往南美的船剛走不久，總得年底才能回來。現下庫裏只餘下四十萬不到的銀子，只怕不到夏天，咱們哥倆就得去跳海了。」

張偉苦笑一聲，向何斌問道：「現下的演算法，還是扣除了台北在籍丁男的徭役來算的吧？」

「沒錯。丁男三萬六千人，一年每人三十天的役期，這造橋鋪路，都指著抽調丁男去做，若不是如此，都拿銀子付人工，當了咱們的褲子也不夠使費的。不過志華，抽役不可太過頻繁，雖說都是分內的事，但農家的壯年男子可是全家的飯碗，有個三災五常的，就算毀了一家子了。」

「這我自然曉得！廷斌兄，現下這台北發展是個瓶頸時期，緊張是免不了的。現下花錢，是爲了將來賺更多的錢。就是不知道這金礦究竟如何，若是照我最基本的估算，一年六十萬銀可得。」

「即便如此，也還有三四十萬兩的虧空。」

「廷斌兄，庫裏的銀子先兌出來買槍募兵，還有炮廠開礦用的銀子也不能緩，至於絲廠棉廠，先緩一下，待金礦挖出金子來再辦，一出貨物咱們就倒手轉賣，估計英國人都能吃下來。寅吃卯糧，左右挪移，總能支持下去。」

何斌瞠目道：「志華，這理財的事情有這麼簡單便好了。別的不說，每月十幾萬的軍費怎麼弄，下個月若是沒挖出金子來，咱們就等著兵變吧。」

張偉咬牙道：「若是如此，便只能去殺上一些鹿，賣了皮發軍餉。不過有一條，只此一次，下不為例就是了。」

何斌笑道：「志華，你殺人時沒有這麼好心，殺上一些鹿倒分外的捨不得。如此，我一會兒回府便吩咐募人去打鹿，夠二十萬銀子咱們便不打。總之如你所說，不竭澤而漁便是了。」

張偉恨道：「鹿又不會在底下壞我的事，我當然捨不得。好了，廷斌，暫且先這樣，明兒一早咱們就帶人去勘探金礦，早一日開挖，咱們的手頭便好過一些。只盼這金礦出金，能比我預計的更多一些，便是老天保佑了！」

當下計較已定，何斌拖著疲倦的身子先行一步，張偉一人撐著下巴坐在官衙大堂沉思良久，方向身邊隨眾吩咐道：「去，把高傑給我叫來。」

過了盞茶工夫，那高傑踩著皮靴橐橐而進，向張偉叩首行禮，道：「爺叫屬下來，有什麼吩咐？」

因高傑大步而進，步步生風，到將堂前油燈帶的一晃，那高傑行禮已畢，向堂上張偉看去，只覺張偉臉孔一明一暗，看不出來神色如何，高傑不敢多看，將眼一瞄，便低下頭去，只待張偉發話。

半晌過後，方聽到張偉說道：「高傑，上次台北械鬥的事，你處理的不錯，那事我一直沒有賞你，現下爺手頭緊，銀子是不賞了，一會兒我讓家人給你送一柄上好倭刀，算是打賞吧。」

高傑恭聲答道：「小人爲爺效力那是該當的，怎麼敢當的起爺的賞賜。」

「喔？你倒是一片忠心哪，令人佩服。」

高傑聽得張偉語氣不善，乃小心答道：「高傑愚魯，蒙爺賞識，拔擢於鄉野之中，怎敢不用心效力，以死相報！」

「呸！混蛋！」

第十五章　開礦謀錢

「你看，這溪水由東向西流淌而來，我初時在西面用你給的這藍漆烤盤細細梭水，初始只有三五粒金沙，慢慢向前，金沙便越來越多，待到得此處，隨便一盤便是幾十粒金沙，我都快捨不得倒掉啦！」

高傑不料張偉突然破口大罵，瞬時一愣，抬頭一看，張偉卻將堂上硯台直擲了下來，正衝著自己臉部而來，茫然間顧不上躲閃，只見那硯台直直的飛到高傑臉上，砸上眉骨，「砰」一聲，落到地上，再看那高傑，已是滿臉汙黑。

高傑嚇得跪倒在地，一迭聲道：「高傑死罪，請爺不要動手，讓人把高傑拖下去砍了腦袋便是了。」

「你不服麼？」

「小人怎敢！」說罷將頭直叩在青磚地面上，碰得「砰砰砰」直響，未及十下，額頭已是鮮紅一片。

「罷了，你起來吧。」

張偉看了一眼狼狽的高傑，心平氣和問道：「可知道我爲什麼發脾氣麼？」

「小人不知。」

「我吩咐你偏袒粵人，打壓閩人，這事你辦得不錯，原該獎你。不過你收受賄賂，縱容屬下擾民，這個月下面告你狀子厚厚一疊，都快頂到房頂了，你怎麼說？」

「屬下該死，一時糊塗……」

「你混帳，我素知你這人才幹雖有，心術卻是不正，若不是因人才難得，早就摘了你項上人頭！你給我聽好了，你屬下有幾人鬧得太過分，不必我說，你自己去處置了罷。還有你，若是還有人告你行爲不檢，縱容屬下，便是你的死期到了。」

「屬下一定照辦，再也不敢貪財受賄。」

「很好，你身負監視官民之責，料不到還有人在監視你吧？告訴你，日後還會有專門的廉政衙門，他們也是監視官民，卻不是爲了提防有人造反，而是專查你這樣的貪官，你小心了！」張偉將茶杯一頓，喝道：「滾下去！明兒挑選兩百名精幹的巡捕兵士，隨同我上山開礦！」

那高傑聽得吩咐，自去準備不提。

張偉眼見他消失在大門外，心中卻在暗念：「金礦啊金礦，你可千萬別浪費我一番苦心才好啊……」

張偉站在這一片山巒的最高峰，向下眺望，只見群山綿延無際，因只是初春，山上也沒有什麼大樹，只是那成片的枯草，如同草海一般佈滿整個山頭。不遠處的山腳，數百人如同螻蟻般攀爬而來，在張偉腳底的山腰處，有一條小溪蜿蜒流過，便是在這溪水中淘出過金沙，又順著金沙上游找到了礦脈所在。現下張偉手頭無錢使喚，只得在諸事未諧的情形下便帶了人過來開挖。

一早晨張偉便吵醒了何斌，先去探勘了鐵礦與銅礦，劃定了範圍，待他們回到鎮上，正好高傑押了五鎮上無地的流浪漢出鎮而來。鐵鎖叮噹作響，一眾人等皆是用腳鏈成串鏈起，雖形同奴隸，卻是無一人敢出言抗辯，也無人起那逃走的心思。

自械鬥之亂以後，再無人敢質疑張偉的權威，同樣，在號稱「活閻王」的高傑面前，也少有腿肚子不打抖的豪傑。自昨夜張偉吩咐之後，高傑帶了幾百名巡捕營的兵士四處拿捕無賴、流浪漢，又將大牢中的罪犯盡數提了出來，彙總了四五百人，盡數鎖在了台北巡捕營門之外。

初時那些人中還有強項的滋事鼓噪，後來一清早高傑鐵青著臉過來，未曾將那些人如何，卻先是提了十餘名巡捕出來，打的打、夾的夾，後來有三個定了死罪，當即用大枷枷了，送往台北衙門，由張偉親自發落。雖說挨打的是巡捕，但十幾人被打得鬼哭狼嚎，慘叫聲嚇得那些個無賴們心驚膽戰，再也無人敢聒噪。

那高傑卻不理會，令師爺寫了告示，凡於台北流浪者，一律由巡捕官廳拿捕，服苦役三年，令人四處張貼去了。

那人犯們各自都在心中暗想：「媽的，不准浪蕩你倒是早點出告示，我們自然不敢了，現下把咱們都捕了來才出，這不是不教而誅麼。」

肚裏腹誹，嘴上卻是半句閒言也不敢有。待高傑收拾停當，卻趕羊般，將這些人往台北鎮外大山中直趕，各人心中皆是惴惴不安，均想：「不會藉口服苦役，卻把咱們趕到背靜地方，一刀都砍翻了吧？」

待到得山腳之下，卻見除了巡捕營兵士之外，又有駐紮在桃園的鎮北軍一百多軍士在，待放眼細看，隱約可見半山腰處身著黑色皮甲、腰懸繡春刀的飛騎衛士，各人都叫一聲苦，心道：「此番吾命休矣！」

那膽小的立時都嚇出尿來，任巡捕兵士皮鞭抽打在身上，抵死只是不走，直到張偉發現出了亂子，親自前來，才知是起了這般的誤會。

見那些原來橫行鄉里，多行不端的無賴流氓們一個個軟腳蝦一般趴在地上，任鞭子抽得全身都是血條，就是不肯動身，張偉又氣又笑，向高傑道：

「高傑，你這辦的是什麼差！怎地沒有和他們說清楚麼？」

高傑又急又氣，先向張偉回道：「回爺的話，屬下都說清楚了，不知道這些混帳是怎麼想的！」又向那些巡捕營兵士道：「還不肯起來的，往死裏打！」

那些兵士聽命，將手中長鞭舞的如毒蛇一般，又重又狠打將下去，不消幾鞭，就將那些不肯聽命之人抽的全身是血，張偉見狀，滿心不悅，又不好當面拆高傑的台，待打了幾鞭，方淡淡道：「成了，不必再打了。」

高傑見張偉臉色不悅，忙喝令各人住手，聽張偉向那夥人說道：「你們不必怕，如若要殺掉你們，何苦在這裏動手，大費周章！難道在鎮上就殺不得你們？」

眾人見是張偉親自來說話，又聽得這番話在理，乃各自膽戰心驚爬起身來，拖著腳鏈繼續向前。

一直行到那處溪水前，張偉方令各人止住，又令解開各人的腳鏈，拿起木料、帳篷等物，搭建住所，張偉向各人道：

「大家只能先委屈一陣子，待房料送了上來，再搭建些簡陋的房屋，各位都是犯了罪的人，我雖不把各位當奴隸待，但是想過得和鎮上一般舒服，那也是不大可能。」

見各人神色沮喪，張偉又道：「我也知你們是遊手好閒慣了的人，現下鎖了你們來做苦工，只怕不少人連尋死的心都有。那麼我也把話說在前頭，你們四周，一是有巡捕營派來的五十名軍士看守，離此數里，往鎮上必經的各條山路，都由鎮遠軍的軍士把守，想逃，除非你翻過前面的大山，往深山裏鑽。實話與你們說，還不如砍腦袋死的痛快。老實幹活的，三年後便放你們出去，搗亂的，逃跑的，不肯出力的，發現一次，加罰三年，自己要想仔細了，可別和自家的性命作對！」

正說得起勁，卻聽何斌在溪水上流喊道：「志華，這些事情交給高傑辦就是了，你何苦在那兒說個不休？快過來，這邊發現金沙啦！」

張偉老臉微紅，也奇怪自己爲何有此雅興在此訓話，便向那高傑低聲說道：

「令這些人盡速搭好自身的營帳，然後給軍士們也搭起來。你注意觀察，尋幾個身強體壯，又有心報效的人，讓他們做把頭，管束著其餘人。軍士除了看守之外，儘量不要和這些囚犯太過接近，曉得麼？」

高傑點頭稱是，張偉便拍拍他肩，以示嘉許，邁起步子向何斌處行去。行得數步，便聽得高傑連聲喝斥那些囚犯，可比自己凶橫多了。待走近何斌身前，乃笑道：

「廷斌，我現下好像囉嗦許多了……」

何斌一笑，搓搓在溪水中弄濕的雙手，答道：「你近來好像性子有些上火，或許是憂心的事較多，不必如此，船到橋頭自然直麼。」

「我哪有你老兄這般逍遙自在，除了銀子的事，我還有許許多多操心的事。累啊！廷斌，我現下一回到房間，往枕頭上一倒，便是黑甜一覺！」

「做大事者當然得吃大苦，現下還只是起步，待將來打下台南，地盤大了，只怕你要操心的事更多了吧？現下就叫苦，將來還活不活了？」

「嗯，大明太祖當政三十多年，沒有休息過一天，小弟可做不到這一點。他留下的制度，也不是懶人能受得了的，所以遇到神宗那樣的皇帝，六部尙書居然都不全，各府各縣的官員整整少了一半，現在天下將亂，也是神宗皇帝種的惡果。我想，待過一段時日，我需去內地尋一些英才，成立一個秘書閣，協助咱們處理政務，廷斌兄，您看如何？」

「好是好，只是咱們雖家大業大，說到底不過是群海匪，正經的讀書人怎麼會跟你做事。便是陳永華，這一年多來雖說交情日深，到底也只是幫著你教書罷了，讓他正經的協助你做事，只怕仍是不行吧？」

「嘿嘿，此事我自有計較，到時候你便知道了。」

何斌用濕手指指張偉，笑道：「你這傢伙，越來越神秘了。若不是和你相處的久，知道你有幾斤幾兩，還真能以爲你是天上神仙下凡呢。」又道：「先不說這些，志華，我看這金礦之事，大有可爲啊！」

「喔，廷斌兄有何發現？」

「你看，這溪水由東向西流淌而來，我初時在西面用你給的這藍漆烤盤細細梭水，初始只有三五粒金沙，慢慢向前，金沙便越來越多，待到得此處，隨便一盤便是幾十粒金沙，我都快捨不得倒掉啦！」

「呵呵，廷斌兄不必心痛，這溪水和礦脈裏的金子，還不是咱們的。放心，跑不掉的！」

「唔，照現下的模樣看來，一月兩桶赤金都有可能啊！若是如此，咱們便什麼也不必愁了！」

「金礦總有盡時，依弟看來，最多撐上幾年便難以開採，便是再尋得金礦，也是一時之用罷了，咱們還是要以錢生錢，日後才免得手緊！」

何斌聞之連連點頭，道：「此話我也曾說過，指著這金礦發財終究不是正理。志華，這金礦咱們看過了，還有那鐵礦、硫磺，咱們可去巡查一下？」

「鐵礦不必去了，台北之地礦物並不多，鐵礦頂多夠咱們自用罷了。倒是那硝石礦，咱們要去看看。若得好了，這硝石礦還能有些進項呢。」

「喔？」何斌聞言大感興趣，忙問道：「我亦知道倭國的鳥槍火炮也需使用硝石，向來都是從內地買進少許，因朝廷禁止出口，故而硝石價格極貴，怎地，這台北的硝石礦所出不少麼？」

「正是，廷斌兄你看，這一條山脈由東向西，中間便有不少硫磺和硝石礦脈，易開採，品質也是上佳，昨日我頭疼銀子的事，回家後倒是想了起來，不但金礦咱們能賺錢，這硝石礦一樣能賺錢，咱們自個兒又用不了，開採出來，出口賣了出去，便是大把的銀子啊。」

何斌將手搭在眉前，向前眺望，良久才道：「這一片山還真是寶藏處處啊，這可幫了咱們的大忙啦！」想了一下，又皺眉道：「只是這倭國貿易掌握在鄭芝龍手上，你道他能輕易的讓咱們賺錢麼？」

張偉笑道：「我們又不直接賣給倭國，咱們通過內地商行賣給鄭一官，讓他從中再賺一把，咱們少賺一些便是了。況且，我料他不久之後會移居內地，這轉手貿易正和他的心思，廷斌兄你放心便是了。」

「如此甚好，這下我可就放心了。你道我昨日回家後縱使那般疲累，仍是在床上輾轉反側，爲銀子的事情發愁啊。」

兩人心頭都落下一塊大石，神色輕鬆，開始眺望眼前景色。

何斌因見此地滿山枯草，向張偉道：「這山倒也奇巧，樹木不高，再加上野草茂盛，渾如一座草山也似。」

張偉笑道：「那便叫草山就是了。」又道：「既然這條山脈屯積了這麼多寶藏，就叫大屯吧，廷斌兄以爲如何？」

何斌喜道：「志華此說正合我意，咱們此番能順利過關，這大山居功甚偉，就叫它大屯吧！」

兩人興致頗高，一直盤桓了良久，又眼看著那幾百囚犯亂紛紛搭起營地來，方乘興向硫磺礦處行去。

至此約十餘天時間，各處礦脈皆搭好了營地，運上了工具，又徵召役夫開出了可行騾車的山路，於是金、鐵、銅、硝石、硫磺源源不斷的開採出來，待一月有餘，張偉與何斌又至這草山金礦，使小秤稱，足足得了價值十五萬白銀的黃金，何張兩人縱聲大笑，終於徹底放下心來。

轉眼間又是盛夏時分。因酷暑難耐，農忙時節又已過去，台北五鎮及鄉間都罕見人影，人們大多躲在陰涼處歇息，因張偉禁賭，沒有人敢公然聚賭，只是各人閒來無聊，閒聚在一起時，暗中發幾句牢騷也是免不了的。所幸台北糧食收成足夠，也不曾禁酒，於是各人平日裏大多釀上幾罈米酒、黃酒之類，隔三岔五的上山裏打上一些野味，邀三喝五呼朋喚友飲上一桌，日子過得比在內地舒心多了。再加上高傑的巡捕營日趨擴大，平日裏有什麼動靜都休想瞞得過他，就是有些有心人想興風做浪，總會在半夜被敲開家門帶到巡捕營去問話，待家人去打探時，人已經被送到草山金礦裏淘金去了。

這一日，何斌在府裏歇了晌，又歪在花廳看了半日的書，直拖到傍晚時分，出了門來抬頭一看，天上日頭仍是亮得耀眼，只得嘆一口氣，吩咐下人道：「來人，備馬車，我要出門。」

那長隨見他身著月白絲綢長袍，頭上只是用青巾挽了一下，料想不會是去台北衙門料理公務，便笑問道：「爺這會兒出去，晚飯可是回來用？若是不回來，要小的交代下面料理了送去麼？」

何斌將手中摺扇放在掌心輕拍幾下，沉吟道：「不必了，我是去兵營尋你張爺，晚上還要一同去查看各家工廠，必定是在一起用飯，一會兒有人來回事，便讓他們明兒再來。」

那長隨應了，自去張羅。

何斌因剛在外面站了這麼一小會，後背已是濡濕一片，只得將摺扇打開，一步三搖慢慢向門口蹽去，心裏暗想：「志華現下可當真是辛苦，正晌午的就跑到兵營去了……這台北的天也太熱了點……」

待馬車行來，身上已是汗透重衣，無奈之下吩咐下人將車窗卸下，令馬車四處透風，這才施施然上了車，向桃園兵營駛去。

一路風馳電掣，勁風撲面，頓覺涼爽許多，因大路都是花費了鉅資鋪設而成，全然沒有當時中國內地土路的那些塵土，一路綠樹遮陰，奔跑起來又平穩之極，當真是十分享受。

饒是何斌當初極力反對張偉在路面上花費這麼許多銀子，現下也是全然改了初衷。再加上什麼衛生制，排隊制，這種種小事累積起來，件件都顯得張偉看事高人一籌，故而現下他對張偉種種改革開創之措施，贊同的多，反對的極少了。比如那吃飯購物、乘坐五鎮間公辦馬車需排隊，何斌初時便頗是不贊同，坐車也罷了，這吃飯購物也要站立的整整齊齊，眼前便是沒有幾個人也需排隊等候，那豈不是傻瓜之極？張偉卻是不管不顧，只顧在衙門下了令，待那些在街上亂擁亂擠之人被鞭子打得頭破血流之際，也有人來尋何斌訴苦，何斌面上只說支持張偉的舉措，背地裏卻跑到張偉府上埋怨過好幾次。待後來整個台北街面上雖行人如織，卻是井然有序，雖人品日增，卻是潔淨如初，初來台者或許尚不習慣，那些被鞭子抽過的人，卻是聰明了許多，不但無人來尋何斌訴苦，私下裏大夥也習以爲常，不再抱怨了。自此之後，便是張偉斷然下令婦女一概放足，女孩一律不得纏足，違者皆服苦役的嚴法酷令，再有人私下裏尋何斌訴苦，何斌也不肯去找張偉的麻煩了。

當何斌施琅等人交口稱讚張偉種種舉措效果不凡的時候，張偉卻只是苦笑。何施等人自是不知，這數百年後，現代中國人之無秩序，無公德，公眾場所之髒亂仍是舉世聞名。倭國人占領中國北京之時，凡火車站有擠車者都是憲兵用長鞭狠抽，久而久之，沒有人敢再亂擠，誰知道後來中國人自己治理自己，這種劣行卻是始終無法根治。不論是政府提倡，民間宣講，收效卻是甚微。一者是教育落後，二來是習俗傳統，三來便是懲罰力度太低。同是華人社會，那新加坡人在路上亂吐口痰便有可能坐牢，卻還有誰敢？因此張偉苦笑之餘，也只得抱定了以嚴罰重典來改造社會的心思，既然宣講和溝通無效，那麼只能趁自己手握大權無人敢抗的情形下，強行推行從政治到日常生活的改造，以期數十年後，種種文明舉措能日進人心。

待何斌坐車到得兵營，營門口士兵雖見是他到來，到底還是查了何斌解下的腰牌，方才揮手放行，何斌坐在車內一笑，心道：「要是大明百萬兵士都能有如此軍紀，只怕能橫行天下了。」

進得營去，尋一個小校打聽了，張偉正在營中白虎堂進行軍議，何斌早早下車，步行到得堂外，命人進去稟報。自己略整了一下衣衫，雖說他並不是鎮遠軍中將領，卻也不敢太過隨意。

待堂上傳來一聲：「有請」，何斌不待那小校返回，便抬起腳步邁了進去，心中暗笑：「志華這鎮遠軍規模大了，規矩也越來越大了。」

急走幾步上了堂上，卻見張偉踞坐正中，施琅居左，周全斌居右，其餘劉、馮二張等人皆依序坐於左右，眾人見何斌來到，卻也不便站起相迎，只是以目示意罷了。

何斌也不以爲意，見張偉左首已擺放了木椅，便自顧坐了上去，他雖不是鎮遠軍將領，但平素軍中有什麼大事也少不了他，雖是軍議，他坐下共商，倒也沒有人覺得怪異。

張偉眼見何斌坐下，方咳了一聲，道：「廷斌兄來了，咱們現下要議的，正和廷斌兄有關……」

何斌聞言猛打了一個激靈，忙道：「志華，這月的軍餉已然發下了吧？」

張偉大笑道：「這誤會可鬧大了。不關軍餉的事，前兩月捕鹿弄了十幾萬銀子，現下又有絲廠、布廠，又大量種茶，銀子的事哪還値得煩心。」

「那卻是何事？」

「廷斌兄，咱們現下有鎮遠步兵一萬兩千有餘，鎮遠水軍也有近兩千人。再加上我的飛騎衛上千人，還有台北巡捕營的一千多人，差不多快一萬八千人兵士啦。」

何斌聽到此處，咧嘴道：「唉，可不是麼。現下台北五鎮連同這桃園附近，百姓大概二十萬左右，軍士之多，都已快超過十民一兵了，現下也沒有徵稅，負擔當真是十分沉重。」

張偉抿嘴一笑，卻不作聲，他也自知現在兵民之比太高，若是不依靠台北的商業貿易來養兵，便只有從下調兵士待遇來著手。早便有人對兵士們月俸五兩著實不滿，需知明末時，江南普通一戶農家一年的收益不過是三五十兩銀子，而台北這些兵士，一人拿的銀兩便足以養活全家，再加上當時台北初創，雞鴨魚肉等肉食大多要從內地買進，加上火藥，鐵丸、軍服軍被，種種雜使一個月也需四五兩銀，有時甚至有超出者，而百姓一月至多二三兩銀便足敷使用了。相形之下，鎮遠軍自然要受人嫉恨，再加上除了平定一場內亂，平日裏也只是操練罷了，不少當年隨張偉、何斌一同來台，能說上幾句話的親信之類，便沒事常在背後嘀咕幾句。

唯有張何等人清楚手頭無兵受人欺凌的道理，因沒有炮艦不敢與荷蘭人翻臉，每年除了上交數萬的銀子，還需運去大量的白糖，故而不論下頭人如何議論，這軍隊卻始終有增無減。到現在又加了一倍軍士上去，雖說這鐵、火藥、棉布、吃食等都是台北自產，加了這麼許多人，除了餉銀加了一倍，軍費倒是沒有增加多少，即便如此，軍費開支現下仍是台北最大宗的開銷，而種種開銷，總歸要落到何斌手中支出，現下一聽說軍議與他有關，倒先嚇得惶恐起來，唯恐張偉又有什麼新主張，需要他何斌掏出錢來。

「廷斌兄，過一陣子咱們從福建大規模募人來台北，這糧食礦物衣甲，自會有更多人負擔，你也不必著急。」

何斌現下大約明白張偉會何要準備在這一年大規模至福建募人，平日裏募人來台，縱然對方是貧無立錐之地，但一聽說出海種地，便將手搖得如同蒲扇一般，總須要多費口舌，再加上掏出現銀，包買農具、耕牛，方才扭捏前來。

這半年來，因張偉治台甚嚴，不少人在內地聽說都不敢前來，多費了無數口舌，才一共來了五六萬人。不過近來得到內地消息，那福建全省自開春以來，一粒雨水也無，現下已是盛夏，眾百姓

前一陣子都等雨落稻，現下已大多絕望，若過上一月還不下雨，便只有逃荒一途可行。與其漫無目地逃荒，生死未卜，倒不如出海討一條活路。這一月多來，何斌已令人購買了無數耕牛農具，房料衣被，只待難民潮一起，便派人去整船的運將回來。便是那地方官員，也怕災民聚集鬧事，現下有人運走了事，哪有不樂意的道理？

稍一估算，按現下的財力最少能容納三十萬人來台，何斌只是奇怪，張偉怎地知道今年福建必有大旱，逼問幾次，張偉只是不說，問的急了，便扯到《燒餅歌》一類，何斌知他胡扯，也只是一笑便罷了。

當下聽張偉如此說，何斌將頭略點一點，卻又道：「志華，那今日說此兵民之比，卻又是爲何？」

「我只是說，這台北兵士日多，不過除了巡捕營的兵士大多是從本地招募，家眷大多在台北，其餘鎮遠軍士因都是從內地募集的武勇之士，家屬大半不在此地。我的意思是，還是要鼓動他們趁著此次機會，把家人都接了來較爲妥當。不然有甚戰事卻心懸父母妻兒，那還打的甚仗？」

「此話有理，那便令他們接來便是了。」

「廷斌兄，這正是我適才所說，這些軍士雖說在台北厚餉美食，不過家人卻仍是勞碌不堪，人家不把家人接來，想必也是咱們此地雖五年免賦，卻也不値那搬家跨海之辛勞。依我之見，咱們把台北之民按家產分爲三等，一等人家有兵者，減稅十分之一，其餘家人免役。二等人家有兵者，減稅一半，其餘家人免役。三等人家有兵者，終身不徵其稅，家人也免役，廷斌兄，你看如何？」

何斌疑道：「咱們台北一共就這麼些戶人家，這兩萬兵士便是兩萬戶，且大多是貧苦人家，日後一稅不徵，咱們的收入可減的太多啦。」

張偉笑道：「廷斌兄放心，我敢擔保，三年內全台戶數必過二十萬，這麼些許優待，不過是要長兵士之氣，寬武人之心。」

施琅插嘴道：「我總覺得兵士能不能打仗，終歸要靠將領，縱然用金子打戰甲，也不過如此。」

張偉怒道：「這話說得太無道理！一將功成萬骨寒，沒有強兵，哪來的名將？」

施琅見張偉發火，當即便噤口不言。張偉威勢漸高，施琅雖私底下仍以大哥相稱，言笑不禁，當著外人卻也是恭謹多了，張偉也知他性格原本想不到這些，必定是有哪位高人提醒他，明知如此，卻也是懶得追究了。

見眾將都不敢作聲，張偉咳了兩聲，又訓道：「我素知你們不滿我這般厚待兵士，當面不敢說，背地裏有人議論什麼：驕兵必敗、惰怠之兵如何應敵、寒苦之兵方敢搏命……我看，都是些狂悖無知之言！」

見眾將低頭不語，顯是並未心服，張偉記得當日給鎮遠軍定下餉銀和每月使費時，施琅也是心疼不已，終究是古人不明職業軍人與民兵之不同，想了一下，便問周全斌道：

「全斌，我知你近來看了不少兵書，戚帥的《紀效新書》與《練兵實紀》想必現下都能倒背如流了，說說看，戚帥打仗爲什麼百戰百勝？」

周全斌略一思忖，便答道：「令行禁止，體恤士卒，善選武勇之士教以克敵陣法，善用火器……」

「不對，戚帥的練兵實錄裏說了什麼？當初他初起兵時，用的就是世襲的衛所軍人，初接仗時雖好生訓練，卻有兵油子打仗在後，搶攻在前，有一次遇到強敵，還有一哄而散者，戚帥雖下狠心殺了一些，卻仍是管束不住，這是爲何？」

「回爺的話，衛所兵制爲太祖首創，到戚帥時制度崩壞，戚帥是世襲的都督僉事，屬下三千衛所兵只有七成是實額，就是如此，也大半是地痞無賴，老少殘兵。而且大明是以砍下敵兵首級來領功，所以接戰時那些兵油子不打仗，專門在後面割首級。甚至殺害百姓領功的，殺自己傷兵領功的，也是常有的事。」

施琅亦點頭道：「不錯。我在戚帥的筆記上看到過，有一次他看到一個兵士拎著首級來報功，仔細一看那首級睜著雙眼，顯是死不瞑目，戚帥便令人詳查，傳首到軍中一看，卻有個兵士大哭相認，原來那首級是他哥哥，受傷落在後面，不想教自己人砍了腦袋。這樣的軍隊，還打甚麼鳥仗！」

「那你們說說，衛所制度原是太祖苦心設立，爲的是將不專兵，兵平日裏都歸大都督府統領，戰時遣將領著打仗，平時操練衛戍。至成祖時，全國衛所兵二百八十萬，僅京師三大營便有京軍勁旅五十萬，怎地後來會崩壞至此？」

眾將一時無言，半晌之後，方聽周全斌答道：

「太祖時便有將領剋扣小軍的糧草餉銀，以太祖之嚴苛，竟也無法。後世法紀日弛，衛所敗壞，兵士衣食無著，大多逃亡，便是在籍的，也多是一些老弱病殘。公侯王府前攏隊，豪門大戶如役奴僕，故而好人都不當兵，兵部檢點時，地方都督僉事，指揮使，便只臨時募集一些地痞無賴來充做士兵，打仗時這些人全無軍紀，也不知殺敵，除了搶功便是燒殺淫掠，雖殺人亦無法管束得住，久而久之，願意當兵的好人越少，壞人越多，是以兵制敗壞至此。」

張偉點頭道：「全斌說得甚是有理。不過你們可知衛所兵制敗壞，百姓不欲當兵，根本原因卻不是在此。漢唐之際，中國兵制是以在民戶中抽取役丁為主，漢時遇有戰事，多半從邊境健兒中選取騎兵，從內地農戶中抽取步兵，戰罷還家。漢時打仗，多半是抗擊外敵，選的又都是鄉間良民，甲馬兵器皆是自備，戰時為軍，平日為民。漢初土地兼併不重，各家都有些田土，當兵免役，免賦，故而普通人家都負擔得起。漢時民風又剽悍，打仗打的又是外敵，大夥兒同仇敵愾，作戰勇猛，故而有一漢兵能敵五匈奴之說。唐初實行的府兵制度，其實也差不多如此。全國六百多個折衝府，以校尉領府兵於農閒時訓練，戰時自備甲馬出征，後來玄宗時土地兼併嚴重，張說勸帝大規模募兵，始開中國募兵之先河。後來唐朝禁軍，大半是招募而來，全都是些破產農民，市井無賴，騷擾百姓尚可，遇到外敵則潰不成軍，唐時藩鎮為禍，禁軍無能正是主因。到宋時，因有鑒五代十國時武將為禍，乃首創重

文輕武制度，又因不禁土地兼併，百萬大軍皆是招募而來。人常說宋時兵弱，卻不知這兵弱在何處？原本朝廷拿了大把銀子募兵，平日裏只是以舞刀弄棍爲業，卻是屢戰屢敗，還不及漢唐時的民兵。大夥兒說說看，這又是爲何？」

那劉國軒答道：「宋時皇帝都以文人爲重，自個兒也弄得積弱成性，害怕打仗，遇戰則求和，壞了民心士氣，安能不敗？」

見張偉搖頭，施琅又道：「宋皇忌憚武將，遇戰出征諸多掣肘，又喜歡先畫好陣圖，令將領臨敵以圖佈陣，全然不顧戰場實情，安能不敗？」

周全斌又道：「大軍未動，糧草先行。宋時將政、財、兵三權分給中書、樞密、三司，太宗兩次北伐，皆是因這三方扯皮，遇事推諉，糧草一直供應不暢，如此安能不敗？」

張偉笑道：「你們說的也都沒有錯。不過，宋兵最大之敗因，卻不是因爲這些。宋立國之初，原本是收編了諸國降軍，本國軍仍是以周世宗之府兵爲主。後來太祖太宗改軍制爲禁軍廂軍，又將地方廂軍健壯軍漢充入禁軍，將軍隊全數改爲職業軍人，宋兵之強乃無人可敵。孰料後世皇帝爲了免生事端，一遇災荒便招流民入伍，平日裏地方上有什麼流寇土匪，無賴流氓，也皆招入軍中，這樣固然是軍隊數量日益龐大，全然靠兵糧吃飯的居然有百萬之多，虧那宋朝財政充裕，也需拿出大半的收入來養兵。這樣軍隊數量多了，兵士素質卻是日益低劣，宋朝又首創重文輕武之說，武人在中國首次受到文人壓制，再加上宋皇軟弱，很少對外開戰。全國兵士除了坐吃拿餉，用處也不大。久而久之，入伍之人大半是些人渣，這些人禍壞鄉里還行，讓他拚命是門也沒有。到了靖康年間，終於被金人亡了北宋。南宋初若不是四大節度自己募集一些愛國敢死之士，仍是用市井中募來的那些無賴爲兵士，只怕南宋也撐不到蒙人入侵啦。到了咱們大明，太祖建的這衛所軍制，原本就是不倫不類，兵士在軍籍，不得做其他營生，也不能離開所在衛所。拿的餉銀不夠吃食，便給一些土地，一開始便是不農不軍，到了後來，兵士地位日低，土地也大半失去，軍戶逃亡大半，明軍哪來的戰力？戚帥是幸運，本朝也是重文輕武，武將要受那文官節制，若是稍大的戰事，還有太監來礙事，戚帥初時也是諸般不順，好在後來准他自己募兵，他方從義烏募集了六千礦工、彪悍農夫，奠定了後來戚家軍的基礎。若非如此，僅憑那些衛所軍士，只怕以戚帥之能，也只能徒呼奈何了。」

至此，各人方明白張偉之意，一則，數百年來當兵之人待遇不高，二則又飽受歧視，縱然是百萬大軍，蓋世名將，若是兵無士氣，劣兵滿營，卻也是回天乏力。只是現下這台北軍隊只怕已是當今世上花錢最貴的軍隊了，卻不知道張偉還要如何來提高士氣？

卻聽張偉又說道：「我在海外時常聽人說起，那紅毛番原有一國，名叫羅馬，是那邊的一個大國。那羅馬人素愛征戰，勇武無比，數百年間滅國無數，罕有敗跡。固然是他們民風尚武，卻也和他們的軍制有關。那羅馬國人有公民與奴隸之分，國內諸賤役大多由戰爭搶來的奴隸充任，只是這軍隊，卻是只有羅馬公民才能入伍當兵，開疆拓土，兵士身爲公民卻也是人人有分。故而這些羅馬兵士榮譽感甚強，遇敵少有逃跑，就算打了敗仗，也是多半力戰而死。直到後來貴族政治敗壞，又加上國

家日富，民間奢靡之風流行，尙武之風泯滅，後來才被其餘小國所滅。」

何斌問道：「那這羅馬是全民皆兵，而非募兵了？」

「初時確是如此。遇有戰事，羅馬元老院下達命令，允許某人去某地徵集多少兵士，那人得了命令，便可以徵兵了。」

「那這羅馬人就驍勇至此，平時爲民，戰時便可成兵？」

「確是如此。羅馬士兵平時訓練甚嚴，非過關者不得爲兵。現在我這台北訓練諸法，多半還是源自羅馬。」

見各人臉上露出原來如此的神情，張偉肚裏暗笑，卻又正容道：「說了這麼半天，也是不想你們表面上遵命，肚子裏卻是不服。你們不比那些百姓，心裏若有了疙瘩，只怕將來日積月累的，哪一天帶兵造我的反，那可就大大的不妙了。」

又笑道：「和你們扯了這麼半天，現下可同意我的舉措了？不僅是免賦減稅的事，遇到戰事受傷殘疾的，咱們包養他一輩子，按月發銀子。戰死的也是如此，按月給家裏發錢，逢年遇節的，還需派人上門去慰問。這樣兵士們才覺得不是炮灰，是被器重的，咱們這樣一弄，老百姓們也覺得當兵不錯，對兵士們高看幾眼，免得就幾個臭儒生在鄉下橫得跟王八似的！」

張偉這番話，堂下諸將都是愛聽之極，一個個頓時眉開眼笑，連聲稱善。

何斌卻擔心道：「志華，你這番舉措現下是不錯，這樣兵士們才會給咱們賣命。不過若是將來不打仗了，你又這般尊崇武人，萬一將來有人跋扈不聽指揮，那可如何是好？你可總不能活一萬年吧。」

張偉笑道：「這倒不必擔心。待將來立了制度，文人不掌軍，武人不得干政。那政權和財權都在文人手裏，武人要造反也不易吧？防微杜漸，從小做起，待時日漸久，武人文人互不干涉，自然就全無問題了。」

何斌聞言只是一笑，心下卻覺得張偉想的未免太過輕鬆，只是現下他這番舉措是提升士氣之良方，卻也不好反對，也只得待將來再說話。

各人在堂上議到現在，眼見四周黑乎乎的一片，堂上早有兵士點了明晃晃的油燈，那馮錫範尋得一個話縫，向張偉問道：「請爺的示下，是在此開飯，還是大夥到飯廳去？適才廚房有人來說，飯菜已熱了一次，爺們再不去吃，便只好倒了。」

張偉皺眉道：「怎麼可以浪費！成，大夥兒現下就過去吃飯……不，令人端上來，咱們吃完繼續議事！」又向何斌陪笑道：「廷斌兄，看來今兒是去不了工廠了，咱哥倆明兒再去吧？」

何斌正餓得前心貼後心，此刻哪有閒心計較這些，只將摺扇向馮錫範點上一點，命道：「酒別上了，快點上菜上飯是正經……」

那馮錫範聽了何斌吩咐，即刻便令人下去傳令，不一會兒，便有數十小軍端著木几，上邊放置著幾碟小菜，米飯饅頭自放在籮筐裏抬了上來。

原本這些事也不必他理，只是他生來無事忙的性格，雖然聽張偉訓話時也未走神，但指令人端茶倒水遞毛巾，張羅著點燈上飯，別人只顧端坐，倒是他忙得腳不沾地。張偉見了暗笑，坐在堂上邊撥拉著碗裏米飯，邊想：「這便是傳說中的半劍無血麼，相差的未免太遠。」

轉頭見身側何斌慢條斯理的挾起一片青菜，輕輕放入口中慢嚼起來，便向何斌笑道：「廷斌兄，那肉你也吃點，沒的二十多歲的人走幾步路就氣喘吁吁。」

何斌先是不理，待小口將菜嚼完，方反嗤張偉道：「像你那般無肉不歡又好嗎？我這是惜福養身，別看你現下練得如牛一般壯實，這將來誰活的長遠，尙未可知呢。」

張偉苦笑一聲，不再勸他。這古人不知要營養協調，只以爲吃素便可長壽，一時半會兒也扭轉不來這觀念，轉頭再看堂下諸將，卻是大魚大肉吃得歡然，顯然皆是對何斌「養生」之說不以爲然，低頭一笑，挾起一片牛肉，向各人說道：

「大夥兒別只顧吃豬肉，這玩意兒吃起來好吃，就是容易發胖，還是多吃點牛肉好，都是瘦肉，還能強身健體。」

施琅向張偉抱怨道：「大哥，這話你可說了不止一次啦。咱們耳朵都快聽出繭子來了，這鎭遠軍都依著您的吩咐，吃牛肉，就差您所說的要喝牛奶啦。」

「這牛奶你們打死不肯喝，說那是胡人的玩意兒，我看你們是食古不化。你們不喝，這台北五鎭十歲以下的小孩我都強迫他們喝，待過上一二十年，你們就知道誰是誰非了。」

堂下諸人都是一笑，卻不理會張偉的說辭，那牛奶聞起來一股子甜腥味道，除非張偉下軍令，不然的話，大夥兒可是絕不會喝。

一時吃畢，各人先漱了口，又用毛巾擦了臉，方才覺得精神舒爽。何斌笑道：「我出門的時候還以爲陪著志華略坐一會兒，便可以去各個工廠轉轉，沒想到這一次軍議耗了這麼久，志華，現下你對軍務是越來越重視了啊。」

張偉聞言一笑，也不好多說，只向何斌使了個眼色。何斌頓悟，一時間也住了嘴。張偉現下注重軍務，自然是準備和與荷蘭開戰有關，只是現下萬萬不能走漏了風聲，何斌一時嘴快，暗自裏後悔不迭。

張偉咳了一聲，向眾人道：「大夥兒都吃飽了吧？咱們現下就來議議軍制。」

施琅疑道：「這鎭遠軍不是分設三衛，各有統領，還要什麼變化？」

「現下分的太粗率，比如這三衛以下呢？以前一衛只兩千人，正副統領就管得過來，現下一衛四千人，還怎麼管？」

劉國軒聞言，立時叫起屈來：「爺說得對啊。這龍驤衛現下有四千人，我手下只有兩個副統領，還有幾個小軍幫著傳令，成日裏忙得屁滾尿流，爺不說，國軒也打算提出來，咱們也仿照大明軍制，設千戶，百戶，這樣可成？」

「不成，當初不設，就是怕弄得和大明軍制相同，引起朝廷注意派兵來剿。海匪咱們能當，這公然造反，憑咱們台北之力，那可是不成的。便是那鎮遠軍諸衛的稱號，我也是謹防傳入內地，更別提仿大明朝廷一般設官立制的了。」

因見諸人還要說話，張偉擺手道：「我已經想好，五人爲伍，設伍長，十五爲果，設果尉一，參軍二；百五爲什，設都尉一，參軍三；四什爲營，設校尉一人，都尉三，參軍五，行軍司馬一；兩營爲一衛，衛設參軍十，行軍司馬三，如此，則上下分明，令行禁止矣。」

張偉說完，各人默然良久，那施琅方問道：「伍長、果尉、皆是出自唐制，參軍與司馬、校尉都尉皆是漢朝官職，現下立這些，卻是何意？」

「都尉領五百人，校尉領兩千人，爲正官。參軍於主官身邊襄辦軍務，協理軍機，主官官職高，則參軍亦隨主官，任何下屬不能違命。行軍司馬主理糧草、衣服、火藥、槍炮修理等務，職等都尉。」

見眾人恍然大悟，張偉又笑道：「這些還是末節，叫什麼無關大局，我取這些名字，不過是圖個好聽罷了。將來改或不改，還在未定之中。只是從明日起，配合炮廠送來的十門野戰火炮，以三營爲一列，每營後配置火炮五門，成斜列向前推進，演練陣法。人分三列，前列射，後兩列裝彈，前列射畢，跪，後列射，如此依次射擊，不得停頓。」

又向施琅道：「水軍操練依英國人的辦法來行，步兵如何你不必管。但鎮遠軍的身體訓練辦法，你向英國人說一下，調出時間進行。」

又向鎮遠諸將令道：「暫且便是這樣，那新兵體能不能斷，槍法什麼的，暫且不必過高要求，倒是這隊列陣法，一定要練好。過一陣子，你們擬個章程，三衛分爲兩邊，演練一下對攻之法，到時候，我來大閱！敗的那一邊，要在酒桌上給得勝的一方倒酒！」

又道：「不要心疼火藥炮彈，給我拚了命的放，這會兒不讓這些兵士見識一下，將來有個戰事，一個個跑得跟兔子一般。可惜這台灣附近沒有什麼小股匪盜，不然的話，拉出去實戰一下，比什麼訓練都管用。」

見眾人一一應了，張偉打一下呵欠，道：「伍長之類，由兵士五人一組自己選，果尉以上，由你們商量著任命。累了一天，大夥兒散了吧。」

見各人站著不動，方笑向何斌道：「咱們不走，他們也不好先走，也罷，咱倆同乘一輛馬車回去，路上說話吧。」

當下張偉何斌領頭而出，身後眾人也各自回住不提。

兩人甫一出門，自有僕役將各自馬車牽上前來，張偉笑道：「把我的馬車先趕回去，我要享受一下何爺的豪華馬車。」

抬頭一看，只見滿天星光，問一下時辰，已是半夜子時，不由得長伸一個懶腰，向何斌笑道：「前半生享受，後半生受罪啊。自從想幹一番事業，可就沒有一天安生的……」

何斌白他一眼，卻不理會，自顧自先上馬車坐好，張偉揮手令自己的馬車先行，令人打開車門，自己踏上腳凳，上了馬車。好在何斌馬車豪華寬敞，兩人同坐倒也一點沒覺得擠。

請續看《回到明朝做皇帝2 時空挪移》

新大明王朝 ①回到明末 (原：回到明朝做皇帝)

作　　者：淡墨青杉
發 行 人：陳曉林
出 版 所：風雲時代出版股份有限公司
地　　址：105台北市民生東路五段178號7樓之3
風雲書網：http://www.eastbooks.com.tw
官方部落格：http://eastbooks.pixnet.net/blog
信　　箱：h7560949@ms15.hinet.net
郵撥帳號：12043291
服務專線：(02)27560949
傳眞專線：(02)27653799
執行主編：朱墨菲
美術編輯：吳宗潔

法律顧問：永然法律事務所　李永然律師
　　　　　北辰著作權事務所　蕭雄淋律師
版權授權：蔡雷平
初版換封：2014年6月

ISBN：978-986-352-030-6

總 經 銷：成信文化事業股份有限公司
地　　址：新北市新店區中正路四維巷二弄2號4樓
電　　話：(02)2219-2080

行政院新聞局局版台業字第3595號
營利事業統一編號22759935

定 價：280元　特價：199元

國家圖書館出版品預行編目資料

新大明王朝／淡墨青杉著．— 初版.—
臺北市：風雲時代，2014.04-
　冊；　　公分．—

ISBN 978-986-352-030-6（第1冊：平裝）

857.7　　　　103004418